有爱的青春陪伴者

喜欢你不迟到

提拉诺 著

河北出版传媒集团
花山文艺出版社
河北·石家庄

图书在版编目（CIP）数据

喜欢你不迟到 / 提拉诺著. -- 石家庄：花山文艺出版社，2020.8
 ISBN 978-7-5511-5200-6

Ⅰ．①喜… Ⅱ．①提… Ⅲ．①长篇小说－中国－当代 Ⅳ．①I247.5

中国版本图书馆CIP数据核字（2020）第094738号

书　　名	喜欢你不迟到
	XIHUANNI BUCHIDAO
著　　者	提拉诺
统筹策划	张采鑫
特约编辑	伍　利　王　琼
责任编辑	郝卫国
美术编辑	胡彤亮
责任校对	董　舸
装帧设计	颜小曼　西　楼
封面绘制	绘心小猪
出版发行	花山文艺出版社（邮政编码：050061）
	（河北省石家庄市友谊北大街330号）
销售热线	0311-88643221/29/35/26
传　　真	0311-88643225
印　　刷	湖南凌宇纸品有限公司
经　　销	新华书店
开　　本	880×1230　　1/32
印　　张	9
字　　数	224千字
版　　次	2020年8月第1版
	2020年8月第1次印刷
书　　号	ISBN 978-7-5511-5200-6
定　　价	36.80元

（版权所有　翻印必究·印装有误　负责调换）

目录 contents

楔子　001

第一章 · 完美的倒霉蛋　005

第二章 · 信号接收失败　033

第三章 · 我的世界在下雨　064

第四章 · 老照片　088

第五章 · 因为在等你　130

第六章 · 三个月与十三年　154

第七章 · 别怕，有我在　184

第八章 · 你身边的位置　214

第九章 · 你的秘密　240

第十章 · 还好是你　273

♥ 楔　子

纪筱星被赶出教室的时候，只有平时的"难兄难弟"顾洋抬起头，给了她一个"壮士走好"的眼神，于是她咬咬牙，背着书包走出了校门。

高三了，任何会让班主任梁文静头疼的"恶行"都会被狠狠扼杀。比如纪筱星这样上课倒腾录音机、还发出了奇怪的声音的学生，当然立刻就被当作顽劣分子赶走了。

录音机不是纪筱星的，她只是帮忙修一下而已，没想到总算让录音机发出了"吱吱"的响声，梁文静就站在她身后，气得要没收。

毕竟今天是星期一，想到班主任可能有"星期一综合征"，这班主任梁文静还是一个长相凶悍的年轻女孩，要是赶上"特殊时期"比较敏感,那不就更加惨了?

纪筱星本来想要服软,但是转念一想,谁没有"星期一综合征"呢?

而且最关键的是,录音机当然不能被没收,纪筱星跟老师顶了两句嘴,英勇无比地收拾书包走人。

纪筱星漫无目地在街头走着,这个时候街上的人不多,她从口袋里掏出钱买了一杯奶茶,来到了A大的新校区。

这里有回老校区的公交车,快捷直达。

毕竟是起点站,上了车之后,纪筱星找了一个靠窗的位置坐下。

来往两个校区的公交车一般都会尽量等到人满了才离开,纪筱星喝着奶茶,看着窗外的风景,从包里拿出了手机看了一眼,这部破旧的小手机上,只有老爸的一条信息:

"小星啊,赶紧回来,我有话跟你说。"

果然,梁文静怎么会放过这样一个告状的机会?

纪筱星叹了口气,靠着椅子打算睡一觉。

老校区在郊外,路上至少得花一两个小时。

不知不觉中,车子缓缓开动了。

纪筱星迷迷糊糊之中感觉得到,车上的学生越来越多,她坐的座位刚好是侧着的一个横排,有人站在自己面前,而且离自己还很近。

车子晃悠着,纪筱星睡得更加深沉,结果车忽然刹住,她的手一抖,奶茶从手里掉落。

"哗啦啦"一声,身边不知道是谁倒吸了一口凉气。

纪筱星一下子惊醒过来,看到了面前一张难看得如同吃了只苍蝇般的脸。

可是这样的表情并不影响这张脸的主人出众的外貌，五官宛如雕刻般完美，星目剑眉，目光深邃，低垂的眸子带着一丝微微的震怒和寒意。本来男生就生得清冷，让人难以接近，但是眼角的泪痣平添了一种柔情，看着矛盾又相得益彰。

不过眼下不是她欣赏对方这盛世美颜的时刻，因为她手里的奶茶没喝完，全部泼到了他的脚上，白色的球鞋全部没能幸免沾染上了奶茶，几颗"珍珠"还顽皮地卡在了鞋带和鞋子的缝隙之中。

完了，纪筱星条件反射般要站起来，没想到车子又重新开了，她身子趔趄向前一冲，头顶直接撞上了男生的脸，耳边他痛苦的"啊"声清晰可闻。

这一撞，纪筱星又重新坐下了。

那个自顾自开着车的司机或许压根儿没有想到，自己不经意在路上遇到的一个小坑，让车子轻轻地颠簸了一下，会让后排站在纪筱星面前的这个男生，因为被撞到了鼻子而吃痛，手便下意识地松开了扶手，捂着自己的鼻子。

男生怎么也不会想到，因为自己没有扶着栏杆，在这个颠簸过程中，他会身体向前倾，然后直接向着纪筱星就扑过去了。

于是在两个人，一个抬头一个往下扑的瞬间……

男生的嘴唇轻轻地印在了纪筱星的额头上。

如同许下誓言一般，留下了这样的印记。

围观群众脸色各异，尤其是男生身边的女生，脸色差得已经不是吃了一只苍蝇，而是像在吃一群苍蝇。

本来以为自己今天已经够倒霉的纪筱星，忽然在这一瞬间觉得，自己虽然是被亲的那一个，但是谁更倒霉，好像还真的说不上来。

然后纪筱星知道了男生的名字。

男生身边的女生惊恐地大叫着:"淮止!你!赶快移开你的头!"

纪筱星真是很委屈,因为女生口中的"你"肯定是指的她,可是她的头不好移开,男生的嘴倒是很好移开啊!

不过纪筱星终于意识到了一件更为重要的事情⋯⋯

啊,原来他就是那个传说中的步淮止啊。

第一章 完美的倒霉蛋

　　纪筱星不是 A 大的学生,她只是一名普通的高三在读少女。因为老爸在 A 大开了个维修小铺,就在学校旁边租了个屋子,纪筱星平时也都是来 A 大的食堂解决三餐,对这里是了如指掌。

　　她会知道步淮止这个风靡全校的优质校草,完全是因为他已经声名在外,大学里几乎无人不知无人不晓——学生会会长,家境优渥,在学校里极受欢迎。

　　平时来店里的小姐姐们都会兴奋又花痴地议论几句。

　　所以纪筱星虽然没见过步淮止,但是也对这个名字早有耳闻。

　　当然,在发生了如此尴尬的"会面"之后,步淮止已经被之前尖叫的女生扶到了车子后方。

　　车上依旧拥挤,隔着那么多人也不知道步淮止怎么样了,周围的人都在看着纪筱星议论纷纷。纪筱星拿出耳机戴上,用自己那部残破不堪的手机放着音乐,打算继续睡下去。

不就是因为撞着才亲了一下额头吗?都什么年代了,挤地铁还有脸贴脸的呢。

纪筱星什么大世面没见过,比如顾洋就整天在学校里逗小学妹,不是勾肩搭背就是拉拉小手。之前学校艺术节结束,班上几个同学出去吃饭庆祝,玩起国王游戏那叫一个大胆。

只是被人亲了额头,"肇事者"和"受害者"都没事,反倒是看热闹的似乎大为不满。纪筱星懒得搭理,无心理会,眼睛一闭,往椅背上一靠。

高三以来她就没有睡过一个好觉。

车子到站,纪筱星是被司机给推醒的。

她迷迷糊糊地睁眼,发现车子已经空了。

纪筱星赶紧用手抹抹嘴边的口水,急忙下了车,往老爸的店跑过去。

可是走到门口,她又有些却步。

应该怎么跟老爸开口呢?

还没有想好,纪淳从店里走出来,正好跟纪筱星对视一眼,脸上的神色顿时严肃起来,道:"你还不给我进来!"

纪筱星缩缩脖子,跟着老爸进去了。

她心里想着要不要坦白从宽,先把错给认了,杀老爸个措手不及,老爸肯定连火都来不及发,就只能这么算了。

没想到她还没开口,纪淳就冲她伸手:"东西呢?"

"啊?"纪筱星一愣。

"录音机。"

"哦……"纪筱星从书包里拿出了那台坏掉的录音机,倒霉认

栽，递过去，一边递还一边试图挤出两滴眼泪，让自己的自白显得更加诚恳一点，"其实事情不是你想的那样，我真的不是故意的，走的时候我也没注意它在我书包里啊，这不是我的错啊！我拿出来老师就发现了，她非要诬陷我，我急了就和她大吵一架……"

然而，纪淳也开口了，还显然和她说的不是一件事：

"哎呀，今天录音机的主人找过来，我还在到处找呢……"

纪淳愣住了，瞪大了眼睛看着纪筱星。

纪筱星也愣住了，停顿几秒："你说什么？不是梁文静的事？"

纪淳的眼睛微微眯起来："你说什么？梁文静怎么回事？"

"啊？你不知道啊？"纪筱星说完这句话，转身就往外跑了。

纪淳的那句"你给我滚回来说清楚"被她抛在了身后。

纪筱星小跑着往学校门口走，突然停住了脚步。

步淮止似乎也和车上那个小迷妹来到了校门口。

因为这趟公交车是直接开进学校篮球场的，所以这时候从校外进来，肯定是到站之后又出去了一趟。

隔得不算太远，纪筱星看着步淮止和小迷妹。两个人走在路上，小迷妹兴奋地在说着什么，看向步淮止的眼神里有毫不掩饰的崇拜和爱慕；步淮止倒是一脸镇定，仿佛他生来只有这一个表情。

纪筱星看着他，想起刚才在车上的事情，忍不住满脸嫌弃，吐吐舌头。

没想到就在这时，步淮止忽然转过头来，看到了她。

两个人的视线正好相交，场面一度很尴尬。

纪筱星赶紧收回了自己的舌头，不高兴地瞪着他，而他只是静静看着她，眼睛里没有一丝波澜。

"哼，有什么好傲娇的。"纪筱星冷哼一声转过身，走了几步。

不知道背后那道目光是否依旧跟随着自己，纪筱星下意识地用手摸了摸自己的额头，总觉得那两片柔软的嘴唇似乎还停留在上面。

于是她的脸当即就红透了。

怎么也没有想到，自认为厚脸皮天下第一的纪筱星，居然还会害羞。

意识到这一点，她慌乱地快速走开了。

一直在不远处凝望着纪筱星背影的步淮止，被身边的人推了推。

"淮止哥，你怎么了？"一旁的闻喜本来是在眉飞色舞地说着自己在国外的见闻，一转头却发现步淮止没走过来，而是站在原地，盯着某处。

闻喜也顺着那边的方向看了看，来来往往的人那么多，她也不弄清楚他在看什么："看到了哪个熟人吗？"

步淮止没有回答，而是收回了自己的目光，摇摇头继续向学校里走。

闻喜也就没有理会这个小插曲，又开始说起了自己在国外的见闻。

"啊，对了，表姐说很想你。"闻喜刻意留意着步淮止的表情。

"哦。"步淮止淡淡地应了一声，若有所思地用手摸了摸自己的嘴唇。

早上，纪筱星趁着老爸醒过来之前，就赶紧洗漱好准备出门。

结果她经过客厅的时候，看到了桌子上的豆浆和油条，还是热乎乎的。

纪筱星惊喜地冲过去看了一眼，又小心翼翼地走到老爸的房间，发现已经空了，应该已经去店里了。

"这老头子真是，偶尔就突然暖一下，害我那么感动。"纪筱星

心满意足地吃着早餐。虽然老爸买了很多,但是为了不辜负他的心意,她还是全部吃下去了。

其实平时纪筱星都是住校的,因为A大老校区离市区实在太远了,早上如果不坐那趟开往新校区的公交车,就要在门口坐小巴进到市内,也得差不多一个小时才能到市里,再转别的车子去学校。A大新校区离高中倒是说远不远,说近不近,坐公交车两站路,不赶时间的话走过去也就二十多分钟。

纪筱星平时都不在家,每次回来老爸嘴上不说,还总是抱怨她不好好学习,就想着回家偷懒,其实心里都挺高兴的,总给她买好吃的。

所以其实纪筱星平时宁愿起个大清早,也要跑回家住两天,动不动就会背着小包回来。

大概也是这个原因,每次要回家住,她都没办法上晚自习,就只能去找梁文静签字。

大家都在备战高考,纪筱星一个人缺席,老师偶尔讲了试卷,她也跟不上,梁文静本来就意见很大,看她这样一个破坏班级团结的家伙很不舒服。

梁文静几次打电话联系纪筱星的家长,想要告状,都被纪筱星装可怜给蒙混过去了。

纪筱星摸着吃得饱饱的肚子,好不容易挤上了校内的公交车,她被人群挤到了后车门边。

但是人依旧在源源不断地向上挤,司机打开了后门,让大家从后门上。

纪筱星刚拿出耳机准备戴上,就看到步淮止迎面走上来了。

真是奇怪了,怎么他在这里读书两年,之前听说过,但从来没见过,结下梁子之后,反而走到哪儿都能碰到。

孽缘，这一定是孽缘。

纪筱星转身想往别的地方挤，但是人一下子挤得根本无法动弹，只能这么站在原地了。

终于关了车门，车子缓缓启动。

纪筱星只感觉得到身后的人离自己很近，稍微动一下，都能够撞到对方。

好在有书包挡在两个人之间。

纪筱星总觉得自己的后脑勺发烫，仿佛有谁在盯着自己，所以总是忍不住左右两边晃悠头，想要用余光看看步淮止到底在哪儿。

但是，她怎么看都看不到他的人。

在她左右来回晃了几下之后，她听到身后传来一道低沉的男声："别晃了，你的头发。"

她吓得左右摆头，想要转头看向身后的人，还挣扎了起来，想要离他稍微远一点，但是无奈，她根本就没有办法移动半步。

结果她的头发突然被一只手抓住了。

步淮止宽厚的手直接按住了她的头，轻轻柔柔地说了句："你的头发一直扫到我。"

不过很快他就把自己的手移开了。

"啊？"纪筱星又晃了几下，总算扭头看到了他的脸。

步淮止眯着眼睛，表情很是无奈，于是她立刻明白他口中的意思了，把头回正向前，不敢转动自己的脑袋："哦。"

车子开了好一会儿，他没有再说话。

纪筱星悠悠地问了句："还扫得到吗？"

正准备要转头的时候，那只手又轻轻放在了她的头上。他说："别动。"

好吧，看来只要自己老实待着就好了。

纪筱星个子不高,也就是一米五八的个头,偏偏不巧周围都是高个子的男生,尤其是身后这个家伙,她只能勉强到他的胸口。

车子的目的地是新校区,中途停留的站比较少,就是进城之后会在火车站停一下。

车门一打开,里面的人开始朝后门拥去,从纪筱星身边经过的人也拼了命朝外挤,硬生生把她转过身来。

但是人依旧没有变少,唯一改变的就是……车门关上之后,纪筱星跟步淮止变成了面对面。

没有了书包的阻隔,加上车体的晃动,她直接就一张脸都撞到了他的胸口。

纪筱星努力想要让自己站直,可是车子太挤,怎么都没有办法站直。

"对、对不起啊。"纪筱星有些尴尬,生怕步淮止觉得自己在吃他豆腐。

而且纪筱星早上吃得实在太饱了,现在一被挤压,就觉得胃里的豆浆在上涌。

她死死咬着牙关,一直隐忍着。

"呜……"纪筱星发出了难受的反胃声,她想要抬手捂住自己的嘴,都没有办法,只能咬着嘴唇。可是车子晃动,她又忍不住发出了一声,"呜……"

"喂,你……"步淮止的脸上闪过一丝慌张,"你怎么了……"

"我……呜……"纪筱星又恶心难受地发出了声音,可是她依然死死咬着嘴唇,把已经在嗓子眼的东西又咽了回去,深呼吸一口气,坚定地对着步淮止说,"放心吧,我可以忍住的。"

眼看着车子终于开进了新校区,就要到站了,车上的人开始更加凶猛地向后门这边冲过来。

纪筱星你可以的,你一定能够忍住的。她咬着牙关,努力压抑着自己。

可是身边的人又开始骚动起来,甚至还有两个身形高大的男人非常用力地要挤到门边。

本来就已经在忍耐不让自己吐出来的纪筱星,被挤得更惨,接近于脚要离开地面的她,难受得五官都扭曲了。

就在这时,纪筱星忽然感觉到有一双手臂把自己一下子拉进了一个怀中。

纪筱星瞪大了眼睛,才发现面前的步淮止竟然用一只手环住了她,让她免于被这两个大汉给撞摔了。

他、他居然……抱自己?第一次那个亲密的"额头之吻"是意外就算了,但这显然是他故意的啊……

纪筱星吃惊地微微张开嘴巴,再加上车子到站的一个急刹车,她觉得喉咙里上涌的东西,一下子……冲破了牢笼。

纪筱星和步淮止下了车,但是她站在他的身边,小心翼翼地看着他毫无表情的脸,走也不是,留下也不是。

那现在该怎么办呢?

她侧过脸,看了一下步淮止胸口那一块白色的污渍,是她嘴里吐出来的豆浆,虽然不多,但是非常明显的一块,印在了他白色的T恤上。

"对不起啊。"纪筱星小声道歉。

不管怎么样,虽然是步淮止那霸气外露的一搂,才让她没忍住吐出来的,可那毕竟是在保护她。

步淮止看了她一眼,眼神复杂,只是叹气:"没事。"

"那、那我去上学了……"纪筱星看看手机,再耗下去就该迟到了。

"好。"步淮止点点头,看了一眼自己的胸口,转身朝着学校走去。

纪筱星看着他的背影,总觉得有些歉疚,但是现在也只能去上课了。

她朝着换乘的车站走过去,视线一下子扫到了路边的便利店,便立刻冲了过去,在货柜上拿了一包湿纸巾付钱。

等她再追过去的时候,宽敞的校园里,人来人往,已经看不到步淮止的踪影了。

纪筱星把湿纸巾收到了自己的书包里,转身往自己的学校跑了。

毫无疑问,纪筱星又迟到了。

这次梁文静直接把纪筱星带到了办公室里,愤怒地教训了一顿。

因为纪筱星不光在没有请假的情况下,就直接离开学校,而且没有跟她打招呼,就留宿在家里,这对于住校生来说是重大违纪,必须要记过和请家长了。

但是离开教室,是梁文静说的,那么晚上不在学校住,也是必然的。

这显然就是梁文静在针对自己,纪筱星当然更不能忍了。

"不用请家长了,我退宿舍。"纪筱星咬咬牙,头也不回地走出了办公室,回到教室。

顾洋趴在自己的座位上睡觉,感觉到身边的人回来了,立刻无精打采地爬了起来。看着气呼呼的纪筱星,他没有半点意外:"你跟梁文静有啥好吵的呢?你也知道人家第一次带班,压力也很大的,肯定要杀鸡儆猴,把违纪的都给办了。"

纪筱星翻了一个白眼:"睡你的觉。"

她在回来的路上,已经找老师问过了退宿需要的手续。

反正看来是一定要经过老爸签字同意了。

看着某人忧心忡忡的样子,顾洋从抽屉里翻出来一个小蛋糕递过去。

"吃点甜食吧,你们女生不都喜欢吃吗?"

纪筱星皱着眉头看了一眼:"对。那么你一个大男生为什么会有这个?"

"别人给我的。"顾洋直起身子,把自己的抽屉给纪筱星看,里面全是各式各样的零食,还有粉红色的小字条或者信封,"还有挺多的。"

果然,校草顾洋的魅力就是大。

"不吃。"纪筱星嫌弃地摇头,"要是有的人爱你而不得,给你偷偷下药怎么办?不吃不吃,拿走拿走,我满嘴虫牙。"

这倒是真的,纪筱星平时喜欢在身上准备几颗糖,吃着吃着就开始牙疼了。去医院一看,大牙被虫蛀了几个洞,补上之后,她就稍微收敛了一点。

顾洋又在自己的抽屉里翻了一会儿,也没有找到什么合适的东西,最后只能把自己的卷子拿出来递过去:"昨天你走了之后讲了这几张卷子,我都把解题过程写下来了,你记得看看。"

纪筱星拿了卷子扫了一眼,不禁对顾洋刮目相看:"你怎么突然那么勤奋,还认真地听讲了,你平时上课不都在睡觉吗?"

"这怪谁啊,又不来上课!"顾洋一脸不满。

不过刚说完,纪筱星稍稍愣住了,看着写满解题思路的卷子,不敢去看顾洋,悄悄红了脸。

他们俩从小学就认识,只是小学不同班,没想到初中他们俩分到了一个班,还当过一段时间的同桌,那时候就熟识了。纪筱星是单亲家庭,又喜欢惹事,偶尔做些翘课、打游戏、跟男生打架的事情,就会被家长数落,看看,这就是有娘生没娘养的结果。

那个时候顾洋就站出来将她护住。

于是他们俩就成了狐朋狗友，一路到了高中都是一个班，而且也这样坐在同一排，隔着条走道。文理分班重组之后，两个人又被分到了这样的位置，相互帮助打掩护上课睡觉。

顾洋的理科不太好，基本上都是拿及格分，倒是英语不错，每次都是拿接近满分。

纪筱星理科不错，就是英语奇差无比，所以两个人偶尔还互相帮忙讲个题。纪筱星有次生病，顾洋送她回了家，结果那次迷上了大学城里的小吃店，动不动就跟着纪筱星回A大吃吃喝喝，跟纪筱星的老爸也熟悉起来。

两人的关系自然越来越亲近。

一直以来，她都很确定，顾洋和自己是最好的朋友，也反复告诫自己，只能是朋友而已。

下午放学，纪筱星已经打定主意要退宿了，所以干脆收拾了书包，写了请假条去办公室。

梁文静也还在气头上，看了一眼："退宿申请还没有完成，你今天就不上晚自习了？不行，我不批准。"

"可是我不回家，怎么让我爸签字呢？"纪筱星还在生气，口气自然不好。

"那就等到周末回家了再说！"年轻的梁文静有些无奈，"纪筱星，现在是复习的关键时刻，不上晚自习对你的影响会很大的，你要是跟不上同学怎么办？"

"我会对自己的成绩负责。"

梁文静看着她油盐不进的态度，也恼了："总之先等到这周结束！礼拜六和礼拜天都是要上课的，到时候你再回家吧，礼拜天来把行李给搬了!"

顾洋倒是对这个消息还挺开心的,幸灾乐祸地说:"哎呀呀,总算不用我自己一个人待在这儿上晚自习了。"

"现在晚自习都是自己写作业,你有什么好抱怨的。"纪筱星还以为立刻就能够回去呢,没想到还是被拦住了,多少有些泄气。

最关键的是,她还以为自己今晚可以回家的,所以衣服也没有带够,现在才礼拜二,要支撑到礼拜六。

思考了好一阵,纪筱星摇摇头:"不行,我还是得回家拿点东西。"

"你回家来回一趟两三个小时,晚自习上不上了?"顾洋提醒道。

"嗯,那就不上了。"纪筱星收拾了书包,"我得回去拿衣服。"

顾洋点点头:"好,我陪你一起去。"

她愣了愣,劝道:"你就待着吧,一起消失多容易被老师发现啊。"

"如果你要回来的话,晚上太危险了。"顾洋二话不说已经收拾好了东西,站起来,"走吧,你要是过意不去就请我吃饭好了,我想吃大学城旁边的那家烤鱼已经很久了。"

纪筱星听前半句还在感动,听完后半句一颗心又重新落了回去:"我看你就是想翘课出去玩。"

"还是你最懂我。"顾洋乐呵呵地拍拍她的脑袋,走了出去。

两个人一起到了A大新校区等车,最近一班车还得有十分钟才开,天气热得不行,就去旁边买了奶茶。

穿着高中校服的两个人,跟一起等车的大学生相比显得格格不入。

不过顾洋个子高,又长了张魅惑的脸,眼睛长,嘴唇薄,看着就一副花花公子的模样,整天睡不醒的慵懒模样,更是显得他多了一种不一样的味道。

身边的学姐都忍不住纷纷侧头,对顾洋多看了几眼。

看了一路就算了,到了学校之后,某个高挑美女忽然走到了顾洋身边,开口道:"你好,能不能加个微信啊?"

顾洋看了对方一眼,面无表情道:"不用了吧,也没什么必要。"

美女有些不太高兴,但是看得出是个有经验的人,非常镇定地又说道:"说不定以后会有用呢?"

"比如?"顾洋已经有些不耐烦了。

"比如你缺一个可以帮你补习的好学姐。"美女撩撩头发,笑得十分自信。

谁知道顾洋看着她忽然冷笑了一声,一把搂住了身边看好戏的纪筱星:"没必要,我成绩还行,而且还很乐于助人帮同学补习呢。对吧筱星?"

纪筱星的心跳一下子加速,就这样傻愣愣地被顾洋搂着走了。

她反应过来想要挣脱,可顾洋搂着她小声道:"等会儿我请你吃烤鱼,就当帮下兄弟。"

她一下子就没出息地妥协了,让顾洋一直搂着走到了学校门口的水果摊。

"买点水果给咱爸吧。"顾洋停了下来。

纪筱星又羞又恼对着他的脚狠狠一踩,趁他吃痛的时候,从他的胳膊底下逃了出来,瞪着她:"少占我便宜,谁是你爸!"

"都跟你说开玩笑了。"顾洋不搭理她,蹲下身开始选水果。

"再不走我就不理你了。"

顾洋优哉游哉地选了一堆水果,付了钱。

终于到了纪筱星的家里,顾洋轻车熟路地坐到了沙发上,看着满屋子各种各样的修理工具,还在地上堆了不少尚未维修好的家电。

"其实我一直觉得纪叔叔很帅啊。你记得《变形金刚》吧?小时候我第一次知道你爸的职业时,还以为他是个厉害的机械发明家。"顾洋把手里的水果放在桌子上,然后拿起一台电脑,"说真的,你爸会不会组大黄蜂?"

纪筱星白了他一眼,自顾自地收拾着自己的东西,拿了两套衣服就准备离开了。

"走吧。"顾洋站起来,也准备出门。

纪筱星看着他买的水果还在桌子上,提醒道:"你的水果忘记带走了。"

顾洋继续朝门口走:"没事儿,都说了孝敬你爸的。我家教很好的,父母教我去别人家不能空手。"

"行吧,我请你吃烤鱼。"纪筱星也不想跟他客气,还显得矫情,"走吧。"

此刻,他们正在烤鱼店正大快朵颐,顾洋像是饿了几百年一样,吃得完全不顾形象。

纪筱星偶尔也会觉得他很丢人,要不是没钱进包厢,不然真的想把他给藏起来。

多亏他长了一张这样的脸。

她拿出手机给老爸发信息,告诉他刚才自己回了家拿衣服,水果是顾洋买的,这段时间都要住校了。

只是退宿的事情,她还不知道怎么跟他说。

老爸一直觉得她不想住校只是想要逃避晚自习,平时偶尔回家可以,但是真的要退宿,他还是会生气的。

吃得快要差不多了,人也多了起来,大批的大学生成群结队地进来,烤鱼店里开始变得拥挤起来。

纪筱星打算结账走人了,大声喊老板过来,结果一道女声立刻插

了进来:"哎,这桌的人要走了!"

她站起来,看到了之前跟在步淮止身边的小迷妹兴奋地走了过来,两个人对视,都是满眼的鄙视。

纪筱星心中暗道不妙,果然,就看到了步淮止跟在身后,慢悠悠地走了过来。

小迷妹冷哼:"又是你啊。"

对,没错,就是本小姐。

不过纪筱星只敢在心里揶揄,没有说出来。她看了一眼小迷妹身后的步淮止,他已经换掉了早上的衣服,现在穿着纯黑色的T恤和黑色的运动长裤,再加上一顶黑色的棒球帽,一身黑色。

莫名其妙地,这样的步淮止好像变了一个人一样,整个人的气质都改变了。

在步淮止的身后还站着几个人,纪筱星之前见过,基本都是学生会的人。

纪筱星看了一眼身边的顾洋,他还在慢悠悠地吃。

"喂,你们不是要走了吗?"小迷妹开口。

"我们爱走不走,跟你有什么关系?"纪筱星本来还想着把顾洋叫起来,但是这么一听,就重新坐下来。

顾洋也回头看了一眼身后的人,依旧不紧不慢地吃着东西。

咱俩真默契!纪筱星递给顾洋一个赞扬的眼神。

"也太慢了吧?"小迷妹开口催促,见老板迟迟没有来,又喊了一声,"老板,这桌的人要结账了。"

纪筱星重新拿起筷子吃起来,边吃还边跟顾洋说道:"没事,你慢慢吃吧,反正老板也没空结账。"

"哎,你真是……"小迷妹气得不行。

忽然,步淮止开口:"闻喜,别人没有吃完,不要打扰别人。"

原来小迷妹的名字叫闻喜啊，听着倒是很可爱，只是性格恶劣了些，还不如旁边传闻中冰冷不近人情的步淮止。

"她明明已经要结账了！她现在分明就是故意的！"闻喜气结。

步淮止没有说话，但闻喜还是老实了下来。

其实差不多也就行了，纪筱星的目的就是气气闻喜，再次高声喊了老板过来。

这次老板应了一声，赶紧过来了。

纪筱星要拿钱，顾洋却从口袋里直接掏出了钱递过去："结账吧。"

老板毕竟也是在校门口经营饭店多年，见过不少男男女女，这样的套路还是很清楚的，于是避开了纪筱星的钱，而是选择拿了顾洋的，结完了账。

纪筱星一看不行，想要把钱还给顾洋，他擦擦嘴站起来，对她笑了笑："等会儿你陪我去个地方，这顿饭就当是我给你的报酬吧。"

她气得要拒绝，却被顾洋一下子拉住了手腕，想往外面带。

结果正经过那些人身边，另外一只手腕忽然被拉住了，纪筱星惊讶地回头，看到了步淮止的脸。

"你的东西，没有拿。"步淮止另一只手指了指桌子，松开了纪筱星的手。

纪筱星看过去，还真的看到了自己的校牌在上面。她正打算挣开顾洋的手，自己去拿，但是顾洋已经先一步松开她，帮她把校牌拿了回来。

顾洋经过步淮止身边的时候说了句"谢谢"。

顾洋把校牌放进纪筱星手里，结果老板出来，说是刚刚的钱收错了，要给他退点钱。

顾洋听完跟纪筱星说道："你在这里等我。"说完就立刻进去了。

纪筱星一抬头，发现步淮止还在看着自己。而且这一双眼睛，目

光灼灼。

纪筱星不想跟步淮止尴尬地站在这里,也想跟着顾洋过去。

她有些仓皇地迈步,哪知这烤鱼店的地板上满是油垢,她一个不小心脚下一滑,向后倒的时候,就感觉到腰间轻轻被人搂了一下,让她没有摔下去。

她一扭头,看到了步淮止。

怎么又是你……

当然,没有停顿多久,闻喜已经冲上来,一把拉开了两个人。

闻喜气得质问纪筱星:"你在干什么!这种投怀送抱的举动也太明显了吧!"

顾洋走过来,顿时板着脸,盯着闻喜:"你说什么呢?"

纪筱星看了步淮止一眼,他没说什么,而是静静地看着她。

"没事儿,故意要咬人的狗,多说一句都能成为被咬的理由!"纪筱星狠狠说着,脚下用力一跺,打算离开,就感觉到自己的脚好像踩到了什么。

纪筱星低头一看,步淮止白色的球鞋上,一个带着黑色油渍的脚印赫然在目。

她看了看步淮止的脸,他显然也有些惊讶,神色微微痛苦,而且这一脚,显然她踩得不轻……

"对不……"纪筱星的道歉还没说完,顾洋又重新拉着她的手腕,把她给拽出去了。

"跟这样的人没必要道歉,直接走就是。"顾洋回头看她一眼,"但是如果她再欺负你,一定要告诉我,我帮你出头。"

纪筱星被他逗笑了:"你一个大男生难道还要跟女生动手不成?"

"不啊。"顾洋扭头对她一笑,"在你跟她对骂的时候,我给你摇旗助威啊。"

顾洋和纪筱星一起上了车。

但是纪筱星怎么看都觉得这就是回学校的路线，于是奇怪地问顾洋："不是有地方要去？"

顾洋把头靠在车窗上，假装睡觉："忽然觉得累了，还是回学校吧。"

纪筱星莫名有些失落，在口袋里翻钱："那我还是把钱还给你。"

"不要。当你老大那么多年，请小弟吃点东西有什么？我跟你谁跟谁啊，平时我开玩笑的时候也喊纪叔叔叫老爸呢。"顾洋闭上眼睛，嘴角露出一个坏笑。

纪筱星的脸唰地红了，有些不安："少占我便宜，我爸没你这样的孩子！"

"唉！"顾洋依旧闭着眼睛，"你说那种特别文静的女孩子喜欢什么呢？"

"啊？"纪筱星的心顿时像是被塞满了空气，"你问这个做什么？你喜欢谁了？"

"不告诉你。"顾洋嘴角挂着一丝神秘的笑，睁开眼睛看她，"也是，我问你也是白搭，你怎么会知道呢？"

纪筱星咬着嘴唇没说话。

她能说什么呢？他们俩只是很要好的朋友而已啊。

好不容易在学校熬到了星期六，纪筱星拿着退宿申请表，去找了梁文静。

结果梁文静压根儿就不在，纪筱星打电话给对方，也没人接。

没有请假如果再跑的话，肯定要被梁文静给记在小本本上了，以后上课背书答题、下课抽查小测肯定第一个点她，所以她只能哀怨地

· 022 ·

一直留到了晚上,回了宿舍。

还没有熄灯,她用手机看之前下载下来的小说。里面形容男主的词汇,先是让她想起顾洋,可是顾洋在她面前出了太多洋相,那些帅气的场面都不像他。

所以她莫名其妙地想起了步淮止,想起第一次的"亲密接触"、第二次的拥抱、第三次的牵手。

纪筱星忽然心潮涌动,在微博上搜索着步淮止的信息,不愧是校园风云人物,几乎Ａ大官博里每一条关于他的,底下都会有近百条的评论。

无一不是在夸他长得帅,还有那些辉煌的成绩。

步淮止以专业第一名的成绩考入Ａ大,每年都是优秀奖学金获得者,代表学校参加各种比赛。而且他家境不错,父亲是商业大佬,母亲生于书香门第,唯一不足的就是,他太难接近了。

所有留言几乎都在说,步淮止就是雪山山尖的冰块,永远都不会化。

还真是巧了,纪筱星有些暗爽地想,自己还跟他好几次亲密接触。

她不知不觉看入迷了,到了熄灯时间,舍管大妈不允许再看到宿舍里有任何光亮。

纪筱星还不想睡,只能拿着手机来到走廊上,打算看看小说。

学校宿舍对高三学生的特别恩准,就是走廊上有一块空地,专门给想要复习的高三学生使用,在这里可以借着楼道的灯复习。

纪筱星走出去,果然看到了几个女生正在看书,而且其中还有自己班的班长文月。

平时就觉得文月绷得特别紧,上次模拟考出成绩的时候,她因为掉出了年级前十哭了整个晚自习,现在看到她在这儿复习也就不奇怪了。确切地说,每次纪筱星看见她,她的手里都捧着书。

纪筱星拿着一部手机,乐呵呵地坐在了旁边。

没看多久,楼道里的灯忽闪忽闪了几下,越来越不稳定,最后"啪嗒"一声,灭了。

纪筱星真佩服自己,这楼道里的光芒照耀了多少届苦读的学子,她这个不思进取的家伙一来,灯就烧了。

她的错,这绝对是她的错。

文月神色紧张,一脸痛苦道:"完了,明天要考的题我还没有看完!这次我惨了,怎么办啊,舍管能来修吗?"

舍管大妈正好巡楼走过来,看到灯灭了,无奈道:"先回去吧,只能明天再修了。"

文月的眼泪立刻在眼眶里打转:"不行啊,我还没有看完呢!"

舍管大妈依旧毫不留情地赶人:"都说不行了,赶紧走吧。"

纪筱星于心不忍,总觉得这是自己的错,于是走过去拍拍文月的肩膀:"别怕,我有办法。"

文月点点头,擦掉眼泪:"你有什么办法啊?"

"相信我。"纪筱星露出一个邪恶的笑容。

纪筱星的老爸开的就是维修店,各种家电都能够帮忙修理。纪筱星从小耳濡目染,也喜欢捣鼓这些小电器。换灯泡这么简单的事情,她十岁就了如指掌,甚至偶尔还会利用学到的知识,自己组装一些小台灯啊之类的小东西,所以工具很齐全。

于是她从自己的柜子里拿出了备用的灯泡和一些工具,打算亲自换灯泡。

按照步骤一一完成,灯立刻就亮了。

纪筱星得意扬扬,对着文月道:"你看吧,我都说我有办法了。"

文月的眼泪终于停住了,忍不住冲上去抱了她一下:"天啊,小

星你真厉害。"

换灯泡、换水、开瓶盖,纪筱星觉得自己过去的十八年,淑女气质没有培养出来,倒是男友力超强。

"没事,小菜一碟……"纪筱星的自谦辞还没有说完,灯泡忽闪忽闪,忽然发出"嘭"的一声,碎了一地。

文月也叫了一声,捂住了自己的胳膊,指缝间渗出了血液。

纪筱星跟文月就站在旁边,想来文月是被炸开的灯泡碎片割伤了。她看着满脸痛苦的文月,还有碎了一地的灯泡,有些呆了。

忽然,整栋宿舍楼的照明灯都忽闪了一下,然后便陷入了黑暗之中。

纪筱星心里发凉,觉得自己好像惹了大事了。

第二天一大早,纪筱星没有上完课,就被纪淳给领回去了。

梁文静一个三十岁不到的姑娘,把四十多岁的纪淳训得直不起身子,就没有抬起头来的时候。

纪筱星看着老爸那样,心中难受得不行。

她换的那个灯泡和电压不符合,虽然不至于把整栋楼的电源线都给烧了,但也烧了大半。

纪淳说自己会维修好的,也确实做到了。

梁文静终于逮到了机会,自然是把纪筱星的"种种恶行"全部抖了出来,说了一个小时都没停。

最后梁文静喝着茶,喘了口气,说道:"纪筱星,你不是想退宿吗?走吧,我们是没本事收你了。"

纪淳想要再开口恳求梁文静,而纪筱星不想看着自己老爸更加卑微,于是把早就写好的退宿申请表甩在梁文静面前,说道:"好,退宿就退宿!"

纪筱星放下退宿申请表之后，纪淳就没再说什么。临走的时候，他又跟梁文静说了句抱歉。

纪筱星没有想到，自己终于如愿在礼拜天退宿了，竟然会是以如此惨烈的方式。

她还得被停课一个礼拜。

回教室拿书的时候，班长文月已经正常上课了，看着她的眼神里充满歉意。其实该道歉的人是她纪筱星才对，于是她也给文月回了一个抱歉的眼神。

顾洋看着她收拾东西，满脸不高兴："没事，大不了我也违反个校规，到时候找你玩。"

算了，纪筱星想起之前他的话，心里已经不会再多存幻想了。

"别别别，我还指望你给我记课堂笔记呢。"纪筱星豪迈地把书包往肩上一甩，大步走出了教室。

回去的路上，纪淳拿着一大堆东西，没有说话，见纪筱星的行李不少，就租了一辆面包车。

纪筱星想过要不要卖个萌什么的来让老爸消气，可是不管她说什么，老爸一直板着一张脸。

两个人一路上沉默不语，只有电话不断地找纪淳，应该是有学生想去修东西，没找到人。纪淳好言好语地说马上回去。挂了电话，他又重新陷入沉寂当中，直到他们回到在校外租住的屋子。

下了车之后，纪淳结完账就开始搬东西，还是没有搭理纪筱星。

她也跟着帮忙搬运，没多久就搬完了所有的东西。

"老爸，你真的打算不理自己的宝贝女儿了？"纪筱星真委屈，"你看，我退宿了不也挺好的吗？这样咱俩能见面的机会就多了。"

纪淳总算是愿意回话了，只是声音冰冷："看了十几年了，有

点腻。"

催促的电话又打了进来,纪淳说着就要离开。

纪筱星拉着纪淳装可怜:"你的宝贝女儿饿了,不给点饭钱吗?"

纪淳甩开她的手:"纪筱星,我忘了告诉你,你什么时候能够回去住宿,我什么时候给你生活费。"

"什么?"纪筱星惊讶,"你还指望我要回校住宿呢?怎么可能,宿舍我是肯定不住了。"

"那生活费我也肯定不给了。"

"哪有你这么耍赖皮的!"

"你是我女儿,要从我这拿钱就得听我的话。你去给梁文静道歉,然后老老实实住校去!"

纪筱星气得不行:"我还偏不!不给我生活费就算了,我自己想办法!"

不等纪淳接话,她就摔门进到屋子里去了。

纪筱星真是委屈,这件事确实是她的错,可是不住宿又有什么关系呢?至少还能陪在老爸身边啊。

门外传来关门的声音,纪淳应该是去店里了。

纪筱星躺在床上,看着天花板。

行吧,不给就不给,她难不成还能被饿死!

在家睡到了下午,纪筱星饿得肚子咕咕叫,一整天没吃东西了。

纪筱星一路狂奔到A大食堂,用身上仅剩的零花钱,从季阿姨那里点了碗面,坐在大厅吃起来。

季阿姨还特地给她舀了汤:"你爸没给你做饭?"

"我爸恨不得跟我在堂前三击掌,断绝父女关系。"纪筱星呼噜噜地大口吃着面条,"我俩吵架了,他不管我了。"

"没事,你来我这儿,我给你饭吃。"季阿姨拍拍她的脑袋。

纪筱星露出一个尴尬又不失礼貌的微笑,回避了季阿姨的眼神。

她正在犹豫着该回什么话的时候,旁边水果摊的王姨妈过来喊她:"小星啊,过来帮我看一下摊。哎哟,小季啊,又给老纪看孩子呢?"

又来了又来了,虽然知道对方没有恶意,但是一直这样开玩笑,纪筱星还是觉得尴尬。

所以纪筱星赶忙应了一声,端起自己的面就来到王姨妈的摊位上。

来买水果的大学生不少,大家也都熟知价格,纪筱星其实根本不需要太顾着生意。

没想到,在杂乱的人群中,她突然听到了一道熟悉的声音:"准止啊,你要不要吃点水果?啊?不要?那你稍微等我一下,我买一点苹果……"

纪筱星看到了总是跟在步准止身边的小迷妹闻喜,正在向水果摊走过来。

难道步准止也在这附近?

果然,纪筱星稍微搜寻了一番,就看到了步准止站在不远处。即使混迹在人群之中,那样耀眼的外貌让他依旧拔类超群。人来人往的食堂里,他孑然而立,带着一种说不出来的孤寂。

纪筱星看了一会儿,总觉得他的气息太清冽了。

让人根本就不敢靠近。

比如旁边至少有两个女生已经是第三次经过他身边了,虽然脸上带着漫不经心的表情,但每每经过时都会悄悄对他抛去视线。

可惜人家步准止自带光圈结界,压根儿没有发现。

真是可怜那群芳心暗许的妹子。

不过纪筱星并不想跟闻喜见面。

那个不小心的额头吻之后,闻喜的双目迸发出愤怒的光芒,恨不

得将她撕碎。

还有那天步淮止众目睽睽之下拉了她的手，闻喜更加怒不可遏，恨不得上来把她的手给剁了。

后来步淮止还搂了她，要是眼神能杀人，估计她应该已经被闻喜的视线凌迟三次了。

惹不起，她还是躲得起的。

于是纪筱星端着自己的面，转了个身。

这时，传来闻喜的声音："哎，这两种苹果为什么不一个价格啊？"

纪筱星背着她回道："品种不同啊大姐。"

"我看这苹果也不新鲜了，能不能稍微便宜点？"

"我只是看店小妹儿啊大姐。"

"哎，你都没看我说的是哪个，你先回头看看。"闻喜不依不饶。

纪筱星在想着怎么应对的时候，王姨妈总算是回来了。

"小星啊，辛苦你了……"

来不及跟王姨妈多说几句话，纪筱星就端着面准备从人群中挤出来，正好是下午放学，来买东西的学生不少，她手里端着碗，挤得很艰难。

没想到她刚挤出来，正好和人群外的步淮止面面相觑，两个人相视一眼，表情各异。

步淮止垂眼看了看纪筱星手里的面，又抬起头看了看她的脸，神色警惕，默默地向后退了一步，他白色的运动鞋上似乎还依稀残留着她那黑漆漆的脚印。

这受害者的小表情，加上这墨色的双眸无辜地瞪着，还真像是一只可怜兮兮的小狗啊，但是这也就说明，他还记得那一脚的惨剧啊。

"哎呀，放心，这次我不泼你……"纪筱星知道自己也该为之前的事道个歉，不过看着步淮止那满脸不信任的表情，她又重申了一遍，"我真的不泼你……"

"淮止，我买完了！"
"啊啊啊！"
人算不如天算，谁知道闻喜会因为买了水果而如此兴奋，转过身也不看人，就直接这么撞上来，所以纪筱星手里的面也就这么顺带着向前一泼……
哗啦啦！
即使步淮止后退了两步，依然未能幸免。
深蓝色的运动裤明显带着水渍，整双白色的鞋子都变了颜色。
纪筱星抬起头看了看步淮止，他表情僵硬，愣了一会儿缓缓抬头，对她怒目而视。
"对不起。"她小声说了句，"我真不是故意的。"
"还说不是故意的！"闻喜生气地一步走到他们两个之间，挡在了步淮止前面，对纪筱星怒道，"怎么又是你啊！阴魂不散！"
纪筱星看着面前冲自己叫嚣的女生，不禁好笑——如果不是她那么冲动撞上来，自己也不会造成现在的惨剧，道歉都已经不错了，居然还冲自己大呼小叫。
纪筱星当然忍不了，不耐烦地看着闻喜："这位学姐，是你先撞到我，我已经道歉了，你是不是还欠我一个道歉？"
"学姐，谁是你学姐？你只是住在这附近的商户家的小孩儿吧，考得上这里吗？"闻喜的脸上浮现了明显的鄙夷，冷哼一声。
纪筱星不可置信地看着闻喜，居然会有人这么不讲理？不对，上次她就已经见识过一次了。
她正要开口反驳，站在一旁的步淮止突然开口："闻喜，她已经

道过歉了。"

作为步淮止的小迷妹，闻喜顿时就蔫了，只是瞪着纪筱星，满脸不屑，然后走到了步淮止的身边。

没有了这个障碍，纪筱星终于清楚地看到了步淮止的表情，依旧是拒人于千里之外的淡漠，看着自己的目光没有一丝温度。

纪筱星的心情也被搅得非常糟糕，这件事她没有做错，完全就是闻喜自己撞上来的，但显然步淮止并没有打算站在自己这边，只不过是阻拦了闻喜而已，也并不是因为觉得闻喜做错了。

"那你怎么办？你赶紧回宿舍换一下裤子？"闻喜的所有注意力都在步淮止身上，压根儿不搭理纪筱星。

步淮止摇头："不用了。"

闻喜左右看了看，撂下一句"你在这里等我"就立刻跑开了。

纪筱星看了看步淮止身上的汤，手不自觉地伸到了包包里，摸到了那天买给他的湿纸巾。

她犹豫了一会儿，然后走上前，把湿纸巾递过去："给，用这个擦擦吧。"

"嗯，谢谢。"步淮止接过来，用湿纸巾擦了擦身上的污渍，但显然已经无济于事。

纪筱星对他多少还是愧疚的。

第一次把奶茶泼在了他脚上，第二次将豆浆吐在了他的胸口，这一次又是汤。

自己就像是扫把星一样，每次见面都只是让他更倒霉。但不知道为什么，纪筱星忽然觉得还挺好笑的。

每次在她觉得自己倒霉得不行的时候，步淮止的遭遇总会让她觉得自己没有那么可怜。

在别人面前高不可攀的学生会会长，长相出众，性格淡漠，偏偏，在她面前是个倒霉蛋。

"你在笑什么?"步淮止出声打断了她的思绪。

纪筱星摇摇头,严肃地说:"你最近要不要去庙里拜拜,或者你以后看见我就绕道走。"

"你这是在威胁我?"步淮止皱着眉头看她,露出怀疑的神色。

"哪能啊,我就是觉得你太倒霉了。"纪筱星认真地说道。

步淮止没搭理她,继续拿着湿纸巾擦掉裤子上那些汤汁。

纪筱星总觉得在这里站着好像也不太好,她就走到季阿姨的店铺,把碗还回去。

等纪筱星再出来的时候,看着闻喜已经回来了,手里也拿着湿纸巾。

闻喜看到步淮止手中的湿纸巾后大失所望,还有些丧气地感叹原来他已经有了。过了一会儿,她又疑惑地提出之前没看他随身携带湿纸巾,还不甘心地追问着是谁给他的。

还真是管得宽。纪筱星放慢了脚步,假装不经意地经过,就怕闻喜没看到自己脸上得意的笑,在跟她示意说:没错,就是我给的!

还没走出多少步,纪筱星隐约听到了步淮止回答:

"不是,是我自己的。"

纪筱星冷哼,大概是因为怕闻喜误会,所以才会对她撒谎的吧。

是啊,她一直都忽略了,这么冰冷的男神为什么会允许身边跟着这样叽叽喳喳的姑娘,电视剧里不都演了吗,因为这个姑娘一定是特殊的。

她才是那个不小心擦肩而过的人。

你会因为在拥挤的人潮中不小心的一个暧昧的碰撞,就觉得这是一段罗曼史的开场吗?

电视剧里会,但是现实生活里不会。

第二章 信号接收失败

没有了老爸的接济,纪筱星还是可以找到活路的。

都说大学就是一个小社会,纪筱星在这里混了这么久,认识了不少人,也算是长了不少见识。

学校的操场到了晚上就成了学生们的小市集,不少学生从批发市场进一些小商品来这里售卖,只需要摆个衣架就能当作一个摊。

虽然不太符合校规校纪,可这也算是自主创业,大多时候老师们都睁一只眼闭一只眼。

所以纪筱星就吸收了过去的经验,用自己之前的积蓄去进了一批小商品回来,搬一张小桌子站在了操场上。

毕竟这次跟老爸的争吵可能是持久战,因为她是不会去住校的。如果以后老爸一直要用生活费来要挟她,不给自己找到经济来源,肯定只能丢脸地认输。

她才不要这样!

纪淳偶尔经过操场,就看到自己这个倔脾气的女儿,站在操场上摆着摊,就差没有摇旗呐喊——这是在向他示威。

他叹口气,咬牙回到了店里,打算不搭理她。

纪筱星当然也看到了自家老爸,但现在正是较劲的时候,当然要拿出自己的决心。

她甚至还站起来,对周围路过的同学打招呼。

纪筱星进的货都是些比较便宜的东西,比如充电线、手机壳,还有一些从大四学生手里收购的二手录音机、热水壶之类的,再转手卖出去,所以定价很低。毕竟她的目的在于赚够自己的生活费,不指望发大财。

一个晚上下来,赚到了将近一百块的利润。

差不多了她就收拾东西走人,回到家里就继续看书复习。

晚上十点多,顾洋准时给她发了图片,都是这段时间老师讲解的试卷,还有每道题的解题过程。

她心里是挺感激的,连说了几个谢谢。

顾洋很欠扁地回复:"那你发几张自拍,让我看看你有多惨。"

纪筱星把自己书桌上的一个木头小人摆出了一个超人的姿态,拍了照片给他发过去。

"想太多,我怎么会惨,我天下无敌。"

就算是自己那卑微又胆小的心思就这么无疾而终,她也不觉得自己可怜。

人生嘛,哪能不体会一点苦涩。

只是,人算不如天算,那个时候纪筱星没有想到……自己的人生

不是一般的苦涩，简直就是吃黄连。

这一天，晚上吃过饭，纪筱星照例去学校摆摊。

到了地点，见平时一起在这里摆摊的几个小摊主都没有出现，纪筱星心中存有疑虑，但也没有多想，拿着一本书在旁边借着台灯的光看书。

没想到还没有摆多久，冷不丁响起了一道声音：

"同学，这里是严禁摆摊的，今天已经张贴过通知了。"

纪筱星一抬头，看到了步淮止，说话的人不是他，而是他身后站着的一个女生。

那个女生，纪筱星觉得眼熟，盯了她好一阵，然后认出她来，竟然是之前找顾洋要微信号的高挑美女。

纪筱星赶忙站了起来，因为来的人不止步淮止和这个美女，还有好几个同样是学生会的人，另有两名老师，他们身后还跟着学校的两个保安。

"嗯？"纪筱星奇怪，看着这架势，稍微有点软，"可是平时大家不都是这样摆吗？"

她说这话实在心虚，早就听说过校内不准摆摊，但是她也没想到学校会动这么大阵仗来查人……

"平时你没看到只是因为还没有组织检查，不代表不查。"高挑美女上前一步，然后对身后的两个保安说，"没收吧。"

没收？纪筱星看着自己的东西，如果全部收走了，自己这些天的努力不就全部白费了？

"等、等会儿！"纪筱星着急地看向步淮止，向他求助。

但是步淮止一言不发地站在旁边，避开了她的视线。

"去吧，没收了吧。小姑娘，看你年纪小，且不是这个学校的，就不罚款了。但是东西得没收，下不为例。"其中一个老师走出来，

"走吧。"

纪筱星咬咬嘴唇，没有说话，看着保安把东西全部拿走了。

从头到尾，步淮止没有说一句话。

大家都走了。

纪筱星看着步淮止的背影，失落至极，越想越气。

纪筱星沮丧地回到家里，老爸已经收工待在屋子里了，桌子上摆着饭菜。

"嗯，我听说……"纪淳刚开口，就看到自己的女儿快步走回卧室，房门被重重关上了，他的话又重新咽了回去，看着一桌子的菜，摇摇头。

纪筱星眼神空洞地趴在书桌上。

手机忽然振动起来，是顾洋又给她发了今天讲的题，还跟她分享了班上发生的趣事。

她看了这些消息，回复了一个"哦"，就开始看书做试卷。

顾洋又发了一条："心情不好？"

这都能看出来吗？纪筱星急匆匆地回复了一个"没有"，就把手机扔在一旁充电去了。

她想了想，又拿了回来。

她的手指在键盘上打得飞快。

"是，我心情不好，可是那又怎么样呢？你能帮我什么呢？我们是最好的朋友，连我回个信息你都知道我现在的情绪如何，可为什么你偏偏就是看不出来我对着你的时候，到底在想什么？但凡你知道一点……"

但凡你知道一点……

我们会不会连朋友都做不了？

所以,纪筱星又一个字一个字把这段话都删掉了,最终拿着手机,什么都没做。

转天一大清早。

桌子上放着豆浆油条,纪筱星的心终于得到了一丝慰藉,正打算去吃,忽然又觉得不对,这一看就是老爸的怀柔政策,不行!

她又把手收回来了。

这打击悲伤一个晚上就够了,今天还是得想办法解决才行。

所以纪筱星出了门,跑到 A 大的食堂,买了小笼包慢慢吃。她眼睛盯着来来往往的人群,试图找到步淮止。步淮止是学生会主席,如果能够出面帮她说说话,或许可以挽回一些损失。

可是纪筱星在食堂等了一上午,都没有看到步淮止的身影。

她只知道步淮止是外语系英语专业大二的学生,但是在哪个班,在哪栋楼上课,并不清楚。

下午,纪筱星一边在图书馆里复习,一边等待着。到了放学时间,她决定亲自去找找,虽然不知道步淮止在哪儿上课,但是学生会的办公室位置,她还是听说过的。

她摸到了学生会办公室的门口,小心翼翼地朝里面看了一眼,里面并没有人。

在门口走来走去,纪筱星时不时地探头看看,总觉得自己被没收的东西说不定就藏在这里面,但是好像直接进去也不太好。

等了好一会儿,纪筱星想要直接进去看看,要是东西还在学生会,就可以不惊动老师,求求步淮止,让她拿回东西。

突然,有人拍了拍纪筱星的肩膀。

她吓得一回头,看到了高挑美女的脸。

"学……学姐。"纪筱星不知道应该怎么称呼对方,下意识地这样喊了。

这姑娘看着比闻喜高冷，意外的是，脾气还不错。只见她嘴角上扬，露出一个甜美的微笑，道："小妹妹，你来这里干什么？"

高挑美女是真美，一笑倾城，就连纪筱星都差点被她的魅力折服。真不知道顾洋怎么会拒绝这样好看又自信的女孩子。

纪筱星越来越好奇顾洋在意的人到底是谁。

"我是来找步淮止的。"纪筱星坦白从宽，"学姐你看到他了吗？"

"会长啊……"高挑美女故意拖长了尾音，语气里满是揶揄，"因为来找会长的小姑娘很多，所以他还特地交代过，要根据别人来找他的目的，来回答这个问题。"

"我跟她们可不一样！"纪筱星赶紧摆手，生怕对方误会了。

高挑美女立刻笑了："会长今天不在。你找他有什么事吗？难道是为了你的那些东西？"

纪筱星点头："嗯，想求个情。"

"那你可找错人了。"高挑美女叹口气，"因为在操场上查摆摊的事就是会长的意思啊。"

纪筱星一愣："嗯？"

"平时会长很少管这些事的，但不知道为什么前几天忽然提出要严查操场摆摊的事情。"高挑美女拍拍她的肩膀，很是无奈，"你也是比较倒霉……不过会长也很奇怪啊，偏偏就是要这几天查。一般有这样的风声呢，大家都会知道情况，基本都不出来了，就算来查也查不到什么，最后也会干脆作罢。结果那天会长一口咬定会有，原来就是你啊……"

纪筱星没再听下去，跟这个学姐道了谢就离开了。

她慢悠悠走下楼梯，脑子里还回想着学姐的话。

学姐没有必要骗她，如果就是这几天才突然提出的，怎么这么

巧,她也是这几天才在操场上开始摆摊的。

难不成他觉得自己之前几次是故意整他,所以看她不顺眼也要整回来?

岂有此理,这个家伙,真是撞到枪口上来了!

纪筱星决定先去补充体力,重新回到食堂,排队打饭。

她好不容易厮杀出来了,这个时候的食堂人满为患,几乎找不到什么空的位置,转悠了一圈,终于让她看到了一个空位,赶紧冲过去。

"同学,这里有人坐吗……"纪筱星一抬头,看到了坐在面前的步淮止。

找了一整天,在她最不想看见他的时候,居然出现了。

好哇!人间有路你不走!这就不要怪我了!

而且这步淮止的身边坐着闻喜,纪筱星心中的怒气值继续上升。

"有人了。"闻喜没好气地说道。

这两人还真是像连体婴一样啊,生怕别人不知道你们俩关系亲密。纪筱星暗暗吐槽,但是没有离开,更没有坐下,而是看着步淮止,或者说是瞪着他。

步淮止在她的"注视"下,终于开口了:"没有人,坐吧。"

纪筱星把餐盘往桌子上重重一放,示威般朝闻喜看了一眼,坐在了步淮止的面前。

闻喜对于步淮止的话敢怒不敢言,只能用眼神和纪筱星来回交战。

纪筱星嘴巴小巧、鼻子小巧,偏偏眼睛生得大,又圆又水灵,炯炯有神,用力瞪人的时候,更加战斗力十足,首先眼神就足够压倒对方。

没多久,闻喜就败下阵来,只能开始语言上的攻击:"唉,说了有人,还坐下来,真是脸皮够厚的。"

"你是耳朵聋了吗?你家少爷说了没人,可以坐。"纪筱星毫不客气地反击道。

"就是因为你这么厚脸皮,准止哥人好,不想让你难堪才这样说的。"

"所以你就是人坏啊,故意让人难堪。"

"你!"闻喜气得无法反驳,脸都涨红了。

纪筱星从头到尾都注意着步准止的表情,想知道如果自己攻击他在意的人,他会有什么样的态度。

但是他始终面无表情,安静吃饭,有时候他静得让人怀疑他没有情绪。

所以纪筱星就只能恶狠狠瞪着步准止,把胡萝卜吃得嘎嘣响。

结果一下子没注意,她嘴里的胡萝卜蹦到了对面步准止的盘子里。

这下就尴尬了,他不会以为她是故意的吧?

天地良心,这次是意外。

步准止停了下来,皱眉看着那一小块无辜的胡萝卜落在他的盘子边缘。

"你也太脏了吧!准止哥,我吃不下了,我们走吧!"闻喜把筷子一放,拉住了步准止的胳膊。

纪筱星哈哈冷笑:"那谢谢啊,刚好不用在这里碍眼。"

步准止抬起头来淡淡看了她一眼,放下了手里的筷子,对闻喜道:"嗯,走吧。"

说完,两个人就站起来朝外面走。

哎哟,这样就走了,那她今天跑来跑去找了步准止一整天岂不是白跑了!

步淮止和闻喜已经走出有一截了,纪筱星快步追上去,一下子拉住了步淮止的胳膊。

"步淮止,你等一下。"

步淮止停下来,转过头看着纪筱星。

身边的闻喜立刻跳出来,警惕地看着纪筱星道:"你想干什么?"

"我有话要问你。"纪筱星怒气冲冲,总觉得这闻喜太碍眼了,如果想报复步淮止的话,这个小跟班绝对是自己的绊脚石,"这位小姐姐,你能先走开吗?"

闻喜抢先开口怒道:"喂,你到底要怎么样啊?淮止哥没有什么可以跟你说的……"

步淮止却开了口:"嗯,闻喜你先站过去一点。"

闻喜的脸顿时尴尬得如同染了一层绿色,又因为窘迫变成了红色,变幻万千,但她还是老老实实走到了一米开外。

"昨天是你带人去没收我的摊子吗?"纪筱星开门见山,直勾勾地盯着他的眼睛——哼哼,休想骗人,我可是都看得出来的!

步淮止墨色的双眸,犹如深不可测的海,又如同夜空的星。

他没有直接回答,而是反问:"你觉得是我做的?"

谁知道呢?她害他那么倒霉,说不定心中早就想把她给铲除了呢。

正当纪筱星要开口的时候,突然有人喊了她的名字。

"小星!"

他们三人一并转头看过去,看到了顾洋背着书包满头大汗地朝他们跑了过来。

他怎么会……纪筱星看呆了,满脑子乱糟糟的,难道昨晚那些话发出去了?不可能啊!

顾洋来到了纪筱星面前,看了一眼步淮止和闻喜,立刻紧张地问:

"他们又找你麻烦？"

"你这人怎么说话呢！"闻喜暴怒。

顾洋充耳不闻，依旧看着纪筱星："要是找你麻烦就跟我说啊！我不会让别人欺负你的。"

纪筱星还沉浸在惊讶之中："你怎么来了……"

"昨天感觉你很难过，有点担心，下了课我就过来了。"顾洋看了一眼步淮止，扭头问纪筱星，"怎么了这是？"

本来纪筱星想解释的，没想到之前那个高挑美女也走了过来，还一脸看八卦的神情，兴奋地说："我就说怎么这么热闹呢，小帅哥咱们又见面了。"

"林槐，你认识他们？"闻喜问。

叫作林槐的高挑美女有些害羞地摸了摸自己的后脑勺："其实不认识，就是之前想找这个小帅哥要微信来着，结果人家一口拒绝了我，大概是心中已有自己的答案。"

这话一出，纪筱星当即就想要解释。

结果顾洋已经搂住了纪筱星的肩膀："嗯，不怪学姐，是纪筱星总是害羞不愿意承认，非得保持距离。"

"喂喂喂，我的意思是补习老师，你在想什么呢？"林槐哈哈笑。

顾洋也哈哈笑："是啊，我的意思就是她老不承认自己笨，需要我给她补习。"

"滚开啦！"纪筱星瞪了身边的顾洋一眼。

你根本就不知道我怎么想的。纪筱星有些悲伤地想，如果知道的话，这样的玩笑话怎么可能轻易说出口，难道就不怕我当真吗？

纪筱星一抬头，忽然发现步淮止看着自己。

她又低下头，生怕被他发现了自己的小秘密。

"不过啊，你们在这儿说啥呢？"林槐问，"啊，是问小学妹的

小摊吧?会长抱歉,我把你给卖了。不过这也是你的职责啦,没办法的。"

步淮止眼神冰冷,视线落在了顾洋搂着纪筱星的那只手上,淡然回答:"嗯,是我。"

他承认了。

纪筱星看着步淮止,或许他一直都是这样的人,不咸不淡,看不出情绪,让人捉摸不透。

说罢,步淮止转身就快步离开了。

看到这一幕,闻喜也赶紧追着步淮止跟了上去。

林槐叹口气,望着步淮止感叹道:"哎呀,会长大人啊,还真是的,一点都不会怜香惜玉。既然都散了,那我也不打扰你们了,不过还是要好好学习啊!"

顾洋一反之前的冰冷,对林槐笑嘻嘻地说道:"谢谢学姐,学姐你会找到更好的,是不是啊小星?"

他一扭头,看到纪筱星板着脸,噘着嘴,满脸怒容。

"你怎么了?"顾洋叫道。

自己的摊位被没收就算了,反正大不了还能在学校里给阿姨们看看摊位,赚点零花钱。

她只是因为顾洋的那些话……

纪筱星转身大步走开。

顾洋跟上来,走在她的身边,有些担心:"小星,你没事吧?哎,这次换我请你吃饭吧,其实我今天来是有事找你帮忙……"

"顾洋。"纪筱星停下来,转身面对着他,神态严肃地说,"我觉得就算是玩笑话,你也还是稍微收敛一点吧。我什么时候是你女朋友了?这个玩笑一点都不好笑!"

"啊?"顾洋愣了愣,"你不会当真了吧?我们是兄弟啦,就不能随便开开玩笑吗？我今天还特地来找你帮我选个礼物呢。我想挑个给女生的生日礼物，找你来当参谋……"

纪筱星的心一点点跌落谷底。

刚刚看到顾洋的时候以为他是真的担心她，还在庆幸。

所以听他说那些玩笑话，她那么认真地让他不要这样，其实内心还抱着一点幻想。

这一下，是真的什么都不剩了。

纪筱星抬起脚用力踹向顾洋，趁着他捂腿呼痛的时候，她飞快跑开。

夜里，纪筱星看着卧室窗外的天空，漆黑一片，只有躲在云里的月亮朦胧可见。

她翻了个身爬起来，推开门出去，发现老爸的屋子，灯还是亮着的。

都已经十二点多了，老爸怎么还没有睡觉？纪筱星蹑手蹑脚地走过去，看到了老爸坐在房间的小板凳上，借着灯光在修理一个电饭锅。

现在这些小家电，基本上价格都不贵，如果出了问题，修理费太高，大家都会选择重新买一个，所以现在老爸的修理店的生意也逐渐开始冷清，不敢提修理的价格，还得想着别的出路。

以前看日剧里的台词说，以前大家的东西坏了就会拿去修，而现在的人们只想着买新的。

可是她不一样，她很享受把破旧的东西一点点修理好。

所以她也会好起来的。

纪筱星长叹一口气，十分心疼这个点儿还在认真修理的老爸。

但是想着自己跟他还在冷战的情况，她只能去厨房给他热了一杯牛奶，然后放到了房间门口，再蹑手蹑脚地走回自己的房间里。

转天醒来,纪筱星出门的时候,发现了桌子上的早餐。

虽然老爸嘴上说着不给生活费,但毕竟自己是他唯一的女儿,还是狠不下心来完全不理自己的死活。纪筱星心里还是很暖的,不过她性子倔,现在吃了的话就算是认输了。

纪筱星咬咬牙,背上书包匆匆出了门。

她来到车站,这里已经排满了等着乘车去另外一个校区的学生。

一般来说发车的时间都是固定的,所以越是临近发车,学生就越多。

车子缓缓开来,纪筱星排着队上了车,勉强在门口站稳了脚,但是司机打算关门,稍微一挤,门根本关不上,又自动打开,结果里面的人往外拱了拱,她顿时被这股力拱得整个人往后摔。

还好有人在背后扶住了她。

纪筱星从车门边缘退下来了,司机关上了门,校车缓缓开走了。

现在就只剩下纪筱星跟步淮止呆呆立在车站。

她硬着头皮说了句:"谢谢。"

纪筱星看看手机,要是再不走的话,就要迟到了。她有点着急,踮起脚抬头看着远处,想知道是否有车来。

"你很赶?"步淮止问。

纪筱星怎么能让对方看出自己的不安呢?她大手一挥:"没事。"

步淮止也没说什么,两个人继续沉默不语地等着车。

显然,纪筱星十分焦虑。

所以公交车缓缓来的时候,她立刻上了车,在后面找了个位置。

步淮止极为佛系地不慌不忙地上车,站在了车子中间。

本来纪筱星想着如果他走到后面,她就帮他占下旁边的位置,可是偏偏他就这么站着,拿出了蓝牙耳机戴上,目光看向窗外。

这么拥挤的车厢里,他就像是遗世独立的苍松,沉浸在自己的世界里。

算了,怎么还开始观察他了。

他们可是仇人!

纪筱星果然迟到了。

她想着跟着别的男生翻墙进去,结果刚好被教导主任逮住,几个人站成一排被狠狠地训了一顿,让他们写检讨报上来。接着她又继续魂不守舍地朝教室走着,来到教室门口的时候,脑袋忽然撞门上了。

"哎哟。"纪筱星捂着脑袋,因为心烦意乱,完全没有发现后门是关着的。

她揉脑袋的时候,发现第一节课是班主任梁文静的英语课。

梁文静脸色铁青,体罚制度如果还保留的话,纪筱星估计她真的恨不得拿教鞭抽自己。

上课的时候,顾洋一直小声喊纪筱星,但是纪筱星懒得理会。

顾洋在本子上写写画画,撕下字条团成一团对着她扔过去,却砸中了在黑板上做完题下来的班长文月。

"啊。"文月轻轻叫了一声。

梁文静板着脸问:"怎么回事?"

文月一脚踩住了字条,冷静地回答:"没什么,我撞到桌子了。"

"嗯。"梁文静点头,"那你回去吧。"

文月的脚一踢,不动声色地把字条传到了纪筱星的脚下。

纪筱星打开一看,顾洋写道:纪筱星,小的有这个荣幸邀请你去小卖部吗?

纪筱星看完就将字条收到了自己的抽屉里。

  下课之后,纪筱星立刻约了自己的同桌林浅意一起去小卖部,开开心心买了一瓶饮料回来,结果看到顾洋站在教室后门靠近楼梯的隐蔽角落,跟隔壁班的一个姑娘似乎在说些什么。
  那个姑娘红红的脸上带着羞涩的笑意。
  纪筱星一眼就看出来又是找顾洋的。
  无非就是想借口找学长借书,趁此留下联系方式,每次来的时候为表诚意都会带一大堆小零食。
  虽然说是高三了,但是正因为时间有限,大家的胆子也都大起来了,生怕毕业后分道扬镳,就此错过。而顾洋,作为本年级里最具人气的男生之一,近来不光是有同年级的女生过来想跟他交朋友,高一和高二的小学妹更是热情。
  纪筱星早已经见怪不怪,倒是林浅意对着她露出八卦的笑容,而她则是面无表情地从他们两个人身边走过去了。
  她和林浅意回到座位上,她前脚刚坐下,顾洋后脚就回来了,手里还拿着一大堆东西。
  "给,要不要?"顾洋把那袋子零食放到纪筱星的桌子上。
  "不吃,脏。"纪筱星用手拨开,但是没想到力气大了点,直接拨到了地上。
  "你至于吗?纪筱星,你最近脾气也太大了。"顾洋愣了愣,把东西捡了回去,扔到了前桌汪祁阳的身上。
  汪祁阳回过头来看着顾洋:"什么情况?"
  顾洋在抽屉里拿出下节课的书,头也不抬地回答:"给你吃的。"
  汪祁阳开心地接过来,说了几句谢谢,扭回头去的时候刚好看到旁边桌纪筱星的脸,凶狠的表情让他吓了一跳,忍不住问道:"小星,你瞪着我干什么?"
  "看你长得好看!"纪筱星没好气地说道。

汪祁阳还乐呵呵地说了句："谢谢啊，你们俩今天对我真好，又给我吃的又夸我。"

"别客气！"纪筱星冷哼一声。

纪筱星一天都没跟顾洋说话，放学的时候开始收拾书包，转头看到顾洋已经跟之前来找他的小姑娘出去了。

走到校门口，纪筱星又看到顾洋跟那个小姑娘，两个人说说笑笑地走在一块儿。

这姑娘是本年级有名的才女，精通各种乐器，是个艺术生，性格活泼，所以经常代表学校出去参加比赛，早早就听说以后她会去读音乐学院。

可是这个小姑娘分明不像是顾洋会用那种语气提起的人。

平时顾洋就一副"交际花"的模样，不管提起学校里哪个出名的美女校花，他都自信满满说他认识，而且玩得很好，非说下次要介绍给她。但是纪筱星也从来没有看到他带出来参加他们的烧烤、唱歌、打游戏等活动，所以她就觉得顾洋也就是嘴上说说，她从来没有当真过。

直到那天顾洋突然提起了那个文静的女孩子，语气中是她从来没有见识过的温柔。

那一瞬间她就明白了，顾洋虽然一直都在开玩笑，但不代表永远都在开玩笑。

所以他认真的时候，她一眼就看出来了。

没想到这就算了，接下来的几天里，纪筱星都看见顾洋跟那个女生出双入对的，一起买饭一起放学。林浅意看着都奇怪，平时都是纪筱星跟顾洋一起，她还神秘兮兮地问纪筱星："你们俩这是吵架了，还是彻底不来往了啊？"

你看吧，所有人都觉得我们俩应该是形影不离的……纪筱星有些伤心失落地想着，但是谁能想到呢，她以为每个青梅竹马的故事最后都会有一个完美结局。只是这个从校服到婚纱的故事，从来都不是为她而写的。

纪筱星来到 A 大的分校区，在这里等着公交车回家。

结果没想到今天人意外地多，纪筱星转身就去大学城里找点儿吃的。

这边她就是坐车才偶尔过来，所以并没有仔细逛过。

大学里不少小店，都是租给这里的学生经营的，所以看店的也都是一些学生。

纪筱星买了一根烤肠拿在手里，边逛边吃，结果抬头就看到步淮止迎面走过来，她立刻躲进了旁边的一家服装店，也不知道到底为什么要躲着他。

店里就一个看店的小姐姐，见到纪筱星进来，立刻带着笑脸迎上来。

纪筱星只是想随便看看，于是不好意思地跟店主小姐姐说道："不好意思啊，我自己看看就好。"

店主小姐姐就很贴心地回到收银台去了。

只是没想到纪筱星进来之后，一窝蜂进来不少女生，小小一间店面被挤得寸步难行，她手上还捏着烤肠。算算步淮止也该走过去了，她探头出去看了一眼，没想到刚好看到步淮止就在店门口跟一个女生在说话。

纪筱星吓得缩回脑袋，没注意身后的人要出去，两个人相撞，她手里的烤肠脱手而出，落到了对面的人身上。

这个女生穿着的连衣裙立刻被沾染了一大片油腻腻的酱汁，更糟糕的是，就连她手里拿着的白色裙子也没能幸免。

"哎呀！"被撞到的女生生气地喊了一声。

完了，坏事了。

先不说这女生手里的新衣服，她身上穿着的这件看着就不便宜。

纪筱星一边赶紧从书包里拿出之前买的湿纸巾给女生擦了擦，还一边道歉："对不起对不起，我不小心的！"

无奈衣服上的油渍是擦不掉的，女生的表情也不是很好，瞪着纪筱星怒道："你走路怎么不看人！"

女生的声音比较大，一喊出来，立刻吸引了店外的人。

纪筱星抬眼，看到步淮止和面前与他交谈的女生都转过头来看着这边的方向，她立刻紧张局促地低下了头。

店主小姐姐走过来，脸上没有露出恼火的神色，只是带着满满的无奈："我这衣服洗过的话肯定也卖不出去了，你得赔偿。"

"对不起，我一定赔。"纪筱星从口袋里翻了翻，拿出了自己剩下的一把零钱，大概也就几十块，"大概……大概需要多少钱啊？"

衣服上被沾染到油渍的女生翻了个白眼，冷哼一声："看你也赔不起，算我倒霉了，剩下的你们自己解决。"

那个女生说完这句话就把自己手里的那条裙子一下拍在纪筱星身上，直接撞开纪筱星，走出去了。

纪筱星用余光看了看站在不远处的步淮止，他始终面无表情地看着这边，跟所有的围观群众一样置身事外。

店主小姐姐拍拍她的肩膀："没事，我给你算进价，这条裙子应该没多贵，我去查一下。"

纪筱星点点头，小声说了句："谢谢。"

这时候步淮止跟面前的女生不知道说了什么，女生"咯咯"笑起来，捂着嘴巴满脸娇羞的模样。步淮止虽然没有女生笑得那么灿烂，

但是在他的冰块脸上能够看到这样清浅的笑已经算是少见。交谈之间,女生还用手轻轻拍了拍步淮止的肩膀,像是在撒娇一样。

纪筱星怎么看怎么觉得刺眼——同样都是跟女孩子说话,为什么步淮止让自己那么生气。

店主小姐姐查了一下进价,告诉她:"小妹妹,这条裙子是一百十一块。"

纪筱星数了一下,自己只有三十多块钱,不禁有些尴尬:"这个……我只有这么多,我给你留手机号码,等我拿到钱再将剩下的补齐吧。"

店主小姐姐人倒是好说话,爽快地答应了。

纪筱星连连道歉走出来,步淮止跟那个女生还在店门口。

她没好气地扭头向车站走过去,早知道就应该早点回去的,来这里随便乱撞反而害自己闹出了这么大的笑话,还得想办法赔偿人家。

纪筱星上了公交车,刚好看到步淮止一个人缓缓走向车站,那个女生已经不见了。

纪筱星回到家里,眼下是真的走投无路了,所以唯一的方法就是跟老爸认错了。

她回家打开冰箱,用里面剩下的食材做了一顿饭,然后用饭盒打包,来到了老爸的店里。

一进到店里,倒是有不少人在,大家似乎都是来修考试专用耳机的。

为了用自然的方式跟老爸搭话,纪筱星故意跟旁边的小姐姐说道:"怎么大家都在修这个呢?"

"明天有一个英语竞赛,需要用。"小姐姐解释,"今天一拿出来,发现送音效果不良,还得拿来修。"

"哈，那是得赶紧来修一下，来咱们店里就对了，我们的师傅手艺精，什么问题都能立刻修好！"纪筱星假装不经意地走过去拍了拍纪淳的肩膀。

纪淳就只是淡淡说道："嗯，这个修好了。"

纪筱星在店里积极充当"打工小妹"，热情招待来这里修理或者买东西的学生们，还顺利卖掉了一个键盘、两个鼠标和一副耳机。

现在网购发达确实没错，但是如果赶着急用的话，当然还是来物美价廉的实体店比较合适。

纪筱星家这些东西的价位都不高，所以学生们也喜欢来这里买，出了问题还能及时解决。

她拿着钱得意扬扬地看着纪淳，开心地炫耀着："你看你女儿，是不是很厉害啊。"

本来想先装模作样凶一下的纪淳，也忍不住笑了起来。

晚自习的时间一到，店里的客人几乎都走光了。

"你说吧，你到底有什么事？"纪淳也了解纪筱星的个性，那么倔的人主动低头，肯定是有什么自己解决不了的事情，才会来求助他。

纪筱星把饭盒递过去，给他打开，还摆好碗筷："没什么，就是来看看。女儿不孝，做了错事不改，还顶撞父亲大人，你就原谅我吧。"

纪淳拿起碗筷，吃着纪筱星炒的菜，忍不住在心底感叹自己女儿做饭手艺那么好。

纪筱星没有妈妈，从小独立，他又忙于照顾店里，很多事她都能一力完成，初中的时候就会炒菜做饭，把家里收拾得井井有条，几乎没让他操过心。

但或许就是因为她独立得太早，结果导致现在有什么都不愿意跟他好好商量，自己就决定了。

纪淳无奈地叹气:"说吧,要多少钱?"

"爸,你怎么能把女儿的心意当作是交易的筹码呢!"纪筱星义正词严。

纪淳挑挑眉:"哦,那不要当然是最好啦。"

纪筱星嘿嘿一笑,还做作地扭捏了一下:"哎呀……就是随便给我一个礼拜的生活费就可以了……"

纪筱星成功拿到了生活费,而且也算跟老爸和解了。虽然他还是对于住校这件事耿耿于怀,不过纪筱星做了保证,下次的考试成绩一定不受影响,否则就老老实实回去住校。

纪筱星心满意足地往家里走,路过学校广场的时候发现之前的小集市又重新生机勃勃,猜测着是不是最近管理又不严格了。

刚走了几步,纪筱星就看到上次那个林槐学姐同另外一个女生往这边走。

纪筱星走上去叫住了林槐学姐:"学姐好!我是纪筱星!"

林槐想了想,一下子抓住了她的胳膊:"我正要找你呢,可惜我也没有你的联系方式。"

"找我?"纪筱星猜想着难道是自己的东西找回来了,顿时燃起了一丝希望,"是有什么事吗?"

"哎呀,是这样的……今天会长说我们那里东西太多了,就要把之前没收的东西给扔了!我说这些都好好的,联系别人拿回去不就行了。可是会长非说这样起不了警示作用,就让我们把你之前那些还是新的东西,全给扔到了垃圾站去了!"

纪筱星的希望破灭不说,顿时怒火中烧:"步淮止说的吗?"

林槐道:"是啊,你现在去的话,估计还能找回一点!"

纪筱星立刻向垃圾站跑去,这里堆着全校的垃圾,平时也不会有人来这里。

大概是刚扔不久,纪筱星立刻看到了自己那堆货物撒得零零散散到处都是。

扔了就扔了,还仿佛特地不让她捡回去一样,扔得到处都是。

步淮止,咱们这个梁子结定了!

一大清早,纪筱星在食堂里吃着饭,就看到一大群学生急急忙忙地来到了食堂里,手里拿着笔记本、练习册或者资料,一边吃早餐还一边看着。

纪筱星碰到了一个总来店里买东西的小姐姐,忍不住端着粥去到她身边坐下,问道:"叶子姐,你们怎么了?"

"学校有个很大的竞赛,今天是第二轮选拔了。比赛获奖的人不光可以拿到出国交换生的名额,听说还有很多奖励,所以大家就想试试。"叶昱汐吃着包子还在看书,不过似乎想到了什么,又忍不住笑了笑,"不过步淮止也参加了,其实结果已经很明显了。"

"说不定步淮止徒有其表,靠家里的背景,实力不一定行呢!姐你别怕!"纪筱星忍不住说道。

步淮止长得好看,成绩又好,风头太盛,这样的人流言蜚语自然也是最多的。

之前就有传言说步淮止家里有钱,很多人都怀疑他第一名的好成绩是有水分的,后来的几场比赛和演讲,大家也觉得没有想象的那么好,但是偏偏每次步淮止都是稳拿第一,不免让人生疑。

没想到纪筱星刚说完,就看到步淮止手里端着盘子站在不远的地方。

两个人视线相对,纪筱星有些尴尬,背后说人坏话还被当事人现场抓包,虽然不好意思,但是想到他的种种恶劣行为,只能打肿脸充

胖子,假装毫不在意地看着他。

步淮止只是淡淡收回视线,朝着另外一边走去。

纪筱星有些急了,要是他反击她,那她好歹还能继续跟他说些话,结果他这么一言不发离开,让她不禁失望。

叶昱汐拉了拉纪筱星,跟她解释道:"步淮止不是传闻中那样的啦。你少看点儿步淮止的黑料,那些都是爱而不得或者羡慕嫉妒他的人诋毁他的。"

"肯定是基于事实才会有这样的传闻,也许有夸大的成分。不然,别人也不至于空穴来风!"纪筱星想想这样冷淡对待自己的某人,没好气地说,"我看步淮止就不像什么好人。"

纪筱星说完这句话,没想到又看到步淮止端着盘子过来了。

这下叶昱汐坐不住了,跟纪筱星道别后,自己拿着盘子走了。

好了,这里位置空出来了,纪筱星看着步淮止的视线也落到了这里,内心正猜测着,就看到他已经走了过来,直接在她的身边坐下。

纪筱星气呼呼地瞪着他,说道:"这个位置有人了。"

"有人的时候我就走开。"步淮止低头吃着东西,淡定回答。

"你这人怎么脸皮这么厚?"纪筱星气结。

步淮止丝毫不为所动,睁着一双纯良无害的眼睛:"纪筱星,我惹到你了吗?"

天啊,怎么会有人可以这么一本正经地反问她?仿佛现在该说对不起的人是她才对!

"算了,我对着你吃不下去。"纪筱星恶狠狠道。

她正端着餐盘要放到回收点,步淮止忽然伸手拉了她一下,哪知道他这一动作,把放在身边的考试耳机给撞掉了,一下子还滑出去了一段距离,好像还有什么东西脱落了,感觉不妙。

纪筱星和步淮止同时站了起来,但是纪筱星的动作比较快,冲过去捡了起来，想要帮他重新组装回去，可是看到其中一个零件确实损坏了。她想起步淮止刚才说的那些话，一下子心头来了主意，对着步淮止说道："你这个耳机坏了，你得重新换一个。"

步淮止看着耳机，皱了下眉头。

纪筱星紧张起来，要是被步淮止发现其实只是小问题怎么办，结果他看了看之后，露出了小白兔般人畜无害的表情："那该怎么办呢？"

纪筱星计上心头："我有办法。"

步淮止跟着纪筱星来到店外，正准备一起进入店里，纪筱星拦住了步淮止。

"哎，能不能我进去帮你拿，你去的话我爸就知道是我把你的耳机弄坏了，估计又得骂我。"纪筱星为难地说，"你就在这里等着吧。"

"好。"步淮止点头。

纪筱星进到店里，纪淳正要询问为什么她还没去学校，就看到纪筱星重新拿了一个耳机往外跑了。

"你跟我来！"纪筱星害怕老爸追出来，拉着步淮止的手腕走到了转角，才把耳机递给他，"给，三十块。"

"啊？"步淮止看着面前这部明显已经很旧的耳机，"不是二手的吗？"

"什么二手，这有八成新呢！给你的半价优惠！反正你就说，要不要？"

步淮止拿手机出来："手机转账可以吗？"

"成交。"纪筱星把耳机给了他。

纪筱星乐呵呵地拿着钱搭乘公交车去学校，她到了A大分校区

· 056 ·

之后,第一时间就去昨天的服装店里找那个小姐姐,要把钱还给小姐姐。

结果没想到店主小姐姐却说:"不用了,衣服卖掉了,所以不需要你赔偿了。"

"啊?"纪筱星弄不明白,"衣服都脏了还有人买?"

店主小姐姐笑得一脸诡异:"是啊,可能那个人真的很喜欢吧。"

那条裙子还挺普通的啊,至少在她看来网上随便搜索都能买到一大堆。

纪筱星有些摸不着头脑,但是事情解决了她也松了口气,又成功踩点来到了教室里。

之前的考试卷子发下来了,纪筱星虽然成绩没有退步,但是偏科严重,英语跟别的科目差了一大截。现在虽然刚上高三,但是大家都已经精神紧绷,老师也逐个约谈这些成绩不理想的同学做心理辅导。而且对于成绩不理想的同学,就会进行调整,每次考试都可能被分到别的班级去。

纪筱星当然也被喊了过去,梁文静坚信这是纪筱星平时不上晚自习造成的,大概意思就是让她赶紧服软,老实认错回来住校。纪筱星的成绩不差,是个冲重点大学的好苗子,梁文静表面上处处针对,内心还是希望她能跟紧大部队好好学习。而且现在是关键时期,她也算是个刺头,不好管理,对班上整体氛围还是有影响的。

但是纪筱星坚决不回去了,跟梁文静硬是进行了一个小时的拉锯战,终于被放走了。

路上被寒风一吹,纪筱星的眼睛有点痒,一路上揉着眼睛回到了教室。结果刚到门口,就看到顾洋走过来,她想直接这么越过去,谁知道他一把拉住她的胳膊说道:"梁文静又骂你了?你这是在哭?走,我跟你去找她……"

纪筱星本来没有哭,甚至也没有怎么样。

但是听到顾洋这样的话,她一下子甩开了他:"顾洋,跟你有什么关系?你能不能不要管我的事情?"

顾洋尴尬地看看纪筱星,老半天说不出话来。

"我怎么样,都跟你没有关系。"

顾洋皱眉看着她好一会儿,准备回答的时候,那个文静女生又来了。纪筱星的心一点点下沉,仿佛沉到水里,压得胸口有一种无力的沉重感。

趁着顾洋看向女生的时候,她走开了。

纪筱星坐车回到 A 大,路上和车里都看到不少学生拿着耳机,脸上带着轻松的表情,想来是这次的选拔比赛结束了。

也不知道步淮止怎么样了。

刚走到老爸的店门口时,这里已经有不少人,闻喜上来就指着纪筱星怒道:"淮止哥的耳机是不是你给他的!你到底安了什么坏心思!"

纪筱星奇怪:"你说什么呢!"

"耳机是坏的!淮止哥在考试的时候才发现的,根本听不到!最后他还是靠着外放的广播完成了听力题,你知不知道这次考试多重要!"闻喜气得牙痒痒,恨不得要上来打她的样子。

纪筱星也疑惑,自己给他的耳机虽然是二手的,但绝对是没问题的啊!她只是想恶整步淮止,故意拿二手耳机高价卖给他,也没有想害他的心思,甚至还想……难道自己拿的不是老爸修过的,而是之前自己拿来捣鼓的那一个?

除了气势汹汹的闻喜,一起来的还有林槐。

"事情没有调查清楚之前,你少乱说话。"纪筱星皱着眉,这附

近围观的人不少,让闻喜这么信口雌黄,以后老爸的生意还要不要做了?

闻喜被这句话激怒,不依不饶还要冲上来,之前一直好好扯住闻喜的林槐不知怎的脱手了,闻喜一下子冲出来,吓得纪筱星立刻躲开。结果闻喜没来得及刹住车,就这么直接跌倒在地。

纪筱星立刻要伸手去扶闻喜,但是被闻喜一把打开了手。

"这位同学,你怎么可以随便伤害我校的学生会成员!"旁边的一个中年男子厉声说道,"你是我们学校的?"

这个中年男子应该是学校里专门管这些门面的张主任,纪筱星毕竟也在这里住了那么久,对这里的校领导比本校的学生还熟悉。

"不是。"她态度稍微缓和了一些,毕竟明眼人都可以看得出来,她只是躲开了,又不是她害得闻喜摔倒,"是她自己摔倒的。"

"但是你明明可以扶住她!"旁边闻喜的一个朋友说了句话。

"如果球向你砸来,你第一反应是躲还是接啊?"纪筱星毫不示弱地反击,"她要打我,我还不能躲了?"

"我什么时候要打你了!"闻喜怒道。

"那我什么时候害你摔倒了呢?"纪筱星反问,但现在不是纠结这件事的时候,"你们有什么事?"

纪筱星朝店里看了一眼,老爸不在店内,店门是锁着的。

"有同学举报店里存在胡乱向学生收费的行为,把劣质品高价卖出,影响了我校学生的考试。"张主任推推鼻梁上的眼镜,"我今天就是来调查这件事的。"

纪筱星立刻就反应过来了,尤其是看到凶神恶煞般的闻喜。

"我可以解释。"纪筱星苍白无力地说道。

因为她也分不清楚,自己到底拿了坏的还是好的耳机。

"还解释什么!就是你卖坏耳机,害得淮止哥英语考试受到了影响!"闻喜已经叫嚷起来。

"闻喜。"

步淮止不知道什么时候来的。

闻喜立刻就恼怒地瞪着纪筱星,眼神里满满都是不甘。

张主任看着步淮止来了,立刻笑了笑:"啊,刚好你来了,闻喜说你用了在这家的劣质耳机是吗?"

"没有。"步淮止淡淡回答。

闻喜和张主任都是脸色一变。

"你确定吗?"张主任有些尴尬,"如果真的有这件事,你不需要忌惮什么……"

步淮止说得云淡风轻:"我有什么可忌惮的呢?"

张主任说不出话来了。

纪筱星简直不敢相信,步淮止竟然会帮自己。

就在此时,纪淳手里拎着大包小包的菜回来了。一看到这场面,他第一反应就是走到纪筱星的面前,一把将她拉到了自己的身后,然后把手里的菜递给她,自己面对张主任。

"张主任,发生什么事了吗?"

张主任正要开口,纪筱星抢白道:"如果非要追究这件事,那就算我头上好了,我会负全责的,不管是要赔偿还是要道歉,我都可以。"

纪淳一听,拉住了纪筱星:"小星,怎么回事?"

"我……"

纪筱星咬咬嘴唇,不知道应该怎么解释。

步淮止转头对张主任说道:"我不知道这件事怎么闹起来的,我是学生会会长,也是当事人,所以我觉得这件事交给我来处理吧。我

先调查清楚原因,再把结果上报,您再决定如何处理,这样可以吗?"

步淮止的话声音不高,但掷地有声,在场的人都没有提出反对意见。

张主任本就不愿意跟校内的这些商贩起矛盾,这次会出面,也是因为听说受害者是步淮止。这可是校领导们高度重视的人才,可谓是本校之光,他爱才心切,想着步淮止受了这样的委屈一定要出来主持公道。

结果当事人都这样说了,张主任也不愿驳了他的面子,于是点头:"嗯,也好,那就交给你了。"

闻喜自然是不乐意的,刚要开口,步淮止已经察觉,向她投去了目光,让她老实闭了嘴。

张主任带着学生会的人离开了,就只留下了步淮止和闻喜在这里。

步淮止淡淡看了一眼纪筱星,也准备离开。

"同学,你可以告诉我是怎么回事吗?"纪淳喊住了步淮止。

步淮止转头,对纪淳露出了礼貌的微笑:"这件事您还是询问您的女儿会更清楚,我还没有把事情的原委弄清楚,由我回答的话会有失偏颇。"

言止于此,他向着纪淳微微点头后离开。

看着步淮止扬长而去的背影,纪筱星忍不住翻白眼,他现在倒是装着公正公平的模样,如果真的像他说的那样,又怎么会让自己的小迷妹直接就领着主任来这里讨公道了。

纪淳瞪着纪筱星,一副立刻要审问她的架势:"你最好给我好好解释清楚。"

"我不知道。"纪筱星垂头丧气,看着那个离开的背影。

不光丧气,她还觉得烦躁。

就像是心里有一颗种子努力向外伸展着枝叶,在心房上想要奋力生根,筋脉延伸却怎么都无法冒出芽来,让她觉得挠心挠肺。

"老爸,你等一下……"纪筱星立刻追了上去。

她一把拉住了步淮止的胳膊:"等……等一下。"

"还有事?"

步淮止看着纪筱星拉住自己的胳膊。

闻喜见此状,想上前把她给拉开。

只是谁都没想到,步淮止竟然一把抓着纪筱星的手腕一下子把她带到了自己的身后。

"淮止哥……"

"闻喜,你如果总这样无理取闹,以后不要再来找我了。你妈妈让我在你刚来学校的时候多照顾你,带你熟悉学校,现在也已经上了一阵课了,你对这个学校应该不陌生,可以自己吃饭上课了吧?"步淮止皱眉。

平时觉得他长相清冷,没想到稍微严肃起来,这股气势成倍上升。

闻喜立刻红了眼眶,什么都没说就捂着脸跑了。

纪筱星连连摇头,不去演偶像剧真是可惜了。

步淮止转过身,看着她:"找我什么事?"

"今天的事……那个……"纪筱星抿着嘴,反复在脑子里组织语言,"对不起。"

"就这样?"步淮止扬眉。

那还能有什么?

"谢谢你,替我解围。"纪筱星总算又艰难地说了一句。

"你不必在意。"步淮止像是轻轻叹息了一声,"本来也不是你

· 062 ·

的错。"

"但是那个……"纪筱星不知道该如何解释。

"无妨,我还是可以拿第一。"步淮止的声音很平静,就像是在说一件很正常的事情。

难怪平时步淮止会被人误会,如果他跟谁都这样说话,估计别人……应该挺讨厌他的。

"那我们就扯平了?"

"扯平?"步淮止不解。

"就是你没收我摊位的事情,还把我的东西扔进了垃圾堆……"纪筱星撇撇嘴。

"我把你的东西扔进了垃圾堆?"

他好像完全不知道这件事啊……

纪筱星感觉他这表情不像是装的,那么就只有一个结果了,他被栽赃陷害了。

她用脚指头都能想到是谁干的好事。

"算了算了。"纪筱星摆摆手,"总之呢,我们扯平了。今天的事不管怎么样都是我的错,以后我们就两不相欠了!"

纪筱星冲步淮止挥挥手,然后蹦蹦跳跳地走了。

第三章 我的世界在下雨

纪筱星回去毫无疑问被纪淳骂了一顿,还禁止她以后再私自动店里的东西,否则立刻收拾东西回学校住宿。

纪筱星真觉得自己倒霉极了,不光如此,来到学校还被梁文静下了最后通牒,让她把家长给请来,否则就别来学校上课了。

她不去倒是无所谓,但是如果梁文静给老爸打电话,又把他喊过来,像上次那样被骂个狗血淋头就惨了。

上学的路上,纪筱星一直心不在焉,挤公交车的时候也没挤上去。

这么下去就要迟到了。

没想到这时候步淮止优哉游哉走了过来,看见纪筱星在这里转圈圈,似乎已经习以为常:"又要迟到了?"

"嗯。"纪筱星噘着嘴,"如果今天再迟到,梁老师肯定要给我爸打电话了,我爸才刚刚生完我的气!"

步淮止没有说什么,拿出手机按了按。

过了一会儿,一辆车停在他们面前。

"走吧。"步淮止拉着纪筱星的手腕,带着她走过去。

"你打车去学校啊?"纪筱星惊讶,从这里去市区一个多小时的路程,这不得好几十块啊?也太奢侈了!

她想了想自己的生活费,顿时大感不妙,立刻停下来:"不行,我觉得我宁愿迟到!"

"我刚好也要去分校区,顺便拉上你而已。"步淮止看纪筱星还是一脸疑惑,"就是不要你出钱的意思。"

纪筱星松了口气,又有些不好意思:"这样好吗?"

"嗯。"步淮止把她推上车,"反正也没多少钱。"

这稀松平常的语气,真是没有让人听出半点在炫耀的成分呢。

纪筱星坐上了车,虽然不用担心迟到的问题了,只是今天要喊家长……

忽然,旁边的步淮止出声问:"怎么了?"

"什么怎么了?"纪筱星奇怪。

"上车之后,你叹气六次。"步淮止扭头看着她。

"啊?"纪筱星惊讶,"我有吗?"

前面的司机都忍不住插嘴:"有啊,小小年纪什么事儿啊,这么难,听得我都觉得愁。"

想到这里,纪筱星又忍不住叹气:"没有人可以救我。"

步淮止:"说说看。"

"告诉你也没用。"纪筱星垂丧着脑袋。

殊不知步淮止被她这句话刺激到了,开口道:"你怎么知道没用？"

"告诉你，你能帮我去见……"纪筱星福至心灵，双目睁大，"是啊，你可以啊！我怎么没想到呢！"

步淮止忽然有点后悔自己为什么多问这句。

一个小时后，纪筱星跟步淮止来到了学校门口。

"你确定？"步淮止皱眉，"这是骗人，被拆穿了一样会联系你父亲。"

纪筱星拉住他的胳膊："先挨过这一阵，到时候真的找到我爸了再说，现在去惹我爸，我肯定要回校住宿了！"

两个人来到了班主任办公室。

梁文静看着他们俩，有些诧异："纪筱星，你爸呢？"

"老师，你知道我是单亲家庭，我爸平时开店根本走不开。"纪筱星装可怜卖惨，"所以我爸就喊我哥过来帮我开会了。我哥是名牌大学生呢，你跟他聊比跟我爸说更有效果。"

"不行，我还是给你爸打个电话吧。"梁文静显然不吃这套。

纪筱星给步淮止使了一个眼色。

步淮止缓缓开口："我听说这次主要是想跟纪筱星的家长聊晚自习和是否住校的事情，这些我以为之前我叔叔跟你们都聊清楚了。"

步淮止语气沉稳，长相清冷自带气场，一本正经说话的时候，确实能够威慑住人。

梁文静竟然一时之间，被他给忽悠住了。

"对，我一直跟家长反复沟通过，但是都没有什么结果。"梁文静不知不觉接了话。

当然没结果了，纪筱星给老师留的号码是纪淳的另外一个号码，是家里安装宽带送的手机号。除非她亲自联系纪淳，否则学校里很难

直接找到他。

"所以我觉得我叔叔的意思应该很清楚,他同意纪筱星继续不上晚自习和走读。"

梁文静为难道:"但是这样对学生的管理……"

"应该不止纪筱星一个人不上晚自习吧?"

梁文静点头:"这倒是,只是……"

"学校规定只要家长同意,就不会强制学生上晚自习,对吧?"

"话是这样说……"

步淮止勾了勾嘴角,露出一个礼貌的笑容:"纪筱星闹腾,在宿舍里跟同学处不来,这个时候因为晚自习强制让她回去住校,对别的同学也有影响。晚自习主要是讲卷子和自己复习,我可以保证,她的课业不会落下。"

一席话说得梁文静哑口无言。

"那……那好吧……"梁文静看到纪筱星脸上得意的神色,对步淮止说道,"有些话我们单独聊一下吧。纪筱星,你赶紧回去上课。"

"可是……"纪筱星纠结,这样把步淮止一个人扔在这里露馅了怎么办?

步淮止却对她点点头:"去吧。"

纪筱星不安地回到了教室里。

正好在早读期间,看着纪筱星进了教室,顾洋立刻拦住她的去路。

"今晚有话跟你说。"

纪筱星心不在焉地点点头:"嗯。"

过了一会儿,纪筱星收到了步淮止的微信,说他已经回去了。

来之前为了能够随时沟通,纪筱星加了步淮止的微信,这还是两个人第一次在微信上说话。

看着步淮止这个随意得不能再随意的头像,就是站在 A 大的教学楼随手一拍的照片,甚至还有点模糊,真不知道他怎么会想着拿来当头像。

"今天谢谢你。"纪筱星回复。

隔了许久,步淮止回复:"下午要一起回去吗?"

纪筱星:"我有点晚啊,到那边得六点了。"

步淮止:"我知道。"

他知道?她想起之前去分校区等车的时候,确实遇到过几次步淮止,他知道她的放学时间也不奇怪了。

纪筱星:"好。"

但是纪筱星忘记了一件很重要的事情,那就是她还答应了顾洋。

所以等放了学,她背着书包要去赴约的时候,一下子被顾洋拉住了。

他不由分说就抓着她的书包带子拉着她去了教学楼的顶楼,这里还有另外一个人在,就是之前老是找顾洋的那个女生。

顾洋满脸兴奋:"我有一个惊喜。"

女生怀里抱着吉他。

纪筱星愣了愣:"什么惊喜?"

"我想在毕业晚会的时候给一个人表演节目,所以特地跟杨甜学吉他,辛苦练了一个多月呢。"顾洋不好意思地低下了头,脸红红的,结结巴巴开口,"我……我想弹给你听……"

纪筱星也跟着紧张了:"你……你是说……"

"嗯。"顾洋以为她理解了自己的意思,立刻笑着说,"你帮我听听看,你是我最好的朋友,想让你给我参考参考,我选的这首歌怎么样？"

她的心跳像是瞬间停止了几秒。

但是她调整得很快，本来以为自己会很难受，而事实上，好像只是稍微感觉到了一丝刺痛，就像是无意中被木板上的小刺扎到了，就像是不小心被纸片划伤了手指，就像是不小心在哪儿擦破了一点皮。

就只是很短暂地痛了一下。

"那你弹吧。"纪筱星笑着找了个地方坐下来。

顾洋拿起吉他略显局促地站在她面前，开始弹奏起来，一边弹奏还一边唱歌。

他起初有点紧张，但是后期进入状态，就更加放松了，每次他嘴角带着笑容看向她的时候，她就会抬起嘴角露出一个假笑。

到后来，她就笑不出了。

好在天空忽然飘了雨，打断了顾洋的演奏。

三个人一起往屋内跑过去。

顾洋乐呵呵地看着纪筱星："怎么样？我表现得还不错吧？这首歌学了好长一段时间呢，多亏了杨甜。"

虽然不知道顾洋是否看得出来，但是同为女生，纪筱星就算是个傻子也能感觉得到杨甜对顾洋的心思不一般，真是佩服顾洋这情商，还想去讨好女孩子。

她敷衍道："挺好的。"

"你这评价也太不走心了。"顾洋皱眉。

纪筱星装模作样地给他出谋划策，三个人走到了楼下。

雨虽然小，但是下得密，不打伞的话没多久就要被淋湿了。

杨甜被自己的小伙伴带走了，纪筱星在书包里掏了几下，也找到了一把伞，撑开之后，递给顾洋："走吧，我送你到车站。"

"谢了。"顾洋接过伞,两个人一起来到了校门口。

忽然,顾洋停下来,犹犹豫豫地说:"小星啊……这里离车站不远了,你可以跑过去吗?"

"啊?"纪筱星没明白,"什么意思?"

顾洋面带愧疚:"我看到我之前跟你说的那个女孩子好像没有带伞,我想借你的伞……"

这一路上没打伞的人太多了,纪筱星不知道他怎么在那么多人中一眼就找到了那个女孩子,也不知道他有没有注意到,现在此刻站在他身边的人,也很需要雨伞。

他或许注意了,只是不在意而已。

"给你吧。"纪筱星说道。

"谢谢你啊,纪筱星。"顾洋想也不想就准备跑开。

可是跑了两步,他又回过头来,有些担心地问:"你没事吧?"

纪筱星笑了笑:"我能有啥事?"

"改天请你吃饭。"顾洋撂下这句话,就头也不回地跑了。

纪筱星站在原地看着顾洋的背影,在人群中慢慢消失。

也不知道他如果这样直接上去送了伞,那个女孩子会不会就已经看出了他的心思,那准备的吉他弹奏还会不会有惊喜。

随即纪筱星笑了,自己都这样了,竟然还在担心别人呢。

忽然,一把伞撑在了她的头上。

"你怎么了?"

纪筱星听到步淮止的声音,竟然有那么一瞬间想哭。

她慢慢扭头看过去,步淮止的头发有些湿漉漉的,细框眼镜上也都是水珠,为了给她撑伞,肩头淋湿了大半。

她的眼泪立刻就流出来了。

"哎……你……"步淮止手忙脚乱地在身上找纸巾,结果一时没注意手中的伞,直接从手中滑落了出去。

等他好不容易翻出纸巾的时候,两个人都站在雨里。

纪筱星看着步淮止这副狼狈的模样,笑了出来:"你怎么这么笨啊!"

"你怎么又哭又笑啊!"步淮止无奈,把伞从地上拿起来,又把纸巾递给纪筱星,看着她从里面抽了张纸,擦了擦脸,结果脸上沾了水,这纸巾的质量似乎也不太高,擦了几下,纸屑全粘在了脸上。

"我没有哭啊。"纪筱星死不承认,"这不是淋了雨吗?倒是你,怎么来了?"

"我在车站没等到你,给你发信息也没有回音。"步淮止的心思还在她脸上的纸屑上,看着实在碍眼。

纪筱星全然没发现,跟着他一起走到了车站。步淮止收了伞,看着她脸上的纸屑。

一场秋雨一场寒,纪筱星立刻打了个喷嚏。

纪筱星找步淮止要纸巾。

步淮止立刻找准机会,主动拿了纸,捧着她的脸轻轻擦拭起来。

"你……"纪筱星的眼珠子左右转悠,视线不知道应该落在哪里,"你在干什么啊?"

"你脸上有纸,"步淮止倒是神态自若,"看着碍眼。"

"我自己来就可以……"

步淮止皱眉:"算了吧,你刚刚就越擦越脏。"

纪筱星还是觉得不自在:"那也不用……阿嚏!"

她又打了一个喷嚏,吸吸鼻子。

步淮止看着纪筱星,直接伸手拦了一辆出租车。

"走吧,送你回去。"步淮止把她塞进车里。

纪筱星也懒得客气了,心里盘算着之后再把车费补上好了。

雨越来越大,等到车子停在纪筱星家小区门口,里面路窄,实在进不去了,只能在这里下车,自己走进去。此时已经是倾盆大雨,步淮止撑着伞送纪筱星到了家。

雨"哗啦啦"打在屋檐上,仿佛此刻下的不是雨,而是小粒的石头,听着吓人。

纪筱星看着步淮止那把伞有些于心不忍,一把拉住他:"你先来我家坐一会儿,这里离学校远,等雨小一点再走吧。"

步淮止皱眉:"我住的地方离这里不远。"

"你不住宿舍吗?"

"嗯,我住校外的公寓。"

这大学城附近其实有不少新建的楼盘,纪筱星家住在稍微旧一些的小区,隔着两条街就有一个新小区,里面住着不少大学生。

但也还是有一段距离。

"也很远啊,先等雨小一点再过去吧。"纪筱星不由分说地把步淮止给拉进了自己的家里。

纪筱星跟纪淳父女都不是喜欢收拾的人,尤其是纪淳平日里把维修的东西都放在地上。

步淮止走进去之后,皱了皱眉头,在沙发上找了地方坐下来。

纪筱星给他拿了一条干净的毛巾让他擦头发,又去倒了一杯热水,熟练地拿出生姜和可乐煮起来。身上的衣服都打湿了,实在是有些冷,她一边用毛巾擦着脸,一边说道:"你帮我看着这个,等会儿开了就关火。"

"呃……"步淮止大概是说了一句什么。

但是纪筱星没听清楚，就已经走进房间了。

她抓紧时间冲了一个澡，出来的时候闻到了一股煤气味，大感不妙，立即冲向了厨房里，结果看着锅里已经煮得只剩下一半的姜汁可乐，还有开着的煤气和没有起火的灶台。

她吓得赶紧关了煤气，打开了抽油烟机。

"你怎么回事！烧开了后关火就行！"纪筱星吓了一跳，担心雨水漏进房间里，窗户都关上了，这么一直让煤气外泄也太吓人了。

步淮止皱着眉头，白皙的脸上出现了淡淡的红晕："我关了，但是……"

"但是什么？"纪筱星不解地看他。

"我不知道哪种程度算是'开'了，关了火之后，又想重新打开。"步淮止反倒不高兴地瞪着那个灶台，"你们家的煤气打不开。"

"怎么可能打不开！"纪筱星不服气地立刻开了火给他看。

步淮止生硬别扭地转身："刚刚确实打不开。"

纪筱星看着他这副模样，立刻了然于心，不禁笑着给他和自己倒了一杯姜汁可乐，一边向他走去，一边揶揄道："哎哟喂，是我们会长同学不会用这样的煤气灶哇！"

步淮止接过那杯可乐，想反驳，但是又说不出半句话来。

"怎么全校第一的学霸连煤气灶都不会用！"纪筱星抓紧时间嘲笑他。

"跟我们家的不太一样。"步淮止小声咕哝了一句。

纪筱星正打算继续嘲笑步淮止的时候，门忽然开了。

纪淳走进来，看到女儿跟一个男孩子在客厅里嘻嘻哈哈，着实让他愣了好一会儿，脑中已经把各种可能都想到了。

纪淳板着脸："谁来解释一下？"

步淮止主动站起来,谦逊地说:"叔叔好,我是步淮止,A大外语系的学生,跟纪筱星恰好在等公交车的时候遇到了暴雨,就约着一起打车回来。但是雨实在太大了,小星让我进来等雨小一点再走,冒昧打扰了。"

他说起话来一板一眼,确实有学生会长的模样。

纪淳因为上次那件事就见过步淮止,再加上平日来店里的人经常提到他,哪怕不知其人也知其名,自然是知道他是什么来头。

"雨确实很大。"纪淳点点头,看了一眼浑身湿漉漉的步淮止,"那你也去冲个澡吧,天气冷,穿着湿漉漉的衣服等会儿会着凉的。"

步淮止站起来:"我没有……"

"我有。"纪淳转身进屋子里找了一套干净的T恤和运动裤,"你别嫌弃,将就着穿吧。"

纪筱星看得出来这套都是新的,虽然不贵,但是老爸也真是下血本了。

平日里他喜欢把一件衣服穿到破洞或者变形实在穿不了,否则不会换新的。

步淮止接下了衣服:"谢谢。"

"小星,带他去浴室。"

纪筱星对步淮止招招手,带着他走到了浴室门口,告诉他沐浴露、洗发水的摆放位置,看他点点头,她就放心出去了。

结果她还没走出几步远,听到打开淋浴喷头的同时,还有步淮止一声轻轻的尖叫。

"啊。"

纪筱星赶紧折回去,一把推开浴室门:"怎么了,怎么了?"

步淮止吓得用衣服挡住自己的身体,满脸通红,就连身上也都跟着红了:"你怎么进来了?"

"哦,抱歉,我啥都没看到。"纪筱星退出去把门关上,"怎么了?"

"这个水太烫了。"

"你看着调节啊!"

里面沉默了一会儿,传来步淮止闷闷不乐的声音:"怎么调节?"

纪筱星长叹一口气:"你把衣服穿好。"

半分钟后,步淮止说道:"穿好了。"

纪筱星推门而入,指着水龙头告诉他怎么左右调节水温。步淮止似懂非懂地看了半天,最后点点头:"嗯,我知道了。"

"真的知道了?"

步淮止皱眉看着她,对于她这个反问很不高兴:"嗯,你出去吧。"

"真是个大少爷。"纪筱星忍不住感叹着,走到了外面。

纪淳正在做菜,现在已经快要八点了,所以动作很快。

纪筱星肚子也饿了,就过去帮他打下手。

"纪筱星,你什么时候认识人家的?"纪淳压低声音问,"你们俩不是我想的那个关系吧?"

纪筱星像是被蛇咬了一样,立刻反驳:"那能是吗?是的话,上次怎么会有人来找咱们店的麻烦?"

"找麻烦的是别人,这男孩子不是出来帮你了吗?"纪淳记性不差,对于步淮止更是印象深刻,"听说是你先招惹人家的,给人家坏的耳机。"

"不是啦,是手误。"

"那你记得给人家道歉。"纪淳叮嘱道,又补充了一句,"不是就好,你得清楚现在的关键任务是什么啊!"

纪筱星担心被步淮止听到了,立刻说道:"别乱说,人家压根儿也看不上我啊。"

纪淳仔细想了想,点点头:"那倒是。"

她忍不住翻了个白眼,人家老爸都说女儿是宝贝,没有一个人配得上,自家老爸怎么就这样!

"哎,好久没看见顾洋来玩了。"纪淳忽然想到什么便说道,"下次放假,让他来吃饭啊。"

纪筱星本来都已经没事了,又忽然好像被那根微笑的刺扎了一下。

纪筱星没有说话,一直沉默着将菜端到桌子上,哪知道差点跟从浴室出来的步淮止迎面撞上,他眼疾手快地把她手里的菜给扶稳了,没有撒出来。

"纪筱星,你没事吧?"

纪筱星摇摇头,她没事,她怎么会有事呢?她从来都是天下无敌。

"哟,出来了,来吃饭吧。"纪淳招呼着,"都是一些随意做的家常菜,别客气。"

桌子上摆着胡萝卜丝炒鸡蛋、炒西葫芦和青椒小炒肉,还有一个车螺芥菜汤。

纪筱星看步淮止还盯着自己,赶紧转移话题:"大少爷吃不吃得惯啊?"

三人就座,步淮止等到纪淳拿起碗动了筷子,才开始跟着夹菜。

纪筱星就不一样了,早就像是几天没吃过东西的乞丐,嚼两三下就赶紧咽下去了。

"没人跟你抢。"纪淳看着和自己女儿完全相反的正面教材步淮止,衬托得自己女儿越发粗鲁,就更加觉得丢脸,心里认同了纪筱星

那句"看不上我",于是恨铁不成钢道,"你慢一点!注意吃相!"

纪筱星皱眉,对于第一次纠正自己吃相的老爸感到不可思议:"我在家吃呢!"

纪淳想了想也是,于是扭头又去教育步淮止:"你也是,这在家里吃呢,不需要这么紧张的,你放松一点。我看你吃饭也不说话,也不聊天,虽然这样是对的,只是你想想,跟自己爸妈平时可能也就吃饭的时候能见个面,多聊聊天,也多吃几口菜。"

步淮止微微愣了一下。

纪筱星幸灾乐祸:"大少爷,来咱们这里就入乡随俗,放松一点。来,你像我一样跷个二郎腿。"

纪淳赶紧出声:"喂喂喂,我不是这个意思!你少得寸进尺!"

父女两人你一言我一语又开始吵起来。

晚饭后,纪筱星要写作业了,在客厅中央铺了个垫子,直接用客厅的木头茶几当作写字台,就这么开始写起来。步淮止就坐在旁边翻看着一本纪筱星给的武侠小说,纪淳去洗碗了。

她找到机会低声问他:"你是不是觉得很无聊很不适应啊?"

"什么?"

"就是吃饭啊,我们家做的这些菜不符合你胃口吧?而且我跟我爸都很吵,你是不是……"

"没有。"步淮止打断道。

"没有?"纪筱星惊讶,"你别跟我客气,实话实说,没关系的!"

步淮止轻轻笑了笑:"我觉得还挺有趣的。"

纪筱星吓得石化了,不光是因为步淮止这个回答,还有这个轻柔的笑,这样的语气。

"步淮止……"纪筱星喃喃喊着他的名字。

他却盯着她的英语试卷，指了指其中一题："你这个完形填空，只对了两道。"

　　行吧，这美好的氛围瞬间被打破。

　　外面的暴雨仿佛一下子停了。

　　时间已过十点，而步淮止也已经给纪筱星讲完了一张英语试卷和一张数学试卷。步淮止向纪淳礼貌道谢后回了家。

　　转天，纪筱星还是感冒了，而且还是重感冒，喷嚏打个不停。她打电话跟梁文静请假的时候，也非常配合地打了几个喷嚏，让梁文静没说什么就答应了。

　　纪淳本来想着带纪筱星去医院。

　　纪筱星决定靠自己的意志力挺过来，吃了药就在家睡觉。

　　她不愧是摸爬滚打着长大的，以前生病的时候，纪淳也得忙着出去赚钱经常无暇顾及她，虽然她以前抱怨过，现在反而觉得这样长大也挺好，至少她的自愈能力还是很强的。

　　下午她就活蹦乱跳了。

　　但是假已经请了，纪筱星寻思着步淮止会不会也生病了呢？

　　纪筱星给步淮止发了几条信息都没有回复，她又忍不住自己脑补幻想着，大少爷会不会独自在宽敞的大床上虚弱地咳嗽着，连想喝床头的水，都得多翻滚几下才能去到床边拿到杯子。

　　她立刻找叶子姐要了步淮止的课表，背着自己的书包，里面装上前一晚步淮止留在家里的衣服，已经洗净烘干了，还在冰箱里摸出了个饭团，保温杯里装着独家秘制驱寒热茶，戴着一顶鸭舌帽，就直接进入教室里等着了。

　　这节课是大课，三个班一起上，人很多，哪怕去了老师也认不出来，被发现的概率小。

　　果然,快上课的时候,纪筱星看见步淮止一个人背着书包,穿着整洁的运动外套和黑色长裤,走了进来。一头利落的黑色短发,不张扬也不呆板,反而衬得他越发干净,耳朵上挂着耳机,毫无表情的脸上仿佛永远挂着"生人勿近"的牌子。

　　他走到最后一排坐了下来,完全没有注意到已经蛰伏在这里的纪筱星。

　　步淮止一出现在教室里,原本安静的教室里像是平静的湖面被人扔了石子一样,女生们的视线都向这边集中过来,就算是一旁的纪筱星都能感觉得到那炙热的目光。

　　她用手把帽檐压低了一些,不敢去看身边的人。

　　不过步淮止早已习惯般,把书摊开之后,就趴在桌子上,似乎在睡觉。

　　难道他真的不舒服?

　　没有多久,老师就进来了。

　　纪筱星不动声色地往步淮止身边稍稍靠近。

　　她发觉身边的人依旧垂着头,又稍稍靠近,终于来到了步淮止身边的位置。

　　"喂,步淮止……"她凑过去轻声喊道。

　　结果这一喊,步淮止立刻弹了起来,侧过头看向纪筱星。

　　"你怎么……"步淮止疑惑开口。

　　纪筱星赶紧用手捂着他的嘴巴,生怕他音量太大了,引起别人的注意。

　　可是看着他迷迷糊糊、皱着眉头的样子,纪筱星忽然觉得还挺有趣。

　　这个样子的步淮止没有平时看起来那么冷冰冰的,像一个刚睡醒的小孩子,眼睛里带着迷茫和焦躁,还有不知所措的温柔。

只是她继续这么看着的话,是不是有点尴尬?

他皱着眉头,像是在确认眼前的人是否真实,缓缓伸出手,一下子捏住了她的脸颊。

动作没有很用力,就是把纪筱星的脸给捏扁了,让她有些窘迫。而且他这样时时刻刻被人瞩目的存在,即使在最后一排,也还是有人会时不时回过头来看他。

要是被步淮止的后援会成员给发现了,她绝对死定了。

他指尖冰凉,更显得她的脸燥热。

难道是因为她捂住了他的嘴,所以他也要把什么捏在手里当作把柄?

"我们俩一起松手。"纪筱星低声说道。

步淮止皱眉点点头。

"一、二、三……"纪筱星松开了手。

"你……"步淮止语调拖长,有些慵懒,看着她脸上带着一丝笑意,"真的是你啊。"

他的声音还有些沙哑……倒显得别有一番韵味。

"还能有假的?"纪筱星撇撇嘴,"你是不是生病了?我就过来看看你,给你发信息你也没有回复。"

她虽然没有摸到他的额头,但是他的脸确实很烫。

步淮止拿出手机按了两下:"进水之后坏了。"

"等会儿找我爸给你修修看。"纪筱星寻思着如果是进水而已,应该不难解决,"你生病了,要不要请病假?"

步淮止摇摇头:"再坚持一下。"

纪筱星看着步淮止打开了书本,现在分明是英语选修课,说的是国外的戏剧,但是他的手里赫然拿着一本历史书。

这是故意带错的?

"你的书……不是这节课用吧?"纪筱星忍不住问。

步淮止淡淡看了一眼:"嗯,拿错了。"

"你大二了为什么还需要上选修课啊?"她记得历史大一就学完了。当时叶子姐曾经来店里修台灯,就是为了备战历史期末考试而打算彻夜苦读。

"大一的时候没抢到。"某个人说得极为理所当然。

"那选修课为什么那么在意啊?"

"之前翘课太多了。"某人很沮丧,"出勤率不够。"

……

纪筱星拿出自己的书包,掏出饭团和特地为步淮止准备的热茶。

"给。"她把热茶递了过去,"独家秘方,你喝完之后保准你立刻舒服。"

步淮止闷闷应了一声,但是没有接过来,只是说:"不用了,感觉不好喝。"

纪筱星懂了,这家伙是怕苦。

"很好喝的!"纪筱星生气,"就是枸杞啊、红枣啊放点红糖生姜熬一熬而已!"

步淮止斜眼看她:"独家秘方?"

"你喝不喝?"纪筱星不理他,给自己倒了一杯在保温杯的盖子里,吹了吹,"不喝,我就自己喝了。"

忽然一只手伸过来,步淮止还是板着一张英俊精致的脸,说道:"给我吧。"

她忍不住想笑,又怕自己的笑伤害了他的自尊,硬是忍住了,把刚倒好的茶推了过去:"保准好喝。"

步淮止喝了一口，就立刻蹙眉放下了。

"怎么了啊？"

"不喜欢生姜的味道。"

难怪昨晚的姜汁可乐只看他喝了一口就放下了，没有及时喝热乎的去寒气，嗓子都哑了。

步淮止的视线投射到了饭团上，对着她伸出手："我想吃这个。"

"没吃饭啊你？"

步淮止摇摇头："不想去挤食堂。"

纪筱星把自己的饭团递给他，本来也是出门的时候从冰箱里找到的，也不知道过期没有。

步淮止接过饭团就镇定自若地开始吃起来，完全不顾台上的老师。

拉扯塑料袋的声音在教室里显得格外刺耳，纪筱星拉拉他的袖子提醒道："不如你小点声？"

他优哉游哉地来了句："没关系，老师听不见。"

可是我分明看到老师的眼角在抽搐好吗！纪筱星生怕自己也被连累，赶紧低下头，假装在认真上课没有理会。

不过好在老师并不在意，表情自然地继续讲着课。

纪筱星觉得无趣，翻了翻书包，竟然还把试卷带出来了。闲着也是闲着，她拿出了几张卷子，深呼吸一口气打开了英语试卷。现在毕竟是英语课，做英语习题应该也算是对这个老师表示尊重了吧。

老师几乎全英文授课，纪筱星的英语本来就不好，完全听不懂。

她朝四周看了看，整个教室也都昏昏欲睡，只有身边的某个人一边吃一边喝十分开心。

意识到自己竟然在盯着他看，纪筱星赶紧把注意力继续放在了习

题上。

"这道题你选错了,应该是 B。"步淮止的声音悠悠传来,带着风吹过树梢的轻柔,又有流水潺潺的清澈,很好听,"这是一个固定搭配,死记硬背就可以了……"

纪筱星看了一眼讲课的老师,小声问他:"你不上课吗?"

步淮止抬起头,用一种疑惑的眼神看着她:"那你怎么不上课?"

纪筱星一边忐忑不安地仔细观察这个老师的表情,一边小声解释:"有点感冒就请假了,这不是觉得你也会感冒,才特地过来的吗!"

步淮止又重新回到了之前困倦的模样,眼睛半眯着,像只慵懒的猫,无聊地乱拨弄着她的试卷。

最后他的视线在习题上飞快扫视着,略带遗憾地说:"你的英语真的太差了。"

说得好像谁不知道一样。

忽然,他伸手从她的书里抽走了一张宣传单,就是 A 大的,拿起来还仔细看了一会儿,问道:"你想上 A 大?"

"是啊。"纪筱星已经在关注这几年 A 大的录取分数线了,虽然没太想好自己要学的专业,刚好看到学校准备的一些宣传单,就拿了一份。

"为什么?"步淮止看着她。

他墨色的双瞳如夜空般,宁静而温柔,被他这么盯着,纪筱星的脸莫名烫得厉害,就像是他的发烧传染给了自己一样,飞快地说了句:"我爸在这儿,我肯定要一直在我爸身边的……"

步淮止悠悠地说了句:"你跟你爸关系很好。"

"当然啊,毕竟就我俩相依为命啊……"她的话顿住了。

因为步淮止忽然一笑,如同阳光穿越云朵照耀大地,或者是星光照亮夜空那一瞬间爆发的美感，他的笑让人很舒服，让人无法抵挡。她终于明白为什么步淮止有那么多脑残粉了，因为他真的……

太好看了。

"为什么笑啊？"

"我在想，就算想上 A 大，但是这张宣传单上的信息你应该都清楚了吧？"

"是啊。"纪筱星点点头，每年都是差不多的，今年也都是一样。

步淮止淡淡笑道："所以我在想你拿这张宣传单的理由是什么？"

"就是看看……有没有新增加的专业之类的……"纪筱星下意识避开了视线。

"我还以为，你拿这张宣传单，是因为我在上面。"步淮止用手里的笔指了指，像是怕纪筱星不承认一样，特地用笔把自己给圈出来了。

宣传单上第一页的人就是步淮止，穿着一身白色的衬衣和黑色的长裤，就像是所有人青春故事里最深的那个秘密，美好又不真切。

"不是！"纪筱星快速抽回了那张纸，想要揉烂扔进抽屉，以防止步淮止真的觉得自己对他心怀不轨。不过想了想，她还是重新将宣传单扔进了书包里面。

确实，她之所以拿着这张宣传单，是因为一眼就看到了上面的步淮止。

这样的人，怎么可能被忽视？

纪筱星怎么都没有想到，自己分明是来看望步淮止的，却变成了一次课外辅导。

下课铃一响，纪筱星已经被步淮止教的各种知识点弄得头昏脑涨，比上课还要疲惫。

她累得趴在桌子上,想稍微缓缓。

立刻有两个女生走到了步淮止面前,手里面拿着饮料和零食点心,脸上化了精致的妆容。其中一个女生腼腆一笑,害羞地道:"步淮止,这个是特地带给你的。"

步淮止看了一眼两个女生手里的东西,忽然向着纪筱星这边轻轻侧头,说道:"不用了,我吃了她的饭团。"

纪筱星本来老实趴着,顿时感觉到如芒在背。

结果某人还完全不自知地又问了句:"那你要吃吗?"

这下子想装死是不行了,她慢慢爬起来,露出一个皮笑肉不笑的表情:"不用了,我不饿。"

她悄悄看了一眼,发现两个女生的表情都难看得像吃了苍蝇一样,恼火地转身走了。

纪筱星松口气,还好自己不是步淮止的同学,不然生存真的很艰难。

"你怎么这么不会说话!哪有当着人家的面,用别人的礼物问另外一个人吃不吃?"纪筱星忍不住道,"这是女生的心意啊!"

"但是我不吃啊。"

"那你就说不吃好了……"纪筱星摇头叹息,"你这样践踏别人的心意,真的很过分啊。"

跟顾洋一样。

步淮止了然地点点头:"好,我知道了。"

纪筱星没想到自己跟着步淮止上了一下午的课,效率还挺高,第二天要交的试卷都完成了。

"走吧,去吃饭。"步淮止装好书朝外走。

不少女孩子跟他打招呼道别,他也礼貌地一一回应,完全不像是传闻中的冷若冰霜。

纪筱星也把东西收拾好了,跟在步淮止的身后往外走。

这个点食堂的人不多,两个人打了饭找了一个靠门口的位置坐下来。

只是刚坐下,就听到了一个熟悉的声音。

"小星!"

纪筱星惊讶地扭头,看见顾洋身穿着校服,向他们这边快步走过来,一下子坐在了她身边,还在喘着粗气:"我……我去你家了……你不在……我想去你爸的店刚好经过食堂……你……你没事……没事吧?"

纪筱星拍拍顾洋的后背,想帮他顺顺气:"你怎么来了啊?"

"我听说你请了病假……"顾洋终于缓过来了,忽然看到了纪筱星对面的步淮止,脸色有些不悦,皱着眉头问,"你不是病了吗?怎么在这里?"

纪筱星还没反应过来,又问了一遍:"你怎么会来?不上课吗?"

顾洋的脸色冷了下来,直接握着纪筱星的手腕就把她给拉起来:"跟我走,我有话跟你说。"

纪筱星一头雾水,可是顾洋的力气很大,她只能跟着他走出了食堂。

顾洋像是很生气,拉着她走出了很远。

纪筱星担心步淮止吃完就离开了,还没听到自己的解释,于是硬是拉着顾洋停了下来:"顾洋,你有什么就直接说!我还得回去吃饭呢!"

"我请你吃,重新请你吃一顿,随便你点,这样可以吗?"顾洋板着脸,语气焦躁,"纪筱星,我只是想问你,为什么请了病假,但你看起来什么事也没有,还跟刚才那个人坐在一起……"

·086·

纪筱星有些无奈："所以呢？你是来质问我为什么逃课的？"

顾洋也不知道如何解释，像是个不讲理的小孩子，生气地说："你不回复我信息，突然病了，我就想到了是不是那天淋了雨？我很抱歉，很担心你，所以第一时间就来找你……纪筱星，你就算要跟别的男生吃饭，是不是也可以回我个信息？我一路上都在想如果你病得很严重的话怎么办……"

"够了。"纪筱星打断他的话，"顾洋，你到底是来干什么的？我不回你信息，是因为我真的生病了。我去见谁、做了什么，都跟你没有关系啊。我们只是朋友，朋友一定要每条信息都回复吗？"

顾洋说不出话来了。

朋友之间不像同桌，用铅笔在桌子上划分的"三八线"，谁过界了一目了然。朋友之间只在心中有一条线，没有人知道在什么时候就会不小心越界。

现在，纪筱星却不知道应该如何是好。

这条线到底在哪儿，她更不清楚，只能反复提醒自己，提醒他，不要越线。

外面又开始"哗啦啦"地下雨了，她的世界好像也跟着潮湿了。

顾洋离开了，她也没心思继续吃饭了，就直接回了家，结果到家一打开书包，发现步淮止的衣服还好好地躺在里面。

"看来只能下次还了。"

第四章 老照片

纪筱星回学校上课,竟然能够把需要交的试卷都按时交上去。

顾洋帮她把这些天的所有笔记都整理好了,很详细。

这些都是林浅意告诉纪筱星的,因为顾洋跟纪筱星闹了别扭,等着纪筱星主动跟他搭话和好。

纪筱星虽然不发烧了,但是感冒还拖着没好,这一病又是一个礼拜。还好她身体素质不错,虽然病了,但是精力跟得上,而且多亏了这个病,让原本以为她故意翘课的梁文静打消了疑虑。虽然两个人平时不对付,梁文静还是关心她的,而且全市统考就在眼前了,还嘱咐班长文月和同桌林浅意多照顾她。

文月立刻把这件事当作己任,仔细整理各科笔记和试卷,纪筱星但凡有不懂的,立刻详细地给她进行课外辅导,偶尔放学还在讲

试卷。

每次，林浅意都会满脸不爽地拿着各种蛋糕、小点心、饮料什么的，"哗啦"一下倒在纪筱星的桌子上。

"给，你们俩能不能赶紧和好？我又不是你们的快递员。"林浅意生气道，"也没有我的份儿。"

袋子里的东西，都是双份儿，都是纪筱星喜欢的口味，没有林浅意的份儿，那另一份儿是给文月的吗？

纪筱星想着是不是自己太敏感了。

放了学，顾洋远远地跟在纪筱星和文月身后，像是一条没有人认领的小狗。

纪筱星停下来，对顾洋招手："你过来。"

顾洋别扭地走过去："不许你这样对我！怎么跟招呼小狗一样！"

"那你还不是过来了吗？"纪筱星也不想跟他继续闹别扭，"之前是我的错，对不起，我不该跟你发脾气，这样好了吗？"

顾洋摸摸她的头发："知道认错就好。"

"滚开。"纪筱星挥开他的手。

这个家伙，怎么变得越来越怪了。以前可从来没有看到他用这样的语气跟自己说话。纪筱星有些纳闷。

文月忍不住笑道："你们关系真好。"

"孽缘。"纪筱星"啧"了一声，"你跟任何一个认识十年以上的人，基本都是这样。"

顾洋冷哼："是你这个人没良心，我对你的好你从来不记得。"

三个人一起走到了车站。

纪筱星的车先来，就先一步上车了。

看着窗外的文月和顾洋，她还叮嘱道："你别欺负班长啊……"

正说着，车子已经开了。

纪筱星看着顾洋的表情有些奇怪，怎么说呢……表面上看着跟之前一样，但是眼神里的柔和是她从未见过的。

她实在是好奇，忍不住走到了车子后排，看着身后又来了一辆公交车，分明不是坐这一趟的顾洋，却跟着文月一起上了车。

他们太熟悉了，认识了十年以上。

所以清楚对方的每个举动和神态。

她怎么就没想到呢？

顾洋这么倔强的人，会突然对她示弱，又是送东西又是送她回家的，原来不是因为她啊。

第一次全市统考来得很快，考完的那个周末，纪筱星终于能够闲下来了。她在家里收拾之前的试卷，无意间把A大的宣传单给翻出来了，上面的步淮止被他自己用笔圈了出来，皮笑肉不笑的脸，让纪筱星想起来，他们已经一个多礼拜没有见了。

周末的时候，纪筱星给纪淳准备了午餐，特地送到店里去。

店里的生意不算忙，她就拿着习题册去图书馆了。

没想到这里周末人也不少，纪筱星在角落里找到了正在读书的叶子姐，看她手里拿着一大堆资料，有些惊讶："你们大学生怎么还这么忙啊？"

"现在就得准备考研了……唉，本来以为这次比赛能赢的。"叶子满脸无奈，"可能都是命吧。"

"比赛？你说的是上次的英语比赛？"纪筱星想起来了，自己害得步淮止拿了坏的耳机的那次考试，就是为了挑选去参加比赛的人，"怎么了？该不会是步淮止上次考试受到影响了吧？"

叶子摇头感叹："倒也不是，考试还有广播呢，他那么厉害，考

出来的成绩没有受多大的影响。他拿了竞赛的第一名,学校的意思是让他带队参加一个大学之间的英语辩论赛,这是多好的机会啊!当天很多国外大学的老师也会在,但是步淮止觉得没意思,就不想参加。可是系里面有个老师已经把名字报上去了,步淮止就是不去,跟那个老师还吵起来了,直接就不去上那个老师的课了。

"不知道前几天怎么又同意了,加上他还有我,一共去了五个人……本来我想着有步淮止肯定稳赢了,结果前一天他发烧了,高烧不退,而且咳得根本说不出话来,最后我们就拿了个第三……"

"发高烧?"纪筱星郁闷,上次见步淮止明明活蹦乱跳的,"怎么会呢?"

"谁知道呢,有天看他一个人坐在食堂里,坐了好久呢,就上次你来我们教室上课那天……"

叶子的话没有说完,纪筱星就站起来了,想要拿着书包往外冲,但是又折回来拉住了她的胳膊:"叶子姐,你知道现在步淮止在哪儿吗?"

纪筱星来到叶子姐所说的公寓楼,居然就在自己家附近不远的一个小区里。

A大地处郊区,许多农户住在这儿,后来拆迁了,又有许多大学开始往这边搬迁,于是这里成了大学城,又新建了小区当作回迁楼,所以环境幽雅,处处崭新。

纪筱星当时也想着鼓动纪淳在这附近买一套新的房子,但是纪淳坚决要为了她以后读书攒钱,放弃了这个想法。

叶子姐只是隐约知道步淮止住在哪一栋,可是具体住在哪一层,她也不清楚。

纪筱星来到5栋楼下,这里上楼还要门禁卡,她脸皮厚,就在门口一个号码一个号码地拨，有人回复的就问一句是不是步淮止家里，没有人接的就记录一下，等会儿再拨。

不过她还算是幸运的，被骂了几回之后，终于在对讲机里听到了一个沉闷的声音："哪位？"

"我！"纪筱星一激动，连名字都忘记说了，"是我！步淮止！"

他没说话，但是门禁发出了"咔"的一声，她用手推了推，门开了。

纪筱星按照门牌号上了楼，来到了703的门口，按了按门铃。

刚响了一声，门就被拉开了。

步淮止苍白的脸出现在门后，他就穿着一件单薄的白色T恤，下身是一条黑色的休闲家居裤，头发零零散散垂着，应该是刚洗完澡不久，头发还有些湿漉漉的。

"你来干什么？"步淮止皱眉看着纪筱星，完全没有邀请她进去的意思。

不过纪筱星并不在意，他既然给自己开门，也就是说他没有那么反感自己的到来。于是她把头伸进屋子里，露出了惊讶的表情，像是钻地洞的土拨鼠，看着步淮止身边一点缝隙就朝里面钻进去，然后假装欣赏他的住处，不动声色就进了屋子里。

这屋子真素雅，一室一厅的格局，除了沙发和电视没有什么多余的家具，一侧墙打成了镂空的，摆着的都是书。地上铺着白色的地毯，客厅的阳台很宽，摆放了一张米色的单人沙发和一个小茶几，纪筱星甚至可以想象得到步淮止在那里懒懒晒阳光小憩的模样。

步淮止无奈地看着她得逞，认命地关了门："你还没有回答我的问题。"

"我就是来看看你。"纪筱星看在对方是病患的份儿上，决定稍微平和一点，语气也软一些，"你没事吧？"

步淮止坐在沙发上，抱着一个与沙发同款的米色抱枕，乖巧得像个小孩子。

但是这个小孩子现在一点都不听话，因为他完全不回答。

纪筱星在屋子里转了一圈，没有看到药。她向着卧室走过去的时候，扫了一眼步淮止，他没有阻止的意思，她便径直走进去了。

卧室里也是一样，家装全都是素色的，跟步淮止的个性一样冷冷的，平淡如水，波澜不惊。

就是床上的被子乱糟糟的，看起来他是一直在睡觉。

卧室里也没有看到药。

纪筱星走出来，看见步淮止一副昏昏欲睡的模样，走过去在他身边的沙发上坐下来，倾身过去伸出一只手要去探他的额头。

结果步淮止下意识向后一缩，她来不及收回手，重心不稳，就直接扑到了他的怀里。

这就很尴尬了。

"你……你躲什么啊……"她一双眼睛盯着他，脸红红的，不知道是发烧还是……害羞。

步淮止轻咳了两声，像是在提醒她一样。

纪筱星这才意识到不妥，然后立刻爬起来坐好，趁着他还发蒙的时候，立刻伸手摸了他的额头，不由得惊呼："那么烫！赶紧吃药，你的药呢？"

"不想吃。"步淮止皱着眉头。

纪筱星的眼睛扫到了沙发旁的垃圾桶，在里面看到了装在袋子里的药。

该不会……

"你怕苦？"

步淮止给了她一个看智障的眼神，不认。

纪筱星冷哼一声，已经了然于心。

她冷不丁站起来，提起那个装药的袋子，走到厨房。

从袋子里把药瓶拿出来，按量倒在碗里，她重新回到步淮止身边，看他已经烧迷糊了，眼睛半睁半闭。趁着他虚弱，她走过去一下子捏住他的鼻子，待他一张嘴，就把碗里的药给灌进去了。

步淮止立刻想要吐出来，却被纪筱星按住了嘴巴。

"良药苦口！你总不吃药，病才一直没好！"

她就这么逼着他硬生生把药吞下去了。

纪筱星这才心满意足地松开手，带着胜利的笑容看着步淮止，做了一个鬼脸。

这下，某个人的脸更臭了。

"我帮你倒一杯水，你家里有热水吗？"纪筱星转了一圈，发现厨房什么都没有，就连烧水壶都没有一个，倒是有煤气灶，却不见锅碗瓢盆，只有一个喝水的陶瓷杯。

她打开冰箱，里面也就只有几十瓶摆放整齐的矿泉水，她不由得感叹："如果不是看到你住在这里，我还以为我来到样板间了呢。一个人住的地方，怎么什么都没有？"

"有水就行了。"步淮止闷闷说了句。

纪筱星也懒得搭理他，她把水倒进陶瓷杯里，放微波炉里转了一分钟，才拿到步淮止面前："给。"

大概他也是真觉得苦，立刻就接过来喝了一口，又郁闷地问了句："纪筱星，你来这里干什么？"

"我听说你高烧不退，来看你死没死。"纪筱星没好气道，本来是想说自己是来还衣服的，结果来得太急了，没有带在身上，"既然你没什么事，那我就回去了。"

步淮止突然又不说话了。

·094·

纪筱星以为他是太难受了,所以战斗力下降,就推了推他的胳膊:"你还是去床上睡觉吧。你穿那么少,如果在这里睡着了,到时候着凉会更加糟糕。"

步淮止慢悠悠地扶着沙发边缘站起来了。纪筱星看他摇摇欲坠的样子,干脆扶住了他的胳膊,把他送到了房间里,看着他老老实实躺在床上盖着被子。

"我走了。"

步淮止闭上眼睛,鼻腔里发出一个软糯的单音:"嗯。"

"你的比赛……"纪筱星小心翼翼地开口,"没事吧?"

他还是闭着眼,因为生病而声音沙哑,却像是风吹过树梢传来的沙沙声,格外好听:"没有关系,我本来也不想参加的,拿什么名次无所谓,但是比赛毕竟不是我自己一个人的事情。"

步淮止睁开眼,无神地看着一个角落,不过片刻又闭上了。

纪筱星有些惊讶,其实他也在内疚吧,因为身体不好影响了发挥,虽然自己无所谓,但是影响到了别的同学。他这样什么都不在乎的人,竟然还会流露出这样自责的眼神。

"好好休息吧。"纪筱星轻声道。

她正准备走到卧室门口,又回头看了步淮止一眼,他像是已经睡着了。

岂料她刚抬脚,又听到身后的他淡淡说道:"纪筱星,那天你怎么没回来?"

纪筱星折身想解释,忽然瞧见了另外一侧床头柜上,其实有一个相框,只是因为所在位置的角度不太容易被发现,她才没注意到。照片上是一个男孩和一个女孩,对着镜头露出了美好的微笑。

不像是被藏在那里,只是放在那里,如果睡在床上的时候一侧脸就能够看见。

男孩子是步淮止，但是那个女孩子……

纪筱星不认识，但她很美，而且美得别致，像是幽静闲雅的百合。

相框旁边还有一个首饰盒，看样子应该是条手链，而且还是女士的。

她也不知道为什么，就像是无意中撞破了别人的秘密，有些仓皇无措，飞快说了句"再见"就立刻走了。

人与人之间的界限真的很难琢磨。

纪筱星以为自己是顾洋最好的朋友，也打算就这样保持着好友的关系。

可是直到有一天，她意识到顾洋好像有了在意的女孩子，所以她忽然发现，其实自己早就越界了。

她以为自己跟步淮止甚至连朋友都算不上，只是因为一个意外事件有了"亲密"的接触，却不代表两个人的世界就有了相交的轨道。

可是她被人误会、她被大雨淋湿、她心情糟糕，在她最需要安慰的时候，他陪伴在她身边。

她进入了步淮止家里，窥探到了他那些不为人知的一面，她跟他的关系算不算更亲近了一些呢？所以她才会开始好奇那张照片上的人是谁，会不会也是对步淮止来说很重要的人？

应该不会有除好奇之外的更多情绪了，但又好像不光如此。

想到这里，纪筱星整个人都颓丧了。

怎么这么麻烦。

林浅意是纪筱星的同桌，自然是最先察觉出纪筱星的情绪，悄声问了她一句："姑奶奶，一早上莫名叹气三十多声了，你到底在愁什么啊？我都快跟着伤春悲秋了。"

纪筱星看着窗外,生怕被林浅意这个八卦的家伙看出了点什么,于是默默又叹了口气:"唉,树叶都已经落光了,我们还真是到了看到落叶也会忧伤的花季……"

林浅意一恼火,巴掌直接拍到了她的脑袋上。

冬天来得特别快。

第一次统考之后,成绩发下来了,纪筱星看着成绩单,英语依旧没有起色,倒是原本学得不错的科目更上了一层楼,整体来说还是前进了几个名次的。

天气冷得厉害,纪筱星看着试卷喝着自己冲泡的茶,脑子里又想到了前几天生病的步淮止,也不知道他怎么样了。

梁文静又找纪筱星谈话了,大意还是劝她回来住校,每天来往在路上两三个小时,她又上不了晚自习,会跟班上大部分同学脱节的。

"最关键的是,我要用晚自习的时间讲英语卷子,你是不是就听不到了?怎么可能跟得上大家?"梁文静停顿了一下,"下周就是家长会了,我觉得有必要亲自跟你爸爸谈一下。"

梁文静话语里威胁的意味很明显了,纪筱星也还是那个态度,实在不愿意再回到宿舍了,诚恳地回答:"我会找同学借卷子来看笔记的!如果有不懂的,我一定及时来问你。我爸他很忙的……"

"纪筱星,如果下周家长会你爸爸没来,那我就去家访。"

纪筱星没有别的办法,只能去找步淮止。

她可怜兮兮地蹲在步淮止家楼下,这里建了一个小花园,有绿植和长椅。

忽然,她看到了林槐学姐,林槐学姐似乎还有这里的房卡,也是5栋,直接刷卡上了楼。

过了一会儿，步淮止慢悠悠地回来了。

"喂！"纪筱星一蹦一跳地走过去，满脸讨好的笑容，"我等你好久啦。"

步淮止有些意外，停了下来："等我？"

"怎么样，你身体好了没有啊？"纪筱星寻思着自己拜托人家办事，总得给些好处，"我请你喝奶茶吧。"

步淮止迟疑了一下，抬头看了看楼上，露出个令人难以捉摸的表情，扭头对她说："也好。"

两个人朝着校门口的奶茶店走去。

"喝什么，别客气。"纪筱星点好了自己的，看着步淮止把菜单都快盯穿了，也没有点出来一个，"这家很不错的，每款我都喝过了，要不要我给你推荐一下？"

奶茶店的小姐姐看着步淮止忍不住娇羞地说："哎呀，或者我来给你推荐吧，我也都尝过了，我调配的果茶……"

"不然你喝这个奶茶吧。"纪筱星皱了皱眉头，"我觉得奶茶好喝。"

"好，"步淮止点头，"听你的。"

"那我们俩要一样的。"纪筱星付了钱，发现小姐姐的视线还在追随着步淮止。

回了座位，她忍不住揶揄："你人气真高。"

步淮止不为所动："嗯。"

居然一点都不谦虚，也不否认。

"那你谈过恋爱吗？"纪筱星想起了那张照片。

步淮止皱眉："小孩子好奇这些干什么？"

"你上大学了啊，都大二了，可以谈了吧？"纪筱星像是嗅到八

卦气息的狗仔,"我看你身边女生不少嘛,至少有亲近一点的吧?"

"邻居家的小孩。"步淮止淡淡说道,"从小认识,也不能说完全不熟,但是也不能说有多亲近。"

真是巧了,这不就是她跟顾洋吗?

"那……认识久了,会不会日久生情啊?"

步淮止看着纪筱星,许久,才缓缓回答:"我以前也觉得,两个人产生感情的基础是了解,一见钟情不存在,更不靠谱,可是后来我好像才知道……即使一开始对那个人的感觉或许不是喜欢,但是一旦开始在意,那个人就是不一样的,是特别的、无法忽视的……存在。"

纪筱星有些没明白他的话。

步淮止大概也看出来了,所以耐心地解释:"所以,一开始就决定了,我会不会喜欢上这个人。"

"那会不会有人弄不清楚自己的心意……"纪筱星尝试着自我安慰。

可是她也知道,不可能的。

她自己能感觉得到,从一开始她跟顾洋就只是朋友的关系。

如果要喜欢的话,早就喜欢上了。

"纪筱星,你到底有没有听懂我的话?"步淮止无奈。

难不成照片上的人就是步淮止口中一开始不喜欢,但是后来又喜欢的人?

刚好小姐姐端了奶茶上来。

纪筱星喝了一口,怀疑这个小姐姐是不是针对自己,平时明明很美味的奶茶,竟然觉得茶叶放多了,喝出了一股苦涩的味道。

"对了,其实我今天是有事情来找你的。"纪筱星想到了自己今天来找步淮止的主要目的,"我想拜托你一件事。"

步淮止一边喝奶茶,一边抬头看着她,示意她继续。

"我想让你再帮我去一次家长会。"纪筱星露出可怜兮兮的表情,"老师非要我住宿,说我不上晚自习肯定跟不上大家的进度,可是你也知道,我不喜欢宿舍的环境……"

学校的女生宿舍八个人一间,现在快要高考了,大家的神经紧绷,比较敏感,一点就爆。无奈纪筱星从来都是直肠子,有什么说什么,跟宿舍的人处得也并不是很好。

更何况纪筱星之前违纪就多,总是躲在被子里用手机看小说,被宿舍阿姨抓了几次,就成了重点观察对象,这个时候回去,指不定又得被盯住。

她本来就不是个循规蹈矩的人,住在那里简直就是折磨。

这些她都跟步淮止说过。

步淮止很好说话,点点头:"嗯,你告诉我时间吧。"

"太好了!"纪筱星松了一口气。

"但是我有个条件。"步淮止悠悠地补充了一句,"这件事还是跟你爸爸说一声吧,我觉得他有权知道你的学习情况。"

"不行!"纪筱星气急,"你说什么呢!我爸知道了肯定要打断我的腿。"

"我帮你拦着,最多挨两下。"步淮止一本正经道。

纪筱星气得跳脚:"你听听你这是人话吗!"

步淮止油盐不进,低头开始喝奶茶。

"我真是看错你了!"

纪筱星生气地直接离开奶茶店,但是等她回到家里稍微冷静下来,又认清了现实——自己没有步淮止不行。

所以她立刻打包了步淮止的外套,又装了几包零食,默默背着小书包出发去找步淮止。

哪知道刚走到楼下的门禁,就碰到了从里面走出来的林槐。

"纪筱星?你来这里做什么啊?"林槐惊讶地看着她。

纪筱星笑了笑:"来……来找个朋友。"

林槐挑挑眉:"哦,据我所知住这里的只有会长啊。"

纪筱星尴尬地说:"我的朋友也住这里啦,小时候认识的好朋友……"

"那你快去吧。"林槐挥手跟她道别。

纪筱星无意中发现林槐的手腕上有一串手链,还挺好看的。

"嗯,学姐再见。"

纪筱星上了楼,来到步淮止家门口按了按门铃。

好一会儿,里面才传来他的声音:"谁?"

"是我。"纪筱星担心他也生气了,赶紧讨好道,"你能给我开门吗?我过来给你送衣服的。"

门被打开了,步淮止皱着眉头看着她:"衣服呢?"

纪筱星想往里面挤,结果被步淮止一把按着脑袋,阻挡在了门口。

"哎呀,我来的路上头好晕……"纪筱星假装头晕想靠着门,结果没看准方向,一下子倒进了步淮止的怀里。

纪筱星立刻弹起来,好在对方也被这个动作给弄蒙了,让她钻了空子,立刻往屋子里跑。

一进去,她就被屋子里的景象吓傻了。

房间里就像是遭劫了一样,东西被翻得乱七八糟,零食也撒了一地,沙发上赫然还有鞋印。

"你……你家进小偷了?"纪筱星不敢动,生怕自己破坏现场。

步淮止无奈地关了门:"没有。"

"真的？"纪筱星脑子里胡思乱想，"还是你欠了什么债，人家上门……"

说到这里，她又觉得自己这个想法太不靠谱了。

怎么看步淮止都是一个小少爷的模样，十指不沾阳春水，被人供着。

"只是一个朋友过来了而已。"步淮止走到了纪筱星面前伸出手，"衣服呢？"

纪筱星不甘心地从包里把衣服给拿出来了。她将衣服叠得整整齐齐的，好好装在透明的袋子里，像是电视剧里委屈的小丫头，双手捧着："步淮止，你别生气嘛。"

步淮止无奈又好笑，接过了衣服："我没有生你的气。"

"那我帮你打扫屋子，你帮我去开家长会？"纪筱星说着已经开始收拾起来。

"不用了。"步淮止制止她，"我等会儿让阿姨过来收拾。"

纪筱星狗腿又殷勤地继续收拾："何必麻烦人家阿姨跑一趟呢，我来吧，我最喜欢收拾屋子了，我有洁癖。"

步淮止仔细回想了一下纪筱星的家，对此表示怀疑。

纪筱星却不管不顾，开始收拾屋子。

这里一看就是有人故意弄脏的，薯片什么的满地都是，冰箱里的西瓜拿出来切得乱七八糟，可乐瓶也是倒着放的，桌子上一片狼藉。

到底是什么仇什么怨？

"你家怎么会有这些零食啊？"纪筱星分明记得上次来的时候这些都是没有的。

步淮止叹口气也蹲下来收拾："偶尔会买一些，招待朋友用的。"

什么朋友都把你家祸害成这样了？

纪筱星扭头看大少爷干活儿，抽了十几张纸巾，慢慢地把桌子上

的可乐给擦了,又准备抽纸巾收拾地上散落的薯片渣子,她一个环保人士实在是看不下去了。

"你去坐着吧,我来清理。"纪筱星站起来,四处转悠着,"没有抹布?"

步淮止从房间里拿出了一块崭新的毛巾。

纪筱星翻了个白眼:"大少爷,你也太奢侈了,不要的旧衣服或者旧毛巾给我一样吧!"

大少爷又去房间里转了一圈,拿出了一条白净的毛巾。

比起用新毛巾擦地,用这个没那么多罪恶感,她去厨房里打湿了毛巾,把桌子上的东西全部弄到了地上,然后把桌子给擦干净了。

纪筱星又找了一个大塑料袋,把地上的垃圾全部收拾进去。

步淮止一直在旁边帮忙,慢悠悠地往袋子里放垃圾。

纪筱星也懒得阻止他了,忽然发现地板上有个首饰盒,她一打开,发现里面的东西不见了。

"这个,里面的东西没有了。"纪筱星担心是不是被他的朋友拿走了,"你要不要问问你朋友?"

"不用了。"步淮止见怪不怪,"反正也是要送给她的礼物。"

这分明就是装女士首饰的盒子。

看着首饰盒上的花纹,纪筱星一下子想起来了,林槐学姐的手链上的花纹跟这上面的很相似……

她拿出手机查了查,果然找到了一条一模一样的,而且价格还不便宜。

"怎么了?"步淮止看她一直蹲在地上发呆,过去拍拍她的肩膀,也就顺便看到了她正在搜索什么。

纪筱星把手机收好,试探着问:"这个人对你来说很重要吗?"

步淮止的表情一时间变得很复杂:"多少有些愧疚。"

"这个人……不是闻若琪学姐吧？我毕竟在这个学校待了那么久，还是听说了些八卦的……"纪筱星知道步淮止的少年玩伴闻若琪，A大非常出名的才女，去年因为交换生的机会出国了。

"她还没有回国。"

"但是你给别的女孩子送礼物，闻若琪学姐不会不高兴吗？"

步淮止皱眉："闻若琪为什么要生气？这个人，闻若琪也认识。"

"你们俩不是情侣关系吗？"

"不是。"步淮止淡淡回答。

"啧啧啧。"纪筱星不买账，"我既不是狗仔也不是粉丝，跟我一个人开新闻发布会没用。"

林槐学姐跟步淮止之间会是什么关系呢？

纪筱星没有问出来，默默帮他把屋子收拾得干干净净。

结束后，纪筱星又再次提出自己的请求："你就帮我去这一次吧，我知道你是为我好，替我考虑。但是我爸如果知道了肯定会很担心我，又要赶我回去住宿，反正我是肯定不回去了，到时候我和他吵了架，我要是想不开离家出走，在外面发生了什么事，岂不是更加糟糕……"

他没说话，显然对于纪筱星的这套说辞既生气又好笑。

"拜托啦。"纪筱星双手合十，像条小狗，"你帮我一次，之后我帮你一次，只要不是太过分的，我一定做到！"

步淮止叹口气，被她的歪理说服了："只此一次，下不为例。"

家长会当日，纪筱星约了步淮止一起去学校。

他早上没课，会来学校车站跟她碰面。

但是等了许久，步淮止都还没来，纪筱星怕他爽约，立刻赶到他家小区门口。

没想到经过小区内的小花园的时候,听到了步淮止的声音。

"我不听这些解释,步淮止,现在就要去。"林槐提高音量,"你口口声声说要补偿我吧?就这样?少假惺惺的了,你不过就是为了让自己安心而已……"

纪筱星立刻躲到了一座假山后面,悄悄看着正在争吵的两个人。

"我会让人代替我去的,我相信一定会比我本人到场更有说服力。"步淮止无奈道,"但是今天真的不行。"

"为什么?"

"我答应了别人。"

林槐冷笑:"啊,纪筱星。"

步淮止没有回答。

林槐满脸嘲讽:"还真是厉害,这个纪筱星真的让你屡次破例啊……"

步淮止打断她:"总之,这件事我一定会找人办妥,你不用担心。"

"步淮止,你给我等着!"林槐撂下话,就转身走了。

纪筱星赶紧让自己藏得隐蔽一些,看着林槐离开。

她探出身子打算看看步淮止在做什么,结果没想到刚好跟他四目相对。

步淮止一时之间有些慌乱,但是他这样波澜不惊的人,当然立刻就镇定下来。

"你都听到了?"

"我……"纪筱星知道听人墙根不好,有些羞愧,"嗯,抱歉啊,我就是看你怎么还没来,也不回复信息,实在是太着急了才过来的……"

"没事,反正我也要去找你的。"步淮止笑了笑,"走吧。"

纪筱星虽然没有听完事情的全部经过，但是也知道林槐肯定是想要步淮止跟她去某个地方，可步淮止因为答应了自己所以只能拒绝了林槐。

看林槐的样子，这事好像不会那么轻易了结。

"你……"纪筱星看着步淮止拿了一部新的手机出来，想来是之前那部报废了吧，"你真的没事吗？要不我再去找找别的人问问看？"

步淮止转过头来瞪着她："别的人？"

纪筱星疑惑："你在生气吗？"

步淮止脸色不自然道："没有，就是在想，你还可以喊谁？"

"比如食堂的季阿姨……"纪筱星一点都不想麻烦她，但是如果步淮止不帮自己，也就只有季阿姨了。

步淮止表情缓和了许多，看着她道："纪筱星，你不需要去喊别人，我答应帮你，就一定会帮你。"

一辆车停在了他们面前，步淮止拉开了车门。

"快迟到了，上车吧。"

又打车了。

虽然纪筱星知道步淮止家里应该不缺钱，但毕竟这是自己拜托他帮忙的，这笔钱总该是自己来出。只是想想之前到学校的车费，纪筱星捏捏口袋。

"这样，车费我暂时出不起，不过我可以分期。"纪筱星计算着，"我包你一个星期的晚餐怎么样？"

步淮止："我没有要你出车费的意思。"

"那怎么行！"纪筱星拍拍胸口，"我这个人不喜欢欠别人的，你帮了我的忙，我肯定是要还给你的。"

"一个星期的晚餐也不便宜吧？"

纪筱星露出个淳朴的笑容:"我是让你来我家吃饭啦。"

步淮止愣了愣,似乎并没有拒绝的意思。

路程漫长,纪筱星没多久就觉得无聊了,尤其还是怀揣着那么多的好奇。

她磨磨蹭蹭:"哎,其实啊,我很想问你……"

"林槐?"步淮止一眼就看穿了她的心思。

"我也不是故意要打探你隐私的。"纪筱星内心的好奇让她心痒痒,像是胸口放了几只蚂蚁,爬来爬去,"就是感觉你们俩因为我闹不愉快。"

"跟你没有关系。"步淮止叹了一口气,"她……她是我妹妹。"

"妹妹?"纪筱星激动得差点从座椅上蹦起来,这路上又难走,她险些一下子撞到车窗上。

步淮止及时拉住了她,把她给扶稳了。

"嗯,但我们不是一个妈妈。"步淮止的语气很平静,"我父亲跟我母亲分开之后,和林槐的母亲在一起生了她,我也是后来才知道的。"

看刚刚林槐有恃无恐的模样,应该是步淮止一直在忍让她。

"所以你觉得愧疚,一直都在弥补她?"纪筱星疑惑,"通过答应她所有的要求?"

步淮止没有说话,但看他的表情是默认了。

纪筱星皱眉不解:"你为什么要弥补她啊?这跟你……有什么关系啊?"

"没有,是我自己的问题。"步淮止像是要带过这个话题,"纪筱星,今天家长会的内容你会如实告诉你爸爸吗?"

答案是什么显而易见,他就是为了转移她的注意力。

"那我告诉我爸的话,你会告诉我,你这样做的理由吗?"

步淮止不说话了,大概是觉得自己搬了石头砸自己的脚。

纪筱星虽然很少撒娇,但并不是不会,所以她噘着嘴,面带伤心,低着头说道:"我只是想知道这样的理由,就只是担心你啦。这样都不能告诉我吗?我又不会告诉别人……"

步淮止顿时惊慌失措:"也没有什么特殊的理由,只是……"

太棒了,纪筱星内心暗喜。

"你放心,我绝对不会把这件事告诉别人的。"

步淮止放弃抵抗:"只是因为我一直过得很好,可是我爸跟林槐妈妈在一起之后,一直过着奔波的生活。我妈妈是个很强势的人,或许他们会过得那么苦,跟我妈也有关系。"

纪筱星想起来自己去步淮止家中,几乎没有看到什么照片。

步淮止提到自己爸爸的口吻,也并没有埋怨。

她自小就会察言观色,其中恩怨,她也能猜到一二。步淮止觉得自己过了好的生活,却发现自己同父异母的妹妹生活得拮据。

"但是这不是你的错啊。"纪筱星这么想着,就直接说了出来。

"什么?"

纪筱星豁出去:"林槐过得不好,这不是你的错。那你还没有爸爸的陪伴呢,你的缺失谁给你弥补呢?"

步淮止微微惊讶。

难道是自己说错话了?纪筱星咬着嘴唇,现在可不能得罪他啊,毕竟都已经到这地步了,步淮止要是不干了,临时也根本找不到人啊。

"你别生气。"纪筱星拉拉他的袖口,"是我不该话多的。"

忽然步淮止"噗"的一声笑了起来。

纪筱星这才知道原来他是在逗自己。

"什么啊。"纪筱星忍不住用手拍他以示警告,"你吓死我了。"

"有什么好担心的。"步淮止收敛笑容,嘴角依旧留着清浅的涟漪,"我都答应你了,当然会做到。"

车子缓缓开到了校门口。

纪筱星赶紧下车,跑到门口给他拉开车门:"来来来,我们学生会会长的排面由我来守护。"

步淮止无可奈何地笑了笑,从车上下来。

马路上车来车往的,她一直背对着马路,根本没注意有车子贴着她开过去,步淮止看得胆战心惊,一把抓住她的胳膊:"小心一点。"

纪筱星没出息地红了脸,轻轻抽回了自己的手臂:"啊,哦……谢谢。"

真是太丢人了。

好在步淮止也没有在意,一言不发地跟着她进了学校。

步淮止之前来过这里,大概知道一些方位。

"那你去教室?"

纪筱星点头:"嗯,家长在多媒体教室集合,到时候解散后你来教室这边。"

两个人分开之后,高三的学生还是照常上课。

这本来就是周六上午的补课时间,开完家长会基本上午的课也结束了,大家也可以回家。

第二节课的下课铃声响起,文月组织班上的同学开始打扫卫生,等会儿就要迎接家长。纪筱星赶紧把自己抽屉里乱七八糟的废纸全部收拾起来,还有平时跟同桌传的字条也都收拾了起来。

突然,教室里有人吵了起来。

纪筱星抬起头看过去，才发现班上有人跟顾洋争执了起来。

教室需要打扫，对今天值日的同学来说任务繁重，自然心里有怨言。

每个人都在收拾自己的桌面和抽屉，废纸什么的随意一丢，教室里当即变得乱七八糟、垃圾遍地。

值日的同学越来越恼火，甩手不干了。

文月是班长，性格温柔，自然以安抚为主，还顺带着帮值日生一起打扫起来。

谁能想到，顾洋这个黑骑士站出来为文月说话。

偏偏今天的值日生跟顾洋向来不对付，两个人你一言我一语，就吵了起来。

这段时间每个人都敏感，语言冲突立刻升级为肢体碰撞。

纪筱星本来不想管的。

顾洋这家伙没有脑子要英雄救美，关她什么事呢？

自己的事情已经够多够让她烦躁的了，何必要再揽一件令人心烦的事情呢？

文月作为班长，自己也拉不动劝不动，转身就跑出去找班主任了。

这样也好，不管打不打起来，都有人去解决了。

不过两个人真的开始要动手的时候，文月和班主任都没回来，纪筱星还是没忍住，冲了上去。

她熟悉顾洋，他一捏起拳头就真的会打人。所以她过去一把握住了顾洋的手，拦住了他，只是对方已经出手，她跑过去的时候刚好被一拳砸在背上。

她闷闷地哼了一声，没让自己叫出来。

这下好了，顾洋当即红了眼，更加激动。

纪筱星真觉得自己倒霉，反正这一下挨就挨了，不能让他们继续下去，依旧死死拦着顾洋。

在他们的拳脚相向之中，纪筱星绝望地闭紧了眼睛，决定一定要支撑下去，把他们俩给分开。

谁知道就在这时，有人拉着她的手腕，一下子把她从两个人之间给拽开了。

纪筱星睁开眼睛看着步淮止面色铁青。

步淮止虽然瘦，但是很高，比两个愣头青要显得成熟一些，更何况他不苟言笑的时候更是显得冷漠疏离，自带气场，寒气逼人。

打得正凶的两个人看着突然冒出来的步淮止也都停了手。

"你怎么来了？"纪筱星吓了一跳。

正好这时候，文月已经把班主任给喊来了。看着这个混乱的场面，围观的人也都纷纷自己做自己的事。

谁都不想把事情闹大，更何况今天要开家长会。

"你们怎么回事？"梁文静看着依旧对视的顾洋和值日生，"你们俩出来，还有文月过来说一下事情的经过。"

"老师，可是纪筱星……"林浅意看到纪筱星平白无故被值日生打了一下，想要替她出头。

纪筱星立刻用眼神制止她。

本来她就不想惹事，如果因为这件事大家一起被请家长，岂不是得不偿失？

林浅意会意收声。

"打伤你哪里了？"步淮止看着纪筱星吃痛的样子，眉头紧蹙，"我带你去医务室看看。"

"别小题大做了。"纪筱星抽回被他拉着的手，"你怎么先过来了？"

步淮止表情无辜道:"你们校长在说话。"

纪筱星了然地点点头,一般来说校长的演讲都是在给家长做思想工作,无非是什么要多陪伴孩子,照顾孩子的饮食起居,这些对于步淮止来说确实没什么必要听。

林浅意忽然蹿过来,一下子挽住了纪筱星的胳膊:"小星!这个人是谁呀?"

"我哥。"纪筱星想也不想就脱口而出,"远房表哥。"

步淮止皱眉。

他向来不喜欢说谎,尤其是当面说谎。

第一次来学校见老师的时候,纪筱星让他自我介绍是她表哥,因为他那张脸更有说服力,他都别扭着坚决不开口,还是纪筱星说了,他才勉为其难地点了点头。

纪筱星把步淮止带到了自己的座位上。

步淮止坐下来,看着她桌子上的卷子、草稿本,还有堆积如山的课本,也并没有要翻弄的意思。

"不然你先跟我去一趟小卖部?"纪筱星看着周围的人都看过来了。他长得实在抢眼,就连身边的林浅意都已经虎视眈眈冲她发射信号。

步淮止点头:"也好。"

两个人朝着小卖部走过去。

纪筱星给步淮止买了一瓶水,自己买了一个冰激凌,在校园里散步。

高中跟大学到底不一样,至少在纪筱星看来不太一样,在高三这么紧张的时候还可以悠闲散步,就像是偷来的一段时间。

"你的背真的没事?"

纪筱星摇摇头:"要是真的有事,我现在就回去找顾洋算账,看我不打得他喊娘。"

"你跟顾洋的关系很好。"

这么肯定的语气让纪筱星觉得有些不爽:"你跟闻喜的关系也好啊,你跟闻若琪的关系也好啊,你看看你,跟那么多人关系都好。"

"我跟你的关系呢?"他平静地问,"好吗?"

一下子把纪筱星给问住了。

她不答反问:"你看看你,你怎么跟所有人关系都好?"

"那你的意思是跟你关系也很好。"

又是一个陈述句。

纪筱星想着还得拜托步淮止替自己开家长会呢,立刻假装不耐烦地点头:"是啊,当然好啦,你可是我远房表哥。"

两人重新回到教室里时,家长基本到齐了。

纪筱星把步淮止带到座位上,然后就跟着林浅意一起去学校里的休息区自习去了。

她只要一抬头就能看见操场。

操场上,顾洋跟值日生被班主任罚跑,为了表示和好,他们俩还是手牵着手跑的,不少同学过去围观拍照,还算是热闹。

想着教室里的步淮止,不知道他现在是不是也无聊得快要睡着了,是不是跟自己上课时那样,一只手撑着下巴,一只手拿着笔,昏昏欲睡,脑袋就跟打节拍似的点着。

她想到这里,竟然觉得还有些好笑。

"你老实说,这个不是你表哥吧?"林浅意不买账,"我怎么没听你说过?"

"都跟你说是远房的了,是我妈妈那边的亲戚,很少来往。"纪筱星说的可是事实，以前确实有一个表哥在Ａ大，但关系一般。曾经老爸想让他给自己辅导功课，表哥推三阻四，后来也就不了了之，去年他毕业后就再也没有联系过。

"你现在知道了。"纪筱星一句话打断她的追问，"赶紧看书吧。"

过了一会儿，教室里有家长陆陆续续走出来。

纪筱星本来想等着步淮止自己出来，没想到眼看着家长快走完了，也没有看见他的影子。

难道是被留堂了？

果然，纪筱星跑到教室门口看了一眼，梁文静正一脸严肃地跟步淮止说着什么。步淮止偶尔开口回答几句，脸上依旧是平静淡漠的样子，不卑不亢。

这么一看，他还挺有家长的样子。

等到学校里的家长都走得差不多了，学校里从喧哗变成了静谧。纪筱星站在门口甚至能隐约听到他们聊天的内容，就是不够清晰。

还好没有带老爸来，梁文静果然打了不少小报告。

终于听到梁文静说"那先这样吧"，她踏着高跟鞋"嗒嗒嗒"走远了，纪筱星走到后门，敲了敲。

"辛苦了，请你喝奶茶。"

"还好。"步淮止把她的习题册拿出来，"我也没有怎么听。"

纪筱星拿起自己的习题册打开一看，自己今早完成的部分，竟然被步淮止用铅笔把错误的地方给圈出来了，旁边还写着详细的解题思路。

"怎么这么厉害？"纪筱星忍不住赞扬，"看来以前学校里的人说你家里有钱，都是靠家里给你铺路，才获得那么多荣誉……这些都

是造谣嘛。"

步淮止白了她一眼:"这些都是高考的内容,又不是奥数比赛。"

纪筱星哑然,竟然不知道如何反驳。

两个人一起往外走,只听到步淮止又悠悠说了句:"但是也不全是造谣。"

"嗯?"

"我们家有钱是真的。"

哼哼,纪筱星撇撇嘴,居然还炫耀起来了。

两个人一起到校门口的时候,保安已经把门给关上了。

"你们怎么这么慢?现在出校门要拿校牌登记的。"保安拿出了一个本子,对着他们二人说,"说一下分别是哪个班的?"

"高三(3)班,纪筱星。"她把校牌拿出来。

保安看看步淮止:"你呢?"

"我不是这里的学生。"

"说什么呢?你是不是不想被登记!"纪筱星故意大声说,"肯定在学校里干了什么坏事不想留下证据。"

"嗯?"保安拦着步淮止,"你不是这里的学生怎么进来的?"

步淮止皱着眉头看着在一旁偷笑的纪筱星:"我是来帮她开家长会的。"

保安半信半疑:"那你拿出身份证给我看看,校外人士随意进入学校,这是不行的!也得登记……"

步淮止略微无辜地在包包里翻找了一番,拿出了自己的身份证,双手举高交了过去。

纪筱星凑过去瞅了一眼,顿时羡慕不已,大部分人身份证上的照片奇丑无比，但是步淮止的照片却清秀好看。

保安转头问纪筱星："那你跟他什么关系？怎么乱开玩笑呢！他到底是不是你的家长？要是出什么问题，你们俩都逃不掉！"

纪筱星见好就收："对不起啊，这个是我表哥，我就是逗逗他。"

"下次别这样了！"

两个人终于顺利出了校门，一路上纪筱星想到步淮止老老实实交出身份证的样子，依然觉得好笑。

"到底有什么好笑的啊？"步淮止不解。

"步淮止，我以前觉得你很凶，很不好亲近，原来这么好欺负。"纪筱星尽量收敛笑容，"好了好了，我不笑了。"

步淮止低声嘀咕了句："还不都是因为你？"

"什么？"

步淮止没有回答，只说："走吧，坐车回去。"

毕竟是周末，公交车上人不少，两个人只能全程站着。

纪筱星拿出耳机，看着步淮止傻呆呆地站着，双目无神地看着窗外，也不玩手机，也不听音乐，就觉得这家伙的日常得有多无趣啊。

她把一边耳机塞进步淮止的耳朵里，他先是吓了一跳，扭头不解地看她。

"听不听？"

步淮止犹豫了一下，没有把耳机拿出来。

她担心他瞧不上自己喜欢的偶像，特地选了一些英文歌，安静平缓，旋律优美。

过了一会儿，步淮止扭头对纪筱星说："听你喜欢的那些歌吧。"

"我平时就喜欢这些啊！"纪筱星生怕他不相信，"怎么了，你

不相信我也听这样的歌吗?"

步淮止笑了笑:"我相信,但是我想知道你更喜欢的那些。"

大概说的就是那些吵吵闹闹的流行歌吧。

虽然不知道他是怎么知道的,纪筱星还是老老实实把自己喜欢的歌单调了出来,播放之后小心翼翼地观察步淮止的表情。他依旧是板着脸,跟之前没有什么区别。

大概是注意到纪筱星的目光,步淮止转头看着她。

"你不会觉得我听这些歌没有营养吗?"

"纪筱星,你只是听歌而已,不需要取悦任何人,尤其是我。"步淮止盯着窗外,"反正我都见识过了。"

"嗯?"纪筱星奇怪,"见识过什么?"

"你家。"

纪筱星:"……"

也是,她家墙上贴满了"爱豆"海报,自己还有什么好隐藏的?

为了答谢步淮止,纪筱星很大方地要请步淮止吃饭……

仅限食堂。

去食堂的路上会经过纪淳的店,老远,纪筱星就看到店门口围着一群人,她看着不对劲,赶紧跑过去。

"怎么回事?"纪筱星拨开人群,发现是林槐跟闻喜,还有几个学生会的成员。林槐的手里拿着电脑,和一个她觉得有些眼熟的热水袋,"这不是……"

这好像是之前她自己进的那批便宜货。

天气转凉,对于没有暖气的南方城市,热水袋是大学校园里最畅销的生活用品之一。

所以当时纪筱星跟着摆摊的小姐姐们一起进了一批货,物美价廉。

"来得正好。小星啊,你售出的热水袋可能是三无产品吧,今天有人在学生会办公室用,结果忽然开始漏水,弄得桌子上很多电脑都出了问题,还导致一个同学手被烫伤了,已经去校医室治疗了……"林槐面色沉重,转头看了一眼随后赶来的步淮止,"包括会长的电脑也出了问题呢。"

步淮止听到这句话,面色一变,转身就跑向了教学楼的方向。

纪筱星脑子里一片混乱,想不起来那时候自己售出了几个,又分别是卖给谁的。

但是现在他们说是从她这里买的,她真的是百口莫辩。

"学校里学生摆摊这件事本来就是违规的……"领头的老师严肃道,"这件事一定要严肃处理。"

这个老师直接管辖学生会,就是上次带头来收了纪筱星摊位的那个,本来就对纪筱星意见很大。

这么多人围着,纪筱星觉得此刻的自己就像是一个待审的犯人。

老师表情严肃,对纪筱星说道:"你去把你父亲喊来吧,这件事我们要请校领导来决定。"

"什么意思?"纪筱星顿时大感不妙,其实在看到闻喜那小人得志的样子就该想到了,"这件事跟我爸有什么关系?事情因我而起,你们说个赔偿办法就可以了。"

老师似乎不打算跟她过多解释,对身边的一个男生挥挥手:"去店里把老板喊过来。"

纪筱星知道在场没有一个人会帮自己,就连唯一可能相信自己的步淮止也离开了。

林槐有心无力地摇摇头:"纪筱星,你先别急,等你爸爸来了再说吧。"

纪淳很快赶来了,看到纪筱星被几个人围着,当即就走过来,一把将纪筱星拉到了自己身后。

"老师,这其中肯定有误会。"纪淳大概听那个学生会小哥说了事情经过,解释道,"纪筱星进货渠道跟在学校里摆摊的学生是一样的,这个事故应该是意外,我们愿意照价赔偿。如果学校电路有损坏,我也愿意亲自修理。"

"谁知道呢?学校里做小电器维修的就你一家,学校大大小小的工作也都交给你,天知道你是不是想着故意弄些质量不好的,如果坏了就找你们家里修……"闻喜冷哼一声。

纪筱星当即就炸了。

她冷笑了一声:"麻烦闻喜小姐用你不算太可爱的脑袋,不,用你也不太漂亮的脚趾想想,所有人都知道我是维修店老板的女儿,如果是在我这里买的东西出了问题,别人来修理我敢收钱吗……"

"纪筱星,"纪淳打断她,"你先回去吧,这件事我来处理。"

"老爸,这件事有很多疑点啊……"纪筱星怎么都觉得这是欲加之罪,她虽然不记得到底有没有卖给过学生会的人,但当时天气还没有那么冷,买的人绝对不超过五个。

"你先回去。"纪淳的口气里透着罕见的强硬。

纪筱星一下子蔫了。

纪筱星一个人默默走回家,经过住宅区的时候,远远看见了步淮止居住的小区,她鬼使神差地走过去,这次在楼下按了很久的门禁对讲机,始终没人接听。

步淮止大概是去修电脑了。

虽然不知道他的电脑到底是什么牌子的,但是跟老爸好好商量一下，扣掉自己的零花钱，应该也是可以赔得起的。

纪筱星坐在楼下的石凳上，冷风吹得她难受，鼻尖也发酸，想想今天遇到的事，想想步淮止听到自己电脑坏掉时的清冷神情，她越发觉得实在冻得不行。

不知道过了多久，她看到一双运动鞋停在自己面前。

"你在这里干什么？"步淮止的声音响起来，像是顺着风，夹着寒气，却带着一丝绵柔。

纪筱星抓住了救命稻草一样，立刻就哭了，一把抓住了步淮止的胳膊，结结巴巴说道："对……对不起啊……我不知道到底是不是我的错？但如果是我的错，我也不是那种不负责任的人，弄坏的，我肯定会赔偿……"

他的声音不轻不重地传来："我知道，你别哭了。"

"嗯？"纪筱星抬起头，泪流满面，"你相信我说的啊？"

步淮止忍不住叹口气，用手指轻轻戳了戳她的额头："纪筱星，遇到你之后，我好像一直都在倒霉。"

又是这句话，就好像她不知道一样，反反复复提醒，仿佛在驱赶她一样。

纪筱星颓丧地站起来，想就此走开的，但是看到他手里的电脑，不由得问："修好了吗？"

步淮止摇摇头："问了两三家，电脑本身就很旧，损坏确实比较严重。"

"那你可以让我试试吗？"她对上步淮止疑惑的表情，立刻解释道，"我爸会修，既然别处修不好，那死马当活马医，说不定我爸就能撞上好运呢……"

步淮止目光有些失焦，语气还是淡如风雾："我只是想要拿回里面的一张照片而已。以前没有在意，但是听到电脑出问题了，还是会

担心。"

说完这话的他表情带着一丝自嘲和落寞。

步淮止很少情绪外露,脸上大多数时候都是事不关己的淡然,除了偶尔因为她生气恼怒,也最多凶一凶瞪个眼,不会表露太多。

这一次,是真的让纪筱星觉得很诧异。

她接下电脑,起誓承诺道:"放心吧!我一定会尽力的!"

说完她抱着电脑就跑了。

回到家里,纪筱星才懊悔,刚刚明明是想要去拜托步淮止一定要给自己一个公道的。

结果看到他的样子,她满脑子就是想要帮他修电脑了。

这步淮止看起来清清白白,人畜无害,怎么就那么容易蛊惑人呢?

老爸从厨房出来,看到她之后笑了笑:"来,吃饭吧。"

纪筱星看着满桌好菜,有些欲哭无泪地问:"这是砍头前最后的晚餐吗?"

"胡说八道。"纪淳把菜放下之后,推了推自己女儿的脑袋,"整天都在瞎想什么呢!就是早早关了店,回来的路上看到有新鲜的菜,顺手买了点。"

既然提到店了……

"爸,我错了。但是我觉得这件事有问题,我那些热水袋都是照学姐说的从正规渠道拿的,只是便宜,不是什么三无产品,也从未听说别人用了出事,我们自己家里还有一个呢……"纪筱星认错认得很快,"咱们的店还能保住吗?"

纪淳盛好了饭,坐在餐桌旁边,一副语重心长的语气:"小星啊,你说不如我们搬家怎么样?"

纪筱星的筷子一抖，觉得自己之前想到的最坏的结果，还真的应验了。

她噘着嘴，压抑着不让自己哭出来："爸，我们是不是要被赶走了？"

"不是我们被赶走，是我自己想走。"纪淳瞪她一眼，"你高三了，来来回回折腾也不方便，你不愿意住校，我打算把店关了，然后在你们高中附近找个房子，我帮你做饭。等你高考之后，我再把现在的房子卖了，在市中心找个地方重新安个家，你不是总觉得大学校门口荒凉吗，你就可以……"

"但是我要考Ａ大的啊。"纪筱星悔不当初，恨不得现在就回去抱着步淮止的腿大哭一顿，求求他一定要帮自己。

其实她想过，如果老爸回来骂她一顿，甚至打她一顿，她都可以接受，唯独这样善解人意的老爸，是她不想看到的。因为这样的话，好像是自己真的做错了。

纪淳看她一眼："你以为我不知道吗？你心野得很，想上Ａ大是因为不想离开我，可你其实一直想出去看看，去别的城市，读别的学校。如果我一直在这里，你就不会考出去，其实我心里巴不得你出去呢，这么多年你在我身边我都看腻了……"

他说得半真半假，可是纪筱星知道老爸这个懒人不喜欢乱跑，又重感情。他们父女俩没有什么亲戚，学校里的邻里都是他的朋友，没事就会约他们来家里聚餐，平日里修个东西也都免费顺手帮忙，是因为真的把他们当作自己的好友了，怎么可能会想离开呢？

但如果是真的没有办法了……那她也要争气。

纪筱星终于忍住了眼泪："好，你说什么就是什么。"

饭后，纪筱星拿出步淮止的电脑放到纪淳面前，坦白从宽："这

是那个学生会长的电脑,电脑确实是我弄坏的,他说修不好了,老爸你能帮我试试吗?"

纪淳拆开机子看了一番,检查了一下,摇摇头:"特别麻烦,而且这电脑也挺旧的了,不好弄。"

难怪步淮止拿去修也碰了壁。

"学生会长说就是想拿到其中一张照片而已……"纪筱星拉着老爸的胳膊,"能不能帮忙看看啊?"

纪淳难得看见自己女儿这么真挚地恳求自己,立刻答应了:"行吧,我来试试。这基本都打湿了,又烧坏了,估计得好一会儿呢。你去看书写作业吧。"

纪筱星就老老实实进屋复习了。一直到晚上她准备睡觉了,还看见老爸在对着电脑忙碌。

她不敢去打扰,看完书就睡觉了。

第二天早早起床,就是为了在老爸出去之前,问问他修理的结果。

纪淳没想到贪睡的纪筱星会为了一个结果早早就爬起来了,于是打开了自己的电脑,说道:"我费了好大的劲儿,勉强读了一下里面的数据,你说要照片对吧……这电脑估计也好久没用了,没什么东西,就是一些文件和这张照片。"

纪筱星面露惊喜,就在她扬起嘴角的时候,却在看到那张照片之后,笑容凝固了。

照片上是步淮止跟一个女生站在一个像是景点一样的地方,背景里有很多人,很杂乱,照片也没有什么美感可言,像是随便抓拍的,但是步淮止和女生笑得很开心。

这个女生,跟上次在他家看到的照片上的女生……是同一个人。

闻若琪。

还说不是小情侣呢!
谁信!

纪筱星上课的时候有些心不在焉,在梁文静的英语课上被抓住了,她的作业忘记带了,真的不是没有做,只是因为出门前看了照片,整个人就跟灵魂出窍了一样,干什么事都集中不了注意力,连桌子上的作业没拿都不知道。

于是梁文静便让她放学之后留在教室里把作业写完了再走,并且再次强调,她可以不住校,但是如果下次考试没有进步,就必须坚持上晚自习。

文月很贴心地给她带了晚餐,让她一边写一边吃。

结果没想到转头顾洋也拿了两个小蛋糕过来,纪筱星翻了个白眼,很识相地只收下了其中一个:"大哥,我知道你什么意思,也不必那么破费。"

顾洋讨好地笑了笑:"我是真心想给你吃的。你知道吗?班长一紧张就喜欢吃甜食,每次考试临近都会买一大堆回来。我觉得你也可以试试。"

"但是文月吃不胖,而我喝水都长肉,退下吧。"纪筱星嫌弃地白他一眼,把蛋糕拿起来走向文月,放到了她面前,"顾洋买多了,孝敬班长您的。"

文月犹豫了一下,接过来的时候,转过头对顾洋小声说了句"谢谢"。

顾洋这种厚脸皮的类型,属于给点颜色就开染坊的典范,人家说了一句谢谢,他就直接站起来了,走到了文月的面前。

"别客气。"顾洋笑眯眯地说。

好一会儿,他都没走开。

察觉到了文月有些不自在,纪筱星皱眉:"你看不出我们在做题?"

"作业难不难,会写吗?"顾洋拿过试卷,看了看,"要不我帮你?"

"走开吧。"纪筱星嫌弃地扯回试卷,"我自己凑合着写,符合我的实际水平。"

不过文月倒是把卷子递过去:"我这里确实有一道题,不太清楚。"

好吧,纪筱星这才明白文月为什么不自在了。

她不是嫌弃顾洋,只是太紧张了。

纪筱星忍不住露出了一个自嘲的笑容,是她太自以为是了。

最后写完作业的时候,晚自习也开始了。

她给梁文静交了卷子,在梁文静铁青的脸色中大摇大摆地走了。

这个时候回A大的公交车一般都很多人,纪筱星在绝境中挤来挤去上了车。

这几天跟老爸约好了,要挑选个周末去学校附近看房子,等车的时候她也一直在网上看房源的信息。

平时老爸修理各种东西看着很厉害,其实到底还是一个糙汉,生活中的事情还是比较迷糊的,纪筱星已经习惯了。

车厢满得很,纪筱星专心刷着房源信息,一抬头,看到了刚好挤到自己面前的步淮止。

"你要搬走?"步淮止皱着眉头。

步淮止显然是看到她正在用手机看什么。

纪筱星把手机收起来,回答:"嗯,我爸觉得我这样奔波太辛苦了,而且店铺要是不能继续开了,我们只能搬出去,他也可以专门照顾我到高考结束。"

步淮止的脸色有些难看，瞪着她也不说话。

真是不知道又怎么得罪这位大爷了，纪筱星想着那张照片就来气，故意拖着不告诉他。

奇怪的是，他也没有问。

一直到下了车，两个人住的地方也在同一条路上，纪筱星跟步淮止隔着两三米的距离，走在并不宽敞的小路上，却偶尔会看对方一眼，时时刻刻关注着彼此的动向，此地无银三百两的方式更加显得欲盖弥彰。

最后到了岔路口，纪筱星忍不住想跟步淮止说照片的事情，毕竟也都找回了，而且看他那么着急，想来照片对他来说应该很重要。结果他一扭头，长腿一迈，已经走出很远了。

纪筱星回到家里，还没有进门，就发现自己的手机响了，竟然是老爸。

"喂？"推门进家的时候，纪筱星就发现老爸的声音从屋子里传来，她直接挂了电话，"老爸，你找我？"

"是啊。"纪淳脸上带着郁闷的神态，"你去找了A大的老师？"

"啊？"纪筱星一脸疑惑。

纪淳举着手机，缓缓说道："刚才他们打电话来说……我们不需要搬走了，店铺可以继续租给我们……难道不是因为你去找了老师？我昨天还很坚定地说要走呢……"

看起来连纪淳也完全不理解了。

不过纪筱星倒是想到了这可能会是谁做的。

于是她转过身向外跑去,又来到了步淮止的楼下,按了门禁对讲机。

步淮止的声音沉沉传来:"哪位?"

"我!"纪筱星还在喘着气,话都说不顺,"是我……"

这时候响起"嘀"的一声,门禁锁开了。

她赶紧上了楼,这一次步淮止已经在门口等着她,而且还是不高兴的模样,站在门口拉着门把手,仿佛是严防死守着不想让纪筱星进去。

小气鬼!上次进去该看的都看过了,既然不给进去,为什么还要让她上来?

步淮止挑着眉毛看她:"什么事?"

"我爸爸的店……"

"跟你没关系,是学生会的人先使用大功率电器违背校规在前,而且,我的电脑本来也坏了。"步淮止打断她。

虽然不要让她不要误会,但是他的口气并没有一开始的生硬,反而眼神有一丝闪躲……

纪筱星跟着老爸看店,阅人无数,眼力好得很,步淮止若是始终面无表情不惊不喜,或许她读不懂,可是现在的步淮止分明就是慌乱时的无措。

她忍不住笑了:"好好好,跟我没关系。但是我想给你一个答谢礼……"

纪筱星掏出手机,想找出那张照片,结果一打开就发现顾洋发的几条信息,说是刚才已经拜托家里找了英语家教,让她跟他一起上课,已经跟老师说好了,为了迁就她在学校附近找地方上课。

他英语那么好,用脚指头想都能猜到,找家教完全是因为文月。

文月最近的英语成绩有所下降,可能有些着急。

她慢悠悠地回信息。

字没有打完，就听到对面的大爷悠悠地来了句："纪筱星，如果礼物没有诚意给，我也没有很想收。"

还嫌她慢了？

纪筱星不得不停止打字，找出了那张照片："喏，你说的是这个吧？"

步淮止的目光顿时亮起来，拿过了她的手机，脸上带着失而复得的喜悦："嗯。"

这还是纪筱星头一次看到步淮止平静如水的脸上出现这样的笑容，虽然她不知道这张合照到底有什么好值得他欣喜若狂的，但是她知道，照片上的人对他来说一定很重要。

想到这里，纪筱星的心尖就像是被针扎了一下。

这根针不偏不倚正中心头那一块最柔软的地方，难受得她说不清道不明。

顾洋的信息又发来了，询问她为什么没有回复信息，又继续给她说了这个家教老师的厉害之处。最后他终于说了一句，让她把文月也给喊上。

纪筱星心里有数，他也不是真的想跟自己一起补习，自己不过是这个电影里的配角，是催化剂，是助攻，她自然知道自己应该做什么。

当了那么多年的朋友，怎么说欺负她的坏小孩也多亏了顾洋帮自己教训的，这点忙，她还是会帮的。

她刚回复了一个"好"字，就忽然听到对面的人冷不丁说了句："我帮你补吧。"他顿了顿，"英语。"

"啊？"

纪筱星愣了愣，手指停在了手机屏幕上。

步淮止看着她,有些不耐烦:"答应吗?不要跟他一起补习。"

虽然刚才那句话在纪筱星听来简直就像是自己的幻听,但是面对着她的步淮止,分明又不像是在开玩笑。

"好。"纪筱星点点头,完全忘记了还要回复信息。

步淮止笑了笑:"那你拒绝他吧。"

纪筱星这才反应过来,原来他以为自己的那个"好"字是答应一起补习,其实她只是想要告诉顾洋自己答应帮忙给他和文月的补习计划牵线搭桥罢了。

不过现在好像也不再重要了。

她心里这一点不为人知的酸涩小秘密,她本来也是打算就此让时间来淡化的。

可是现在她竟然觉得好像也没有那么难受。

第五章 因为在等你

纪筱星莫名其妙地就拥有了一个课外辅导老师。

纪筱星跟顾洋说，她就近在Ａ大找了一个英语不错的学长帮自己辅导，同时也承诺他会想办法帮他。

"英语不错的学长？"顾洋皱眉，"有老师好吗？你是要参加高考，不是真的要学习应用英语？"

不过她心里明白，应该是相当不错。

"人家也是经历过高考的，当然知道怎么复习。"纪筱星撇嘴，"你就操心自己的事情吧。"

她已经想好怎么劝说文月了，就说自己之前答应顾洋要一起补习，所以聊了一个还不错的补习价格，但是必须两人同行，现在自己家里有事情去不了，希望文月能够代替她。

其实说服文月并不难,因为她看得出来文月不讨厌顾洋。

顾洋的长相和性格,对于大部分女孩子来说还是很具有吸引力的。

事情完美解决,纪筱星也要开始操心自己的学业了。

纪筱星也是问了才知道,步淮止不光英语不错,他当年高考的数学成绩是满分。

所以她跟纪淳说这件事的时候,纪淳一方面对于这样的人居然愿意免费来辅导女儿的英语感到很可疑;另一方面又知道这是一次不错的机会,对女儿是有好处的。

最终,纪淳把辅导地点定在了家里,他会提前关店,亲自来负责纪筱星的伙食,也可以起到监督的作用。

纪淳虽然已经做好了要搬走的打算,但现在学校忽然不追究了,他也清楚继续留下来肯定是更好的选择,也就没有再提搬走的事。

当他听纪筱星说他们能留下来完全是因为步淮止,本来还打算要当个严厉的父亲的他,见到步淮止之后觉得自己欠对方人情,不光强硬不起来,还颇有感激之情。

步淮止第一次来的时候,纪淳装模作样地想来个下马威,但是一见到"步冰山"那清冷的脸,就只能尴尬地撇撇嘴,沉默半天只说了句:"纪筱星就拜托你了啊。"

一句话,让纪筱星又羞又恼。

这还不如不说呢!

"不过呢,我还是希望能够把心放在学习上。"纪淳补充道,语气也稍微严肃。

"你说什么呢?人家免费给我补习,你怎么这样……"纪筱星怕老爸越说越奇怪,赶紧打断,"你赶紧去做饭吧。"

步淮止倒也没有介意,礼貌地点点头,走到客厅里专门为了学习而清理出来的一个小矮桌边。

纪淳特地新买了毛毯铺在地上，上面放的是他心血来潮自己做的小桌子，两个人坐在地上就不需要那么拘谨，觉得累了还能伸直腿在毯子上滚两圈。

纪筱星拿出自己惨不忍睹的试卷，摆到步淮止的面前。

他看着试卷，皱了皱眉头，然后轻轻扫了她一眼。

不轻不重，但是非常明确地表达了他的疑惑：这种题都能错？

她顿时不高兴了："就是因为差才补课的嘛。你看我理科就很好，我脑子灵活着呢，不然怎么从小受我爸的修理技术耳濡目染，还能自己修东西的？"

"就修了那样一个耳机？"

居然又提起这件事？

"你这个人真是……"纪筱星生气地想抽回卷子。

但是被步淮止抢先一步一把按住，他有些无奈地说："纪筱星，你脾气真差。"

她愣了愣，看到步淮止略带委屈的模样，心里的气刹那间烟消云散，竟然觉得还挺好笑的。

步淮止开始讲题，就像是之前上课的时候那样，他说得很慢很仔细，有时候怕纪筱星没听懂，还会停下来看看她的表情，确认是否了解，才会继续。

平时真看不出步淮止有这样的耐心。

步淮止的声音本来就低沉好听，念起英语的时候，持重平缓，犹如大提琴浑厚丰满，平时一听着就想睡觉的语言，此刻竟然如此沁人心脾，很容易让人沉浸其中。

讲完试卷，纪筱星自己做题，步淮止没什么事情做，就在旁边翻

她的小说。

忽然,步淮止翻出了一个硬壳的笔记本,刚好塞在那堆小说中间。

"你有个笔记本……"

他的话还没有说完,就被纪筱星一把抢过去了:"谁让你看的!"

"我没看。"步淮止皱眉。

纪筱星赶紧将本子小心翼翼地藏在了自己的书包里面。

也不知道多久没拿出来了,好像自从上次……

不行!现在必须专心在学习上面!

她重新坐回了位置上做试卷,只要开始做题,她就可以不再想那些乱七八糟的。

纪淳搬了电饭锅出来放在地上:"小星啊,你煮一下饭。"

纪筱星头也不抬:"步学长,麻烦你去弄一下吧,我做题呢。"

"嗯……"虽然他答应了,但好像有些犹豫。

纪筱星不想打断现在的解题思路,催促道:"哎呀,很简单的,这是智能电饭锅,看到旁边那个超大的矿泉水瓶了吧,倒里面的纯净水,加了水后按开始键就行了。"

"加多少?"步淮止总算是挪动了身子,走到了电饭锅旁边,听着好像是拿起了纯净水倒了一些进去。

"没过你的手背就行了。"

纪筱星总觉得这是几秒钟便可以解决的事情,但是他好像在电饭锅旁边待了好久,中间好像也听到了几个按键声音,终于她忍不住抬起头看他:"这位哥哥,就是加水,然后按个煮饭键,按个开始键就可以了。"

于是她又听到了两声按键的声音。

然后步淮止回来了。

纪筱星心里想着应该不会有问题,结果等到老爸端着菜出来,招呼他们俩吃饭的时候,一打开电饭锅,顿时失语了,面色凝重地问:"这怎么搞的?"

步淮止心虚道:"有什么问题吗?"

纪淳把电饭锅端过来给他们看,里面的饭半生不熟,还能看到流动的水。

"你到底加了多少水啊?"纪筱星无语了,"大少爷,煮饭而已!"

"我没有煮过。"步淮止憋出一句。

"算了,上次包的包子还剩了一些,等会儿将就吃吧。"纪淳看着步淮止被纪筱星训得板着脸,总觉得有些可怜,于是主动打圆场,"赶紧过来吃饭吧。"

三个人在小桌子旁边坐下来。

纪筱星其实并没有要责怪步淮止的意思,只是单纯觉得这件事应该很简单。

可是对于她来说很简单的事情,或许对步淮止来说却很难。

因为步淮止或许从来没做过。

纪筱星赶紧放柔了语气,伸手拿起一个包子放到了步淮止的碗里:"给,我跟我爸亲手包的,别客气。"

步淮止没有动,视线停留在了纪筱星的手上,上面还有她做卷子时无意中被笔画到的痕迹。

纪筱星又长叹一口气,站起来去洗手了。

她回来的时候,打算把那个包子拿回来,不过看见步淮止已经用筷子夹着吃了。

"味道怎么样?"纪淳看着他的表情,"可能跟外面卖的相比,我们家做的味道没那么好,但是你知道的,自己包的干净卫生……"

"很好吃。"步淮止像个礼貌乖巧的小孩子,"谢谢您的招待。"

"别客气。"纪淳宽厚地笑起来,"谢谢你辅导小星。"

吃饱喝足,大少爷站在厨房和客厅之间徘徊不定。纪筱星看出来他是想要帮忙洗碗,但是又不知道是否要这样做,手足无措的样子莫名让人觉得很萌。

"没关系,碗都是我来洗的。"纪筱星对他招招手,"我还担心你把我家碗给摔了。"

步淮止重新回到小桌子旁边,看着她的作业。

"不要紧,你回去吧。"纪筱星看他有些困倦,"这些都是作业,反正交上去老师也会改的。"

"没关系。"步淮止坐在旁边看着她之前写好的作业,一只手支撑着下巴,一只手轻轻地在试卷上叩着,一下一下,最后打了个哈欠,"我觉得你这个作业交上去,你的老师应该会让你继续上晚自习。"

"错了很多吗?"纪筱星担心地问。

步淮止抬起头,对她露出一个狡黠的微笑:"我骗你的。"

"你个浑蛋!"纪筱星一掌拍到他胳膊上。

步淮止大概没有被人这么打过,捂着被打的地方,露出了个委屈的表情,敢怒不敢言。

"我打疼你了?对不起,我看看……"纪筱星说着要去撸他的袖子。

"不用了。"步淮止闪躲着没让她拉住自己。

纪筱星看他那个样子以为自己真的下手太重,她不放心,还是想看看他的胳膊。

步淮止在室内就穿了一件薄薄的卫衣,轻轻松松就可以把袖子撸起来。

纪筱星半跪着扑过去,想动手的时候,却被他一下子握住了手腕。

"你……"纪筱星想抽回自己的手,结果被他抓得死死的,怎么都抽不回来,她一下子蔫了,"好了好了,我不看行了吧?如果你晚上回去发现被我打青了,你告诉我,我给你药。"

"纪筱星你怎么这么闹?"步淮止皱着眉头盯着她。

本来没什么,这么被盯着,她忽然有些害羞。

她可以感觉得到步淮止的手很细长,骨节分明,干燥冰凉,像极了他这个人。

"我我……我哪里闹啊?"纪筱星低下头,躲开了他的视线。

步淮止松了手,扭过头开始收拾自己的东西:"你做的内容大概对了百分之七八十,剩下的如果你们老师没跟你说,下次我来跟你说。"

看来他是要回去了。

"那我送你。"纪筱星跟老爸说了一声,带着步淮止走了出去。

路上没什么人,很安静,只有鞋子摩擦地面的声音,偶尔有几声猫叫,伴着路灯也没有那么恐怖。

步淮止沉沉道:"你没必要送我。"

"你傻啊。"纪筱星真想敲他脑袋,"我是有话要问你。"

两个人一起并肩走着。

月光洒落下来,纪筱星看着地上两个人的影子也并在一起离得很近。

"嗯,你问吧。"步淮止说话的尾音拖得有些长,像是已经困了。

"那个……我们那件事情……你是不是去说服了林槐啊?"纪筱星只是根据上次撞见他跟林槐吵架的事情,随意进行了猜测而已。

步淮止停顿了一会儿,无精打采地说了句:"这件事跟你没关系。"

"怎么就没关系了?"纪筱星又要生气,这家伙怎么突然就翻脸了,"我就不能问问你吗?你帮了我,我很感激你。我把你当作我的

朋友,想要关心你一下……"

看到纪筱星有要发脾气的征兆,步淮止也很郁闷:"我的意思是,不管我答应了林槐什么,都跟你没有关系。"

纪筱星的怒火一下就消失了。

她现在大概懂了,步淮止到底为什么会经常被人暗地里议论——说话不留情面、冷漠无情,容易被人误解。不过他成绩优异,从小含着金汤匙长大,大概也没有人会真的告诉他,这样说话不行。

简单来说,就是智商高,情商低。

"步淮止啊,"纪筱星轻声喊他的名字,也不管他是不是比自己大了三岁,"你有没有觉得自己没什么朋友很寂寞啊?"

步淮止皱眉看着她:"谁跟你说没有?"

"你有吗?"纪筱星有些愣住,其实她也没有真的了解过他的生活,想到那些流言蜚语就自动把他代入了苦情悲伤的角色……她闷闷不乐地说了句,"是我自作多情想太多了,不好意思。"

步淮止伸出手,轻轻捏住了她的脸:"我没有你想的那么惨,我也不在意。"

怎么可能真的不在意啊?

纪筱星想起之前在食堂里吃饭,步淮止的名字是最常被提起来的,有好有坏。

哪怕是自己也都因为听得太多了,而胡乱相信一些奇怪的八卦。当着他的面乱说的时候,他的表情和神态,她也还是记得的。

他面无表情,看上去像是无坚不摧,但是想想,大概也就是习惯了。

没有人真的不在意外界对自己的看法。

能够说出"我也不在意"这五个字,其实也不容易。

"好啦,好啦。"纪筱星笑嘻嘻地看着他,然后伸出手拍了拍他的肩膀,"没事,以后我当你的朋友。"

步淮止愣了片刻,看着笑容满面的纪筱星,眼神不自觉地变得温柔,松开了自己的手:"好,那谢谢你。"

12月到来的时候,纪筱星已经补习了快一个月了。步淮止每周给她上三次课,偶尔他有事情要忙的话,就只上两次。

这还是纪筱星头一次这么认真地学英语,眼看着段考就要来了,她多少有点摩拳擦掌跃跃欲试的感觉。

为了平均一点,她还得好好复习别的科目。

纪筱星想着要不要暂停几天补习,但步淮止还是照常来了,他手里拿着几个笔记本,上面全都是高中阶段的英语知识考点。笔记本十分精美,保存得也很完好。

她随手翻阅了一下,都能感觉得到整理得很清晰。

"这个是谁……"纪筱星刚要问,就在笔记本的侧面看到一个"琪"字。

这一看就是女孩子的名字,笔记本上的字迹确实娟秀,完全不像是步淮止那龙飞凤舞的字。

"一个朋友的。"步淮止简单交代了两句,"刚好她有一堆东西在我那里,我就翻出来给你看看。你先看一遍,然后去做试卷,还有哪里不懂的可以问我。"

"那你怎么不给我你的呢?"

步淮止优哉游哉地道:"我不做笔记。"

"是是是,你厉害。"纪筱星撇嘴,开始看笔记。

笔记虽然记录得很清晰,但是字里行间还有几笔像是被人故意写上去的字。她一看就认出来这个是步淮止写的,什么"不吃""无聊"等毫无关联的词语,即使是用铅笔写上去的,对方也没有擦掉。

  应该是他们俩一起上课的时候,她问了他什么,他直接在笔记本上用写字的方式回答了。

  少女心思根本遮掩不住。

  纪筱星一只手支撑在桌子上,歪着脑袋看在一旁看书的步淮止,忽然好奇他高中的时候是什么样的。

  会不会像现在这样,也有很多女生围绕在他身边,像校草顾洋那样,抽屉里塞满了信,走在路上都会被同学拦下来要手机号,甚至有校外的人直接在校门口拦他。

  会不会也有人像陪着顾洋的她一样,陪伴在他身边整整三年。

  现在看来,闻若琪或许不光是朋友的存在……

  "步淮止。"她反应过来的时候,自己已经喊出声了。

  "嗯?"步淮止抬眼,"有什么地方不明白的?"

  纪筱星低下头假装不在意的样子:"这个人就是照片上的女孩子吗?"

  步淮止蹙眉:"嗯?什么照片?"

  "就是我爸在你电脑里找回来的……"

  "哦。"步淮止明白过来了,点点头,"是。"

  "那她叫什么名字啊?"

  她把头压得更低了,屋子里的暖气开得很足,甚至有些过头,热气四处流窜,坐在毯子上,让她觉得烦躁难耐,有什么东西堵塞在嗓子眼里想要喷薄而出,却只能死死压着。

  其实她知道这个女生的名字。

  她太出名了,在这个学校里,只要有人兴奋地讨论起步淮止,另外一个人就会说:"但是步淮止有女朋友了吧?那个闻若琪学姐……"

  他们两个人的名字总是一并被提起。

  "闻若琪。"步淮止又继续把注意力集中在书上,漫不经心地解释,"小时候就认识的朋友。"

青梅竹马。

纪筱星忽然有些绝望,这是比陪伴三年还要深刻的关系啊……

他们相处的这三个月,怎么比得上?

纪筱星看着笔记上的字,总觉得自己吃了酸黄瓜。

她最讨厌的食物就是黄瓜,何况现在还是酸的。

段考当天,纪筱星手里还拿着闻若琪的笔记本在反反复复地看。

确实多亏了闻若琪的笔记,那些她觉得乱七八糟的知识点现在都有了条理。

准备进考场的时候,纪筱星收到了信息,是步淮止发的。

"纪筱星,你考试这两天我刚好在分校区,我们一起回家吧。"

"好!"纪筱星飞快地回复,恨不得现在打电话过去跟他约好时间,约好见面的地点。但是眼看着考试就要开始了,她无奈地关了机,把自己的书包、书本和同学的一起堆在了讲台上。

第一天考完试下来,别的同学立刻开始备战第二天的考试,学校怕学生松懈,所以当天晚上还是安排了晚自习。梁文静找到纪筱星要求她今晚留下来和同学一起上自习,说晚自习时自己会说很多英语方面的知识点。

步淮止几乎把高中英语的知识点都跟她说过了,而且晚上留下来上课,老爸肯定不放心还得亲自来接她,时间和金钱都是消耗。纪筱星一口拒绝:"老师,我自己可以复习。"

梁文静苦口婆心地劝了很久,纪筱星油盐不进的态度让年轻的老师彻底上火了:"纪筱星,如果这次段考你的英语成绩下降,我可不保证你是否还能留在我们班了!"

顾洋不知道从哪儿蹿出来,一把按住纪筱星的肩膀:"老师,我

来说服纪筱星吧,一定让她这两天上晚自习。"

纪筱星恼怒地瞪着擅自做主的顾洋,但她没来得及说话就被他给拖出去了。

两人走出办公室,纪筱星正要发难,顾洋已经抢先一步说道:"前几天我看到教导主任找梁文静谈话了,我们班晚自习缺勤率很高,成绩也比不过5班,被训了之后她还悄悄哭着来着。梁文静本来就是新上任的,第一次带尖子班心里急,你就稍微忍这两天,过了段考就好了。等放学我送你到老校区车站。"

顾洋就住在附近,这段时间为了节约坐公交车的时间,他家里给他配备了一台"小绵羊"。

纪筱星也不是一个不讲道理的人,更何况现在顾洋晓之以理动之以情,她无奈地点头答应了,转头给老爸打了电话。果然,纪淳立刻说要来学校接她。

之前纪筱星查过,如果下晚自习之后能够尽快回到分校区,还是有最后一趟班车的,实在不行还有回校的小巴士,只是她一个女孩子还是有些危险的。

但是她又不想耽误老爸做生意,便说有同学开电摩送她去分校区赶末班车。

纪淳这才放心,答应不来接她了。

可是……这样就没办法跟步淮止一起回去了。

纪筱星发信息跟步淮止解释了自己要上晚自习的事情。他没有说什么,就回复了一个"好"。

好不容易熬到了晚自习下课铃声响起,纪筱星拿着书包就往外冲,也顾不上和林浅意好好道别。结果她刚跑到门口,看到了顾洋跟文月两个人正在走廊说说笑笑的。

忽然她就不知道应该怎么走上去。

纪筱星拿出手机一边给顾洋发信息,一边从另外一条楼梯下去了。

等到她走到学校门口,老远就看到了步淮止站在路灯下,戴着耳机,像是遗世独立的苍松。那张清俊的脸沐浴在暖色的光下,像是不经意地给他镶了一圈暖黄色的光晕,跟旁边的喧哗隔绝开来。

她的心底不知道为什么生出了一种怪异的感觉,像是湖面上泛起涟漪,像是有风吹动树叶,像是雨落在屋檐。

纪筱星走过去,想要吓步淮止一跳,结果刚一靠近,他就抬起头来看着她,反而把纪筱星吓了一跳,脚踩在了翘起来的石板上,险些滑一跤。

步淮止一把拉住她。

只是他的力气太大,纪筱星的脸砸在了他的胸口。

她吓得又想推开他,结果被他压住:"你别急,先站稳。"

"站……站稳了。"纪筱星老老实实贴着他没动,但是心跳疯狂加速。

听到她这样说了,步淮止才松开她,对她露出了一个清浅的微笑:"那我们走吧。"

"好。"纪筱星调整了一下呼吸,低着头跟在他身后,看见他又拿出手机想要叫车,赶紧拉住他的手腕,"现在去分校区应该还有回学校的校车,别浪费了,每次打车都要七八十块呢。"

步淮止疑惑:"现在走回分校区太久了。"

"那我们就骑单车。"纪筱星拉着他到路边找了两辆单车,"解锁吧。"

步淮止看着单车,皱了皱眉头。

"你别告诉我,你不会啊。"

步淮止露出了纯良无害的目光,像是无辜的小白兔,委屈道:"我没有机会学。"

看来他从小有车接送,压根儿没有必要学骑单车。

"那好吧,那我们打车到分校区,再坐校车回去。"纪筱星无奈地妥协,"至少也能省不少钱呢。"

步淮止又重新叫了车。

车子来得很快,她坐上去,看着窗外,还有学生慢慢从学校里走出来。

步淮止忽然一下子拉着她的手腕问她:"纪筱星,你不问我为什么在这里吗?"

纪筱星勉强扬着嘴角露出个笑:"那你说啊。"

"因为在等你。"步淮止的神色也有一些不自然和慌张,"就……就刚好……在你们学校附近吃了些东西,吃到了你们……下晚自习的时间。"

纪筱星笑了。

其实纪筱星知道顾洋要她上晚自习的缘由。

是因为文月。

她如果在的话,就能去找文月搭话,这样顾洋也可以顺其自然过来加入谈话。

她太了解顾洋了,他这点小心思,她又怎么会没看透。只是在他提出要送她去分校区的时候,她心里多多少少还觉得顾洋也算是讲义气,至少没有抛下她。

只是距离她发信息给顾洋已经过去十几分钟了,顾洋都没有回复,哪怕是挽留都没有。

纪筱星不是傻子,她甚至很聪明,也很敏感。

不过纪筱星也发现了,其实自己并没有想象中的那么难过,反而觉得有点开心。

开心此刻在她面前的人是步淮止。

从什么时候开始,她就已经不会再为了顾洋而难过了。就像是那天被步淮止翻出来的日记本,隐藏了自己所有的少女心事,可是她回过头来才发现,自己已经很久没有再记录关于那个人的一切。

都是因为眼前这个担心她会受到伤害,担心她胡思乱想,担心她难过的男生。

这个自己总是给他带来麻烦的男生。

或许自己对他来说,是不一样的存在。

"步淮止,段考后我教你骑单车吧。"

纪筱星考完英语的时候,一直在怀疑到底是卷子出得简单了,还是她复习到位,以前觉得头疼的题目竟然做起来得心应手,就连她最头疼的听力,都顺利过关。

不能保证全部正确,至少把题目都给弄明白了。

最后一科英语考完,纪筱星整个人松了口气,打算收拾东西迎接这个周末——在她的强烈要求下,步淮止终于勉为其难地答应让她教他骑单车。

虽然他起初强烈地反对,觉得没有必要。

不过纪筱星满脑子都是教他骑单车时会出现的画面,光是想想就有趣。

她正在琢磨的时候,林浅意和文月走过来,两个人一人架住了她一只胳膊。

纪筱星一头雾水道:"光天化日强抢民女,两位大爷,这样不太好吧?"

顾洋接着把纪筱星的书包给扣了,一把挂在自己胳膊上单肩背着。

"什么情况?"

顾洋义正词严道:"纪筱星,我发现你自从不上晚自习之后,整个人就跟这个班级脱轨了一样。昨天难得上晚自习还跑得跟兔子似的,都没来得及听我们今天的安排啊。"

纪筱星无语道:"什么时候啊?"

林浅意露出坏笑:"别以为我不知道上次来的哥哥……"

"先说正事。"纪筱星打断她。

"班委组织了个活动,晚上全班一起去吃饭,当作高考前最后一次班级集体活动了。每个人都答应要来了,你还想着偷偷逃跑呢?"顾洋一掌拍到纪筱星头上,动作不重,但是足以把她的头发给弄乱,"我们马上就要毕业了,能聚一次是一次。"

纪筱星龇牙咧嘴地抽回手就对着顾洋打回去了。

这种活动不可避免,纪筱星也没什么好推脱的,答应了。

其实她还以为……今晚也可以跟步淮止一起回去的。

担心他又来自己学校门口等着,纪筱星发信息跟步淮止说了这件事。

步淮止只回了一个字:"好。"

聚会的位置在学校附近的一个酒店里,订了个大包厢,全班人坐了满满当当的四五桌,也不知道是谁找的,包厢里还有音响,可以让人一边唱一边吃。

大家在欢声笑语歌唱、吃肉的时候,整个场子只有纪筱星一个人坐在角落里,百无聊赖地翻着她和步淮止的聊天记录,每次他都只惜字如金地说几个字,连个表情包都没有。

身为她的课外辅导老师,连她考完试了,都不好奇到底考得怎么样吗?

今天两人说好一起回家的，虽然是她爽约了，是不是也应该约个别的时间？

她把眼前的饮料一口喝下肚，虽然是聚会，但所有人都很自觉地遵守着规定，以饮料代酒，玩得不亦乐乎，尤其是以顾洋带头的那伙人正在玩国王游戏。

动不动就能看到有同学做一些尴尬丢脸的举动，比如向隔壁包厢的人要个电话号码，或者在走廊上唱一首激情澎湃的大众通俗歌曲。

几轮下来，试图插科打诨的纪筱星被林浅意拉到了旁边，非让她跟着一起玩。

纪筱星拗不过，只得坐在旁边跟着抽卡。她运气不错，所以基本上都能躲过。

顾洋作为学校的风云人物，平时看着嬉皮笑脸好说话，但其实真想跟他交心当朋友很难，现在的班级是文理分班重组起来的，一年多里交集不多的人或许都没说上几句话，所以这次机会难得，暗怀心思的同学借着玩游戏寻找与他亲近的机会。

所以只要顾洋被点到，都会有人暗暗助攻，比如让对他有意思的同学相互说几句话。

最巧的是纪筱星和林浅意抽到要一起拍丑照发朋友圈，本来说好是她们俩发，结果她俩龇牙咧嘴扮丑的时候几乎所有人都拿手机拍下来了，帮忙拍照的同学怕她俩悄悄美图，拍完就直接帮她俩发出去了。

纪筱星真觉得自己玩这游戏真亏。

哪知道她刚念叨了一会儿，就抽到国王，而且被选中的两个人还是顾洋和文月。

她本来想意思意思别对自己人下手那么狠的，但又想成全顾洋，犹豫纠结的时候，林浅意悄悄发了信息过来："来个大的，让顾洋抱着文月转一圈。"

纪筱星吓得一连打了好几个问号,一抬眼对上了林浅意不怀好意的恶魔般的微笑,她硬着头皮说道:"那就让顾洋抱着文月转一圈吧,体育委员感激一下班长这三年来的辛苦付出。"

怎么说她也把这个充满着青春期荷尔蒙躁动的无聊游戏升华了一下主题,变得更有意义了。这样总能显得自己被林浅意驱使的恶趣味没有那么过分。

顾洋立刻向她投来了赞叹的目光。

纪筱星决定加把劲,拍了拍他的后背:"顾洋,你作为班干部,怎么样也得拿点样出来,一圈还是不够诚意,自己说转三圈还是五圈!"

顾洋扬起嘴角,露出一个浅笑,接了纪筱星的话茬:"我转少了大家肯定觉得班长重,怎么说也得来个五圈。"

说完他就一把将文月拦腰抱起来,转了五圈。

文月吓得刚把手搂在顾洋的脖子上,防止自己被他甩出去,他已经以迅雷不及掩耳之势地转完把她给放下了。

文月的小脸还是红扑扑的,像是被吓得惊慌失措,也像是心里小鹿乱撞。

纪筱星由衷地佩服林浅意,不由得冲她举了个大拇指。

又玩了几圈,常在河边走哪有不湿鞋,纪筱星栽进去了。

有人拿了一杯据说是"特调"的饮料过来,让纪筱星喝下去,虽然保证不会有什么奇怪的东西,但总归看起来感觉不妙。

她在心里懊恼一定是之前整别人太过分了,报应来得太快,打算认命喝下去的时候,顾洋站出来说要当黑骑士。

在场的人立刻开始起哄。

其实纪筱星也不是不能喝,甚至也没指望过别人来帮自己。顾洋估计也是想着感谢之前她的助攻,只是真的没必要。这种行为,这种关怀,她一点都不想要,尤其是当她扫了一眼脸色微变的文月,就连笑容都泛着苦涩,于是她眼疾手快地拿起来就一口喝下去了。

进口的瞬间她就后悔了,酸酸的刺激气味充斥着鼻腔,当即就把她难受得眼泪鼻涕"哗啦啦"全出来了,甚至还有点作呕。

"你们这帮浑蛋,到底给我喝什么了?"纪筱星忍不住咒骂,"你们谁点的酒啊?知道高中生不能喝酒吗?"

顾洋拿了纸巾递给她:"你没事吧?"

眼看着他还想帮自己擦眼泪,纪筱星立刻自己胡乱地在脸上一抹,忍不住发难:"你们这群人看我下次怎么整回来!"

"放心啦,那个不是什么酒,就是一些特调鸡尾酒饮料,都没有度数的。"参与"恶作剧"的人出来打圆场,"来来来,给你报仇的机会。"

纪筱星想继续跟大家做游戏,但是被顾洋一下子拉住了胳膊:"你真的没事吗?纪筱星,我总觉得你最近怪怪的,跟你说话也不喜欢搭理,发信息也不怎么回复。"

"顾洋,"纪筱星抽回自己的手,看着他,"不是我怪怪的,只是我有点累。"

顾洋看着她没有再说什么。

最后聚会闹腾到十点多才结束,很多人都得去赶公交车。

纪筱星、林浅意、顾洋和文月四个人一起走着。

月光下四个人的影子拉得很长,大概是喝了一杯不知道混合了什么东西的饮料,纪筱星显得很亢奋,拉着林浅意的手忍不住说道:"我们俩毕业以后就算不在一个城市,都得常联系啊。"

林浅意推了推纪筱星的脑袋:"咋的,你还想跟我绝交了不成?"

两个人又推推搡搡打闹起来。

顾洋过来拉架，纪筱星趁机跑开，结果远远就看到路灯下站着一个人。

步淮止。

竟然是步淮止！

有那么一瞬间，纪筱星觉得心脏好像不属于自己，不规律地跳动着，像是一只四处蹦跶的小兔子。

他就这样安静地站在那里，身上穿着灰色的大衣，脖子上围着深色的围巾，包裹住了半张脸，额前是柔顺的头发，只露出一双明亮的眼睛，在昏黄的灯光下，就像是星星一样。

他大概是冲她笑了笑，伸出一只手对她招了招。

"你……你怎么在这里……"纪筱星瞪大眼睛，还忍不住暗暗捏了捏自己的手来确认自己有没有看错，是不是幻觉。

不过，不管是不是，她依旧忍不住快步跑向他。

"刚好没事。"步淮止简单地解释，"聚会完了吧？"

"嗯……"纪筱星还觉得不可思议，"可是你怎么知道……"

"朋友圈。"

纪筱星想起来了，大家玩游戏的时候，确实是发了一条朋友圈，然后把手机放在那里，看谁会第一时间打电话给自己。

步淮止的眼神掠过她的肩头向后看过去："你的同学似乎还在等你。"

纪筱星这才想起来身后还有三个人，一转头，顾洋面色不善地看着这边，身边的林浅意再次露出恶魔般的笑容。

"纪筱星，等会儿我们一起打车走吧。"这句话是顾洋说的，他走到两人面前，警惕地看着步淮止，"反正我最后一个下车，刚好——把你们送到家。"

"说什么呢，还专门绕到大学城？你疯了？"纪筱星不知道他这个时候为什么忽然来劲了,"你送文月回去就可以了。"

"可是你跟一个只见过几次面的学长回去,不太好吧?"顾洋意有所指地看着步淮止,没有半分畏惧,"反正明天大家都不上课,我亲眼看着你到家比较好。"

林浅意闻到了八卦的气息:"不是远房表哥?"

糟糕,都怪顾洋这个大嘴巴,跟他说过那么多次不要乱讲话了。

"不必了。"步淮止一把拉过纪筱星,"我跟纪筱星的父亲说过了我会送她回去,他也答应了。如果你还不放心的话,可以直接问叔叔。"

这句话一出,顾洋的脸色更加难看了。

他还试图说些什么,已经被林浅意按住了,她一边拉着他,一边说道:"我和文月也是弱女子啊,赶紧过来送我们回家。人家都有人送了,就不心疼一下比纪筱星轻上不止十斤的我们吗……"

纪筱星恼火地瞪着林浅意。

"走吧,"步淮止提醒,"已经不早了。"

两个人并肩快步朝着车站走去,远远看到了公交车已经进站了,纪筱星这才想到他们已经来不及了,下意识直接拉着步淮止的手就朝车站跑去:"快快快!来不及了……"

可是步淮止的步子太慢,不疾不徐地跟着小跑,完全不像是赶车的样子。

两人到车站的时候,车子已经缓缓开走了。

"又没赶上。"

纪筱星觉得最近自己真是跟赶车无缘。

"没关系,可以打车。"

步淮止忽然动了动手。

纪筱星这才发现步淮止的手被自己紧紧攥在手里,她吓得赶紧松开。

步淮止倒是淡定地拿了手机出来,打开了叫车软件。

"这样,我们还是跟之前那样,先坐车去分校区。"

步淮止挑眉,看着纪筱星沉沉的书包,有些意外:"你不是喝了酒?路上还得转车,直接回家比较好。"

那个哪能算是酒啊!就是饮料!平时纪筱星偶尔也偷偷喝两口老爸的啤酒,这种程度对她来说也不算什么。

不过看到步淮止担心的目光,她心里忍不住想要恶作剧,故意说道:"唉,就是头有点晕,我没事的。"

"还能支撑吗?路有些远,打车会好一些。"

"能的!"纪筱星虽然想恶作剧,也还是不想浪费钱,"反正路上时间久,可以稍微休息一下。"

更何况,这样待在一起的时间是不是就能更久一点。

"那我拉着你。"步淮止说着,手已经拉住了纪筱星的手腕。

他没有直接牵手,而是握在袖口外面,纪筱星依旧可以清晰地感觉到他修长的手轻轻握住的力道。

她就这么喜滋滋地看着步淮止牵着自己,刚才喝的那杯难以下咽的饮料到底什么味道她已经忘记了,而此刻透着厚重的外套传来的温度,占据了她所有的注意力。

夜晚的车站人依旧很多,毕竟是最后一趟车了。上车之后,座位很快就被填满了,冷风呼呼吹进来,冻到了骨头里。

两个人在倒数第二排坐下来,外面阴冷得厉害,车子里如果不开窗味道就更加一言难尽,于是纪筱星推开了一条小缝,风便争先恐后从缝里蹿进来,尤其是车子发动之后,纪筱星被风吹得脸都有些麻木了。

"要不关窗?"步淮止看她脸色苍白。

纪筱星摇摇头:"车里太闷了。"

步淮止把脖子上的围巾取下来,绕到了她的脖子上。

她吓了一跳:"哎,你……"

"我已经不冷了。"他边说着,边帮她戴好了。

围巾上还残留着步淮止的体温,还有一丝丝淡淡的洗衣液的清香,说不出什么气味,在这寒冬腊月里就像是从树梢传来的花香,就像他的人那般冷冽。

窗外沿街的树一棵棵后退,场景从繁华热闹的市中心变成了郊外,路上颠簸不断,纪筱星一个上车就睡觉的人,此刻竟一点都不觉得困,满脑子都是身边的人。

车里没有开灯。

过了好一会儿,步淮止靠着椅子闭上了眼睛。

突然,纪筱星一把抓住了步淮止的手。

他睁开眼,有些不解地扭头看着她。

纪筱星故意用黏腻不清的声音说道:"我的手好冷啊。"

那么冷的天里,此刻的纪筱星竟然这般燥热不安,像是热锅上的蚂蚁,说完这句话之后立刻低下头了,不敢直视步淮止疑惑的眼神。

步淮止没再说话,而是一把握住了她的手,然后揣进了自己的口袋。

下了车之后,步淮止也还是牵着纪筱星。

两个人一前一后地走着,纪筱星害怕被他察觉到自己的慌乱,始终落后他一步。

步淮止捏了捏她的手:"纪筱星,稍微快一点,你爸在家等你。"

"所以你是真的跟我爸说了？"纪筱星还以为是他为了回击顾洋随便说的。

"嗯，打了声招呼。"

她就这样被他一直拽着，一路到了家门口。

纪筱星要把围巾还给步淮止。

步淮止按住她的手，无奈地看着她被冻红的脸和鼻尖，嗤笑了一声："看你一直没戴围巾，猜想着你大概没有，在你买之前先戴着吧。"

确实，她以前觉得围巾扎人，所以就算再冷也不喜欢戴，现在倒不这样认为了。

围巾真暖啊。

"好。"她难得乖巧地点点头。

"我过段时间要去外地比赛，这段时间可能没办法补课了。"

纪筱星愣了愣，脸上是止不住的失落，但是依旧勉强堆起了笑容："好。"

"那我回去了。"

"好。"她仿佛只能说出这个字了。

"你说的教我骑单车，等我回来吧。"

"好。"纪筱星几乎是脱口而出。

步淮止露出一个光风霁月的笑容，摸了摸她的脑袋："以后没有我，别喝乱七八糟的东西了，你醉了之后太吓人。"

"啊？"纪筱星猛地抬头，只看见了带着笑意冲她招手再见的步淮止。

然后他就快步走进了黑暗之中，却仿若周身带着光。

连同着这个怀揣了她小秘密的夜晚，都一同被点亮。

第六章 三个月与十三年

段考成绩没多久就出来了,纪筱星看着成绩单大吃一惊,自己的英语居然还真的进步了。

再加上数学保持了好成绩,她在全市的排名一下子提升了不少,不说别的,考上 A 大肯定没问题了。

梁文静这下没有什么好说的了,把纪筱星叫到了办公室,只能垂死挣扎般说了句:"你看,是不是我让你来上晚自习还是有用的,我就把要点、考点都跟你们说了一遍,这次你的成绩就进步了!"

纪筱星心里高兴,满心只想着要跟步淮止说这件事,应和了两句,还是坚持:"不过晚自习还是不方便上,上次回去我都是打车的,一来一去真的太费钱了,我爸也觉得还是在家复习吧!"

梁文静脸色一变,纪筱星趁机溜了。

回到教室里,纪筱星用手机拍了张成绩单的照片发给步淮止,虽然她没收到回复,但是她的心里依旧喜滋滋的,所以看到顾洋的时候就随口问了句:"哎,你多少分啊?"

顾洋趴在桌子上,头也不抬,也没有搭理她。

什么啊,这是在生气?

纪筱星自认最近没有招惹他,想着站起来看看他怎么回事的时候,林浅意拉着她摇摇头:"算了,你别去招惹顾洋了,我看他跟文月怪怪的,都没有说话,是不是受挫了?"

经过林浅意的提醒,纪筱星才意识到顾洋跟文月好像一早上都没有说话。

明明发了成绩肯定有很多话要聊的,但是此刻他们好像恢复到了原本陌生人的模式。

步淮止"失联"一个礼拜之后,终于发来消息。

他发给纪筱星的信息只有一句话:"今晚继续补课。"

纪筱星激动得立刻发信息通知老爸买菜,还让他准备些好菜,想好好招待步淮止。但是她又不好意思说是自己的意思,就只能故意发信息给步淮止:"步淮止,我爸让你今晚早点过来,他已经买了菜,晚上想好好招待你。"

一直到下午,步淮止终于回答了一个"好"。

纪筱星其实急死了,但还得假装高冷,不去催促他,不能让他看出来自己很迫切地想要见他。

在看到这个"好"字的时候,纪筱星悬着的心落了下来,脸上终于忍不住带了些笑容。

放学铃一打响,她就要提书包走人。

林浅意拉着她的书包带子不放:"看你满面桃花的,不想打扰你,可是你还是得注意一下身边的战友们都已经萎靡成什么样了吧！"

林浅意拿眼睛瞟瞟顾洋，又瞟瞟文月。

顾洋愁眉不展一副全世界都欠他钱的样子，大家都能察觉他周围的气温仿佛下降了十度，配合着冬天的寒风，更加让人难以接近，就连平时来看校草的女生都少了许多。

文月也整天愁眉不展，表面上看着照常学习上课，但其实明眼人都能知道她情绪不对劲。

纪筱星长叹一口气，为难地问林浅意："你觉得我还能做什么呢？"

"你跟顾洋认识了那么久，至少能安慰一下他吧。"林浅意也跟着叹气，"毕竟你应该是他最好的朋友了吧？"

话是这么说，但是纪筱星真的不知道能够说什么。

纪筱星回去的路上，原本的好心情也变得有些微妙。

她心不在焉地走到了家门口，在门口就听到了老爸的声音，便赶紧推门而入，看到正坐在小矮桌前的步淮止，手里拿着豆芽，皱着眉头，愁云满面的样子。

"这……这是怎么了……"纪筱星走到他身边坐下，难得看见步淮止这么手足无措的样子，"你为什么在干活儿？我爸指使的？你等着，我给你出头！"

说完她就要站起来，被步淮止给按住了。

"不是，是我自己说要帮忙的。"步淮止脸上泛着诡异的红，一半心虚一半尴尬，"但是好像帮了倒忙。"

纪筱星终于知道步淮止说的什么意思了，菜筐里到处都是菜头、豆荚和大蒜皮，想来是经历了不少尝试，最终才选择了这个最简单的豆芽。

"你给我说说发生了什么?"纪筱星被他的表情给逗乐了,难得看到学霸因为这么小一件事而沮丧,恨不得现在就拿点花生瓜子听他慢慢述说,让她高兴高兴,"怎么就变成这样了?"

步淮止皱着眉头停下了手里的工作,不弄了。

这大少爷还闹脾气了。

"好好好,我来弄。"纪筱星从他手里接过豆芽,动作娴熟地择起来。

步淮止在旁边看了好一会儿,打了一个哈欠。

"你怎么这么累?"纪筱星想着他好像是昨天才到的,"你今天还去上课了?"

"昨晚坐了最快的航班回来,所以熬了夜。"步淮止把一个抱枕放在矮桌上,然后头搭在上面,迷迷糊糊地说,"没去上课,老师约了庆功宴,就改在白天跟系里的老师同学一起吃了饭……因为晚上要来见你。"

看他疲惫的模样,纪筱星怔怔地望着他,咽了咽口水,只觉得嘴唇干涩不知道如何回答。

步淮止这个人初见时冷冰冰的,看似难以靠近又难以捉摸,但是相处之后又觉得他人畜无害,甚至有时候像是温顺的羊。

可是纪筱星还是时不时会感觉到他颇有扮猪吃老虎的架势,偶尔蹦出的一句话都带有一丝撩拨的意味,仿佛有一只手在你的心尖上轻抚两下,让你心痒痒又觉得心动不已。

他像是在用小提琴拉一首不着调的曲子,轻轻的、柔柔的,带着几分跳跃,对纪筱星来说,成了惊鸿一瞥。

纪筱星看他看得发呆,直到步淮止微微抬起眼睛看她:"纪筱星,你为什么不问我比赛结果?"

"啊?"纪筱星收回视线,继续择手里的豆芽,"第几名啊?"

步淮止松了口气一般说道:"第一名。"

"真的啊?"她有些激动,身子向前倾了一些,本以为这时候应该有一个击掌……

"嗯。"步淮止依旧懒洋洋地趴着点点头,柔顺的头发也跟着颤动。

他说完这句话,很是满足地弯了弯嘴角,眼睛眯成了一条缝,像一只慵懒的猫咪。

纪筱星真是忍不住想给他顺顺毛,但是看着自己一手的菜叶,又作罢。

一个礼拜没有见到他,她总觉得……

更想他了。

她看着面前的人,因为顾洋而失落烦躁的心瞬间就安静了。

纪淳把做好的菜端出来。

屋子里一下子热闹了起来。

看见无精打采的步淮止,纪淳摇头叹息,开始揭短:"这孩子啊,除了学习真的什么都不会了,刚才让他择菜,只把菜心留下来了,后来又剥毛豆,结果豆子飞得到处都是,最后我说剥大蒜总会了吧,我就进厨房了一会儿,出来的时候看到他双眼通红的惨样……小步啊,我听说你是一个人住,还是得多多学习一点生活的知识啊,光会学习也不行的。刚才我拜托你烧壶水,结果你插上电就算了,要不是我发现,你是不是打算直接拿冷水来冲茶了?"

步淮止的脸冷了下去,似乎不太高兴。

也是啊,人家一个刚刚带队拿了第一名的学霸,被老爸这么吐槽揶揄,定然会觉得不乐意。

纪筱星给了老爸一个眼色,想提醒他适可而止,给人家留点情

面,结果纪淳还给她一个"我都知道"的眼神,继续说道:"不过你不用担心,一回生二回熟,你给我们小星补课,作为答谢,以后我会好好教你这些的。"

真是越说越奇怪了……人家免费帮忙补课呢,居然还多管闲事让别人学习家务?

"爸,人家可是有钱人……"

纪筱星的话还没有说完,就被步淮止打断了:"以后麻烦叔叔了,只是近期我也得准备期末考试了……"

"没事儿,纪筱星这家伙也不喜欢学家务……"

"爸!"纪筱星迅速打断了老爸的喋喋不休,他再说下去,自己的老底都要被揭了,"你……你锅上在煮什么!好香啊!"

"哦对了,还有汤!"纪淳经过这番"好心提醒"后拍拍手,转身走进了厨房,在里面大喊一声,"你们俩把桌子收拾一下,盛饭准备开吃啦!"

"好。"纪筱星应了一声,又压低了声音,悄悄问步淮止,"不好意思啊,我爸这个人有时候说话比较不着调,你别放在心上,你没有生气吧?你别担心,我爸说的那件事,我来替你搞定……"

步淮止收拾着桌上的杂物,回答道:"没有关系,平时也确实没人教我这些。"

过了一会儿,他又自言自语一般说了句:"还挺有意思的。"

之前有几次步淮止来补课的时候,纪淳偶尔也会拉着步淮止做一些家务,要么就是收拾垃圾,要么就是烧水泡茶。

只是步淮止每次做这些事的时候,都是一副云淡风轻的表情,看不出喜恶。

纪筱星起初还以为他这个大少爷在心里生闷气,没想到现在亲耳听到他说出自己的想法,似乎并不排斥,她还挺开心的。

"那你别嫌我爸唠叨。"纪筱星还是担心他会觉得老爸太啰唆。

步淮止似笑非笑地轻声说了句："你跟你爸爸的关系真好。"

她一愣,总觉得这好像不是他第一次说了。

"你跟你爸爸的关系不好吗?"纪筱星奇怪,说话间不自觉地向他那边靠过去。

两个人离得很近,但是因为在聊天,谁也没有意识到这一点。

结果步淮止想了一会儿:"我也不知道。"

纪筱星本来还想追问,纪淳已经把汤给端出来了,一屁股坐在了纪筱星和步淮止的中间:"来来来,开饭!"

补完课,纪筱星非说自己的肚子胀得慌,要出去走走,就着月光和步淮止走出了楼门口。

她出门的时候故意没有拿围巾,结果走到楼下的时候,纪淳又非常热心地送出来了:"小星啊,外面冷,你不是天天像宝贝一样围着它吗,这次怎么不戴呀?"

无视掉女儿悲愤不已的眼神后,纪淳又乐呵呵地回去了。

纪筱星看着手里的围巾,不敢看步淮止:"我不是故意的,只是我真的没有买到新的围巾。"

"没关系,你围着吧。"步淮止从她手里接过围巾,一圈圈绕在她脖子上,她露出一双黑亮的眼睛,眼波流转,像是铺了一条银河,让人深陷其中。

步淮止盯得久了,局促不安地移开了视线,轻声咳了咳:"反正我那里还有别的。"

两个人一路走到了小区门口,步淮止让她回去。

纪筱星难得扭捏得不知道怎么开口。

步淮止像是洞察了她的心思一样,停了下来:"周末记得把时间

空出来。"

"记得!"纪筱星回答得飞快。

"嗯。"步淮止笑着点点头,冲她挥手道别。

纪筱星看着他的笑脸,总觉得自己内心抑制已久的冲动,就快要喷薄而出了。可是她没有办法再向前一步,按照自己的心意去行动。

怎么办?怎么办?

就像是以前面对顾洋的时候那种无力,让她没有办法再说什么。

最终她只能眼睁睁看着步淮止一个人走进了夜色之中。

班主任忽然宣布了元旦的假期,纪筱星才意识到周五竟然就是新年。

因为新年的到来,班级里紧绷的氛围终于缓解了不少。

虽然只放两天假,但是对于已经连续几个月都只休息过一天的高三学生来说,简直就是天大的恩赐。

林浅意约了要看电影,反正步淮止约的周末,纪筱星担心自己亲爱的同桌抱怨自己有异性没人性,立刻答应了。

顾洋走进来放好书包坐下,林浅意大喊一声:"顾洋,元旦看电影,去不去?纪筱星跟文月都说要去了!"

这几天顾洋干什么都会回避文月,哪怕是上体育课,两个人被分到了一组,他都要想尽办法换到别的组去。

现在林浅意大喊一声,同时吸引了两个人的注意力。

顾洋走到了纪筱星身边,一把搂住了她的肩膀:"去啊,我跟小星很久没有一起看电影了。"

纪筱星愣住了,他们俩也不是没有勾肩搭背过,但是她看得出来,顾洋做这个动作完全是因为文月也在注视这边。

太卑鄙了。

她气得要甩开顾洋的手,但是他搂得很紧,她一时半会儿没有挣脱开来。

林浅意立刻踹了一脚纪筱星,冲她挤眉弄眼,让她不要反抗。

纪筱星只能咬牙切齿地接话:"你想看什么呢?"

顾洋冷哼一下,说了句:"都可以,就是不想看谈情说爱的。"

"哎呀,真惨,我刚好想看那种前面爱得死去活来最后全部死光光的爱情片呢。"纪筱星瞪着林浅意,"那我们看恐怖片好了。一般恐怖片的开头都是几个人一起去旅行,但是多管闲事的人因为乱进小屋子,第一个领盒饭。"

午休的时候,纪筱星继续给文月讲数学题。

高三学生被允许中午不需要回宿舍,可以留在教室自习。自从文月段考发挥失常成绩下降了之后,她就像发了疯一样复习。

只是之前顾洋自己闹别扭,本来大家都在教室休息,他偏不,非得自己跑到操场后面的树荫去躺着,假装自己是个半阳光半忧伤的青春期少年。

因为这件事顾洋还吸引了不少追随者在中午悄悄跟过去找他聊天,他不厌其烦一次次拒绝,反而让更多人想在这重压之下抓住高中的尾巴,勇敢一次。

现在顾洋为了气文月,一到中午立刻就出现在了教室里,躺在最后一排。

纪筱星给文月讲题的时候,顾洋就在教室的最后一排时不时发出点噪音。

最后纪筱星实在是忍不住了,这样下去她也没有办法集中注意力讲题。

于是她装模作样咳嗽了两声:"啊,好难啊这一题,我上课走神

了,也没注意听。"

文月以为她是真的为难,还很好心地说道:"没关系,那这题我留着问老师……"

顾洋还是躺在那里没动,纪筱星赶紧打断:"别别别,我也想知道怎么个解法呢。顾洋,你平时不是都会很详细地记录解题思路吗?给我看看你的笔记吧?如果懂的话,你干脆给我们说一下。"

文月的脸色一变,小声说道:"不……不用了……"

"哎呀,你别这样,到时候我们不是还得一起去看电影吗?"纪筱星哄她,"大家都是同学,至少还得相处五个多月,真这样下去,你自己不也不自在吗?"

文月妥协了:"嗯,你说得对。"

话音刚落,顾洋就从椅子上坐起来了,满脸不耐烦地走到了课桌面前,拿出练习册放到她们面前,也没有说话,就打算又回去了。

别扭又幼稚。

纪筱星赶紧叫住他:"你自己记的,你也不给我们讲一下?"

顾洋又转过头来,坐在了她们俩前一桌的位置,眼睛盯着笔记本,耐心地把题目给讲了一遍。

文月也没有之前那么别扭,就是静静听着顾洋讲题。

纪筱星觉得自己也算是功成身退,等顾洋讲完题了,她提出想去买零食,最好能把此刻温馨的气氛留给他们两个人。

可是顾洋突然说了句:"我也去,刚好有东西要买。"

这样岂不是计划就落空了。纪筱星故意在站起来的时候,非常偶像剧女主角的方式左脚绊右脚,一下子没站稳往前一扑,结果没想到凳脚上有块凸起来的木头,大概是自作孽不可活,还真的把她的脚给划了一下。虽然她穿着长裤,就是裸露的脚踝被狠狠刮到了,没有流血,但有一条血红的印子。

果然心怀不轨就是容易遭报应,她懊恼自己做戏也太拼命了。

顾洋立刻冲过来扶着纪筱星坐下来,蹲在她面前小心看着脚上的伤口,满是担心却口气生硬:"没事吧?"

他边问着边想上手捏住她的脚,吓得她赶紧收回了脚:"我没……我怎么可能没事呢!"

纪筱星咬咬牙,自己都那么惨了,一定要把这件事给完成了。

"这样吧,文月你替我去吧,帮我带包辣条和薯片,顺便看看医务室有没有医生在值班,帮我拿个红药水和创可贴。"她都佩服自己牵线的功力了。

"行了,我自己去就可以了。"顾洋依旧板着脸,语气不善。

这头蠢驴!

纪筱星又气又恼,迅速拒绝:"不不不,我不放心你,你那么神经大条,要是没买好怎么办!文月,就拜托你了。"

文月还在犹豫,顾洋生硬地说:"人家大概不想跟我一起去,何必勉强。"

"我没有。"文月红着脸否认,"那就一起去吧。"

两个人终于并肩离开了教室。

纪筱星算着时间等到他们俩走到了操场上,她才悄悄走到了走廊上看着他们俩的背影。

她竟然已经觉得一点都没关系了,甚至看到他们能够和睦相处的时候,自己心里是欣慰的。

关于自己青春那段不为人知的秘密,就这样隐藏了也好。

就像是自己心中有一朵花,自己破土,自己生长,自己开花,自己落叶,最后自己凋零。

只有她一个人知道又如何呢?

因为已经不重要了。

凋零后的花朵会成为新花朵的养分,让她的花能够开得更加艳丽。

纪筱星就这么胡思乱想着,操场上正在打球的人忽然喊了一声"注意",她也顺着看过去,才发现一个篮球从球场上飞出来,直接就朝着文月和顾洋的方向飞去。

顾洋不愧是体育委员,反应灵敏地一个转身就直接把球给挡下来了,还把文月给护在了怀里面。

英雄救美!

纪筱星看着如此戏剧化的一幕,恨不得拍手叫好,佩服老天爷制造浪漫的手法。

她心满意足地回到教室里等着,果然不一会儿两个人就回来了,文月的脸还是红得像是个西红柿,眼神小心地躲避着,扭扭捏捏地把从医务室拿回来的药放在了纪筱星面前。

"校医说伤口不太大的话,就用这个擦一下,或者让你过去,她帮你处理。"文月打开袋子,里面是蘸着药水的棉签和创可贴。

"这个就可以了,没啥大事!"纪筱星伸手去接,结果被顾洋一把抢了过去。

顾洋在她面前蹲下来,颇为不满:"算了吧!就你这莽撞的性子!"

她才不莽撞!她可是"舍"身成仁!

他的动作很快,几乎不给她拒绝的机会,就直接握着她的脚踝,用棉签擦了擦伤口,然后贴好了创可贴。

顾洋这一米八几的大高个,动作还挺轻柔和小心翼翼。

纪筱星看了一眼文月,她看着顾洋的眼神温柔得快要滴水。

顾洋这番举动,在文月眼里大概是爱护同学的加分项,纪筱星也松了口气。

元旦来得很快，段考的余震过去之后，大家都只想着怎么度过这两天。

墙上的倒计时数字像是一个魔咒，让所有人痛并快乐着，想要快点结束，又希望归零的那一天晚来一些。

星期五是新年第一天，他们约好了在电影院里会合。这里已经人山人海，四处都是出来过节的人。

"你等会儿要记得，咱俩就是助攻。"林浅意跟纪筱星做思想工作，"所以你稍微配合一点，不要像之前一样，动不动就说些冷嘲热讽的话。"

"我哪有，我那是客气的了！"纪筱星看不过顾洋那副模样，像是谁欠他钱一样，"而且，别人的感情问题，为什么要我来帮忙，跟我又没有关系？顾洋自己有问题，可怜班长了。"

"你得稍微收敛一下自己的个性，你要总是这样，男生就算在意你都不敢有什么举动！刚刚对你感兴趣，就被你这个性给吓跑了。"林浅意语重心长道，"温柔一点，说话可爱一点，等到对方在意你的时候再暴露你的本性也不迟。"

"谬论。"纪筱星嗤之以鼻。

两个人吵了一会儿，顾洋和文月都来了。

但两个人还是很别扭，互不说话，只是偶尔会尴尬地看对方一眼。

林浅意跟纪筱星负责打圆场。

电影快要开始之前，林浅意和文月要去卫生间，纪筱星和顾洋负责留下来看着包包和买的爆米花、饮料。

"你们到底什么情况啊？"纪筱星受不了顾洋什么都不说，大家跟着一起受罪，连出来玩都不能安心，"你跟姐姐说，到时候我帮你。"

顾洋冷哼:"你能帮我什么?人家铁了心不答应。"

"不答应?"纪筱星明白了,顿时无语,"你跟人家挑明了?"

顾洋没说话。

纪筱星想起了他们之间出问题的时间,一下子全部连起来了:"上次班级聚会的时候?"

顾洋平日里臭屁又自恋,这下是彻底颓了。

"文月一看就是要好好学习的,现在不想分心,就算你再着急你都不应该直接跟她说啊……"纪筱星知道他性子急躁又冲动,平日里大概没有在这方面遇到挫折,现在吃了瘪,会备受打击也不奇怪,"算了,不如你就这么跟她好好相处着,跟平时一样,到时候毕业了,你再跟她好好聊一下。"

"不行。"顾洋斩钉截铁地拒绝。

"什么?"

"我需要文月给我一个回答,现在就要,我不想等。"

又来了又来了,平日里看着顾洋还挺成熟的,但其实骨子里任性又自负,像是被宠大的小孩子。以前纪筱星还能忍受,现在她只想一巴掌打他脑门上,让他清醒一点。

纪筱星翻白眼:"那随便你。"

正说着,文月和林浅意回来了。

顾洋嘴角带着笑,一把拉住了纪筱星的手,牵着她往电影院里面走:"准备开始了,我们走吧。"

纪筱星吓了一跳,要抽回自己的手。

但是顾洋抓得很紧,就这么把她给扯进去。

林浅意也是一头雾水,疯狂地用眼神示意纪筱星赶紧松手,还好他们来到座位上的时候,顾洋终于放开了,不然纪筱星真的觉得文月下一秒就能哭出来。

其实文月对顾洋也不是完全没有感情的。

但是文月是个从小就生活得规规矩矩的好孩子，不早退、不翘课、上课不开小差，就连请假都很少。

所以自然而然，也不会因为这些事情影响学习。

纪筱星选择了最靠边的位置，林浅意早就已经说好了，要让顾洋和文月挨在一起，但是顾洋已经长腿一迈，把她想要的位置给占了。

纪筱星也懒得跟他挨着，故意坐到四个位置的另外一边。

顾洋这个厚脸皮又贴过来，换到她的身边坐下来了。

文月看着这一幕，自然选择了跟顾洋空一格的位置，咬着嘴唇坐下。这下林浅意左右看看，只能认命地选择了顾洋和文月中间的空位。

电影开场，顾洋一直故意跟纪筱星说话。

纪筱星心思细腻，知道顾洋这个声音不高不低，足够被文月听到，但又听不清，他显然是想要气文月。

最后纪筱星受不了这样被利用，开口道："顾洋，你没有想过，这样太过分了吗？"

"纪筱星，我跟你那么多年的好朋友……"

"好朋友，好朋友！好朋友就可以被你反复利用？"这三个字无疑是火上浇油，让纪筱星更加恼火，"顾洋，以前的事就算了，但是如果你喜欢人家，至少多照顾一下别人的心情吧？等到有一天大家都被你折腾走了，你还能找谁？"

她的声音有点大，立刻引来电影院里观众的不满。

顾洋也愣住了，惊慌失措看着她："纪筱星，你怎么了？你这句话……什么意思啊……"

纪筱星看着顾洋的脸，电影银幕的光照过来，有些模糊不清，可

是他们朝夕相对那么多年,她太熟悉了。

就像顾洋的心思,她也太熟悉了。

他怎么可能不知道,他只是假装不知道而已。

"没什么。"纪筱星站起来,"电影我不看了。"

纪筱星也不知道自己是怎么回到家里的,手机一直在响,最后她干脆关机了。

第二天她醒过来的时候已经是中午了。离约定的时间不过半小时,她赶紧起来洗澡洗漱,在屋子里翻箱倒柜,也找不出一件像样的衣服,难得想要试试裙子,又想起来自己是要去骑单车,结果还是换上了老土的运动裤。

她想想照片上那个端庄大气的小姐姐,脸上还有精致的妆容,就觉得自己这么粗糙地活了十八年,想要这么速成地当个精致的"猪猪女孩"也是不太可能了。

最后她把头发披下来,穿着外套,围上了步淮止给的围巾。

天公不作美,外面不光风大,而且空气潮湿,乌云密布,看起来就像是要下雨。

纪筱星提前几分钟等在小区路口,过了一会儿步淮止也出来了。

"走吧。"步淮止打扮得跟以往的运动装风格不一样,穿着深色的针织外套和牛仔裤,脚上一双帆布鞋。他瘦瘦高高的,这样穿着显得格外温暖和煦,整个人都柔和了不少。

她其实想说天气不好,要不算了,但是看到这样的步淮止,她硬着头皮说道:"嗯,走吧。"

之前纪筱星就看到季阿姨平日里代步用的旧单车锁在食堂后面的车棚许久没用,问了之后才知道单车的车胎坏了,她也懒得再修补了。纪筱星找季阿姨说明了意图,她很爽快地答应了。

纪筱星找老爸一起把车胎给修补好了。

他们来到学校的车棚取车,风更大了,又是周末,校园里的小道上也就几个行色匆匆拎着打包盒的人往宿舍方向快步走着。她推着单车走着也觉得有些扶不稳,还多亏了步淮止在旁边扶着。

纪筱星心中暗道不妙,这样会不会让步淮止想要回去。

两个人来到了跑道上,这里真的一个人都没有,毕竟这样的天气,谁会没事儿来这里吹风呢?

"你先看着,我示范一下。"纪筱星打起精神来跨上了单车,双手握着车把手,一只脚踩地,一只脚踩在脚踏板上,"其实很简单的,就是你看我这样,眼睛直视前方,低头的话容易摔,所以要直视前方,然后不要害怕地踩起来……"

她说着骑出去了几米远。

结果因为风太大了,她骑得摇摇晃晃。

在更丢脸之前,纪筱星下了车,对步淮止招招手:"你来试试。"

步淮止走过来,一脚跨上车,学着刚刚纪筱星的模样握住了车把手。不同的地方在于,步淮止的脚轻轻松松地踩在地上,而纪筱星只能踮着脚尖勉勉强强碰着地。

真气人。

"怎么样?这样就可以了吗?"步淮止皱了皱眉头。

"嗯嗯,你试着蹬一下,不要害怕,记得我说的看着前面。"纪筱星走到单车后面给他扶着,"你放心吧,我给你把着后座,这样你容易上手。"

"好。"步淮止应了一声,就照着纪筱星教的方式蹬起车来。

起初有些摇摇晃晃的,他蹬了几步就差点要摔倒。

纪筱星赶紧一步跨上去扶着他的胳膊:"你……你没事吧?"

本来她还以为他要摔倒在地，结果人家的大长腿轻轻松松踩着地把车子给稳住了。

"你别怕啊。"纪筱星想起自己小时候学单车，第一次差点摔跤之后就很害怕，不敢尝试第二次，一下子忘记对方是个一米八几的大高个，"我会扶着你的。"

"好。"步淮止笑了笑，"我不怕。"

他这么一本正经地回答，才让纪筱星意识到自己刚才的话有多傻。

"算了，我有什么好担心的。"

步淮止脸上的笑意更浓："担心一下也没关系。"

"你赶快骑啦！"纪筱星真是佩服步淮止，以前冷得难以接近，根本就是假象嘛！他根本就是高手，一说话就让人内心的小鹿乱撞。

两个人又认真尝试骑车。

步淮止就试着骑了三四次，已经能够歪歪扭扭骑一段路了。

不过才二十多分钟，他就能骑稳了。

纪筱星惊讶地看着步淮止平稳地骑着车在她面前转圈圈。

竟然……一学就会了？

他还像偶像的 MV 里演的一样，一边骑车一边看着她轻轻地笑，满满都是粉色气息。

"你是不是本来就会了，现在故意耍我啊？"纪筱星生气。

步淮止一脸无辜："我真的没有骑过。"

行吧，看他的表情也不像是骗人的，这也不是什么很难的事情，小时候觉得学单车很难，指不定完全是因为年纪小，又害怕摔跤。

这时，正好有密集的雨点打下来，步淮止停下来对她招手："纪筱星，上车。"

她愣了一秒，立刻朝着车的后座冲过去。

"走了。"步淮止开始踩起来，"抓好。"

纪筱星顺其自然地用手圈住了步淮止的腰，等她反应过来这个行为不太妥当，想松开的时候，正好这风太大了，让步淮止骑起来也有些摇晃，她只好继续这么扶着他的腰。

雨水打在脸上，冰凉刺骨。

她只能把脸埋在他的后背。

等到车停下来的时候，她才发现车子停在了步淮止家楼下。

"你……"她支支吾吾，满脑子都是乱七八糟的想法。

步淮止目光清澈："我家比较近。"

步淮止住的小区就在学校门口对面的马路，但是纪筱星家里还需要往里面走一截，他的确说得没错。

可是……

可是哪怕大脑里那么多百转千回，却还是抵不过步淮止那一双清澈的眼，星盘点墨，让人沉醉不已。

没有过多犹豫，纪筱星就投降："好。"

回到步淮止的屋子，纪筱星看着步淮止给她拿拖鞋，自己却光脚踩在地面，忽然觉得有些小雀跃。

这是不是代表他家并不是经常有别的人会过来。

屋里铺了木地板，步淮止打开了暖气，进屋没多久，纪筱星就觉得没那么冷了。

纪筱星发现步淮止家里的家具有些改变，之前放在客厅的单人沙发和小茶几不见了，取而代之的是厚地毯、矮桌子，就像是在她家那样。

大概是注意到女生的目光，步淮止拿着矿泉水出来的时候，解释道："感觉这样挺方便的，就换掉了。"

"你这样随便更换房东的家具，人家会答应吗？"纪筱星想起来

之前的家具还挺新的。

"我就是房东,因为我不喜欢原本屋子里的装修,也不想住到一半房东忽然不租了。"

步淮止轻描淡写地带过,留下震惊的纪筱星张着嘴巴愣了好一会儿。

步淮止从屋里翻出了毛巾:"去冲个澡吧,我给你拿衣服。"

纪筱星进了浴室,这里收拾得干干净净,只有沐浴露和一些洗漱用品。

门口传来了敲门声,她听见步淮止说道:"衣服放在门口了。"

纪筱星洗完澡把门拉开了一条缝,门口的椅子上放着摆得整整齐齐的卫衣和运动裤。

她穿着肥肥大大的,只能用手扯着裤头往外走,看到步淮止在厨房里表情凝重。她靠近一看,才知道原来步淮止煮了姜汁可乐,他正端着碗,喝了一口,又吐了出来。

"怎么了?"纪筱星没有想过这么简单的东西居然还会有出错的可能。

她走过去,从步淮止手里拿过碗也喝了一口。

步淮止:"你……"

然后纪筱星愁眉苦脸地吐出来了。

"为什么要放盐啊?"

步淮止疑惑地问:"我放了盐?不是糖?"

台子上的两个盒子里所装的调料确实看起来很类似,平时步淮止不做饭,这里的糖是喝咖啡用的,难怪会混淆。

纪筱星把他往外面推:"算了,我来吧,你去坐好。"

步淮止怎么都不愿意出去,被推出去后又折了回来。

"我就站在这里看,可以吗?"步淮止用一种很像撒娇的口气说道。

一米八几的冷颜大帅哥现在像是大金毛一样撒娇卖萌,这谁受得住?纪筱星当然妥协了,让他在旁边看着,然后她拿出了生姜和可乐,重新做了一遍。

步淮止时不时提问,最后她做完了,两个人各捧着一碗坐在客厅的地板上喝起来。

他问道:"这个的作用到底是什么?"

纪筱星也不清楚:"反正我爸经常给我煮,就是喝个开心吧,也不难喝啊,甜甜的。"

"不喜欢生姜的味道。"

难怪要放糖呢,纪筱星皱眉:"真挑食。"

步淮止看着她好一会儿,似乎想要反驳,但是又说不出一句话。

步淮止一个人来到了电视机前,打开了电视:"要不要看电影?"

"想看什么自己挑。"步淮止把遥控器扔给纪筱星之后,就转身走到厨房去了。

其实她心里早就有一部很想看的电影,找了一下发现还真的有,立刻点了开始。

步淮止把两个空碗拿到了厨房,里面传来了水声,看来是在洗碗。等他从厨房回来,手里又多了一个果盘,里面放着水果,他在她身边坐下来。

"看什么?"

这应该算是一部热血励志的科幻片,叫《铁甲钢拳》,休·杰克曼主演的,大概是说在未来,世界拳击运动被机器人取代了,穷困潦倒的休·杰克曼就是这样一个落魄的拳击手,还带着一个残破的机器

人,因为负债累累,为了钱而不得不答应跟自己从未谋面的儿子度过一个月的时间,父子俩终于从生疏到产生了父子深情。

非常俗套的父子亲情片。

纪筱星扫了一眼步淮止拿来的水果,有四五种,苹果和梨子都已经去了皮,只是果肉也消失一大半,几个橙子和橘子放在旁边。

她不禁摇头叹息。

但是大少爷愿意亲手帮她削水果皮,她也足够受宠若惊了。她想象着他笨手笨脚削水果的样子,反而觉得有些反差萌。

"其实我爸也很厉害,小时候别人都有会说话的洋娃娃,但是那种特别贵,我爸就自己给我做了一个。但是他没做那种可以唱歌或者正常说话的娃娃,而是给我弄了个一按就会发出'磨剪子喔,磨菜刀'声音的娃娃,气得我当时就把娃娃给扔柜子里了,再也不玩了。"纪筱星看着电影忍不住说道,"其实我也不喜欢娃娃,只是那时候觉得大家都有,我也应该有,非让我爸给我买,我小时候还挺任性的。"

让她有些意外的是,步淮止看电影看得很是入迷,自己试图跟他搭话始终也没有得到回应。

直到电影结束,纪筱星推了推步淮止,小心翼翼地问:"你没事吧?"

步淮止的脸上总是看不太出表情,所以纪筱星只能从他的眼神来分辨,他的目光柔和,看起来不像是厌恶。

"怎么样?好看吗?"纪筱星放心地继续分享自己的感受,"我从小就看我爸捣鼓零件,所以经常手痒,也想学一学。如果以后有机会的话能做一些自己喜欢的小玩意就好了。"

步淮止还是没说话。

"喂……"纪筱星用手轻轻推了推他的胳膊,"步淮止?"

她靠过去,伸出手在他眼前挥了挥。

等到反应过来,她才意识到两个人离得很近。

这下步淮止也反应过来了,抬起手一下子握住了她的手腕。

"纪筱星,你在做什么?"步淮止静静看着她。

纪筱星避开视线:"你在发呆,我又不知道你怎么了。"

步淮止松开了她,转头又去拿果盘里的橙子:"没什么,电影很好看。"

"步淮止,你先老实回答我,你到底会不会骑单车!"纪筱星又想起这件事,颇有些耿耿于怀,"我看你今天一学就会,这老师当得一点成就感都没有。"

"以前确实不会。"

"怎么可能?就算是有钱人家的大少爷,小时候爸妈不带你骑单车?你的朋友不约你一起在你们家几百平方米的大院子里来一场单车比赛?"纪筱星从小就是这一片的孩子王,几个小朋友一起在附近骑单车是常事,谁要是没单车,大家也都会彼此分享。

"我没什么朋友。"步淮止淡淡回答。

"闻喜呢,还有那个……照片里的女生。"纪筱星想起了那张照片,一看就是步淮止和闻若琪刚刚十岁出头的时候拍的,但是跟现在区别也不大,就是五官更立体了。

步淮止在费力地剥着橙子皮,淡然回答:"闻喜太吵了。"

纪筱星等了一会儿,以为步淮止还会提到闻若琪,结果没有。

闻喜……闻若琪……

她愣了愣,叫起来:"闻喜和闻若琪?她俩什么关系啊?"

步淮止看着她,慢悠悠地回答:"表姐妹。"

她沉思片刻,又忍不住叫起来:"那你还跟闻喜走那么近?脚踏两只船?步淮止,你也太过分了吧?"

步淮止皱着眉头盯着她:"你脑袋里都在想些什么呢?闻喜就是一个邻居家的小妹妹,从小跟我一起长大的,对我来说,她也只是妹妹而已。"

那闻若琪呢?

每次提到她,步淮止就不说了。

纪筱星不满意他的解释,忍不住拿起盘子里的橘子砸过去。

步淮止一把接过橘子,有些奇怪:"纪筱星,你为什么又生气了?"

没生气,她才没有生气呢。

纪筱星低下头,决定把满腔的郁闷都自己消化掉,眼睛四处转悠,看到了果盘。

果盘里有很多石子大小的金橘,她挑选了五个,摆在他面前:"你小时候估计没人陪你玩这个,我来教你个新鲜的吧。抓沙包会不会?我跟你玩一局,输了的话要满足对方一个愿望。"

步淮止皱着眉头,一双漆黑的眼睛直直看着她:"我不会。"

"啊?不会?"纪筱星意外,"那拍画片呢?"

步淮止依旧是满脸茫然。

"跳格子?两只小蜜蜂?弹棋子?"

步淮止一问三不知的模样让纪筱星放弃了挣扎。

最后她叹口气,有些同情地看着他:"唉,大少爷有什么用,连这个都不知道,你到底会什么?你小时候都玩什么?你给我说说看,我再想想我们能玩什么。"

步淮止想了一下,回答:"骑马和打网球是我比较喜欢的消遣,高尔夫只是会的程度,不喜欢。"

纪筱星沉默了,自己到底为什么要自讨没趣,问他这些问题。

"那你教我吧。"步淮止瞧她满脸不高兴,指了指她手里的金橘,"这个怎么玩?"

纪筱星的手拿不住五个金橘，最后换成了三个，在他面前演示了一遍，立刻看到了步淮止非常不解的表情。

"唉，你别着急，第一次是看起来挺难的，这个要考察你的灵活性，还有手对力道的控制……"纪筱星安慰着他，毕竟他从小也没有玩过，急不来。

唉，从小骑马和打网球、高尔夫有什么用，这么有趣的小游戏都没玩过。

步淮止点点头："哦，我明白了。"

明白了？

纪筱星愣了几秒，立刻想要质问他的时候，他接过她手里的金橘，按照她之前演示的那样，迅速完成了一遍。而且他的手很大，手指纤细又长，于是又多拿了两个，按照最初的五个那样，又玩了一遍，轻轻松松的样子让纪筱星又气又恼。

"你刚才是不是都是在骗人的！"

步淮止再次恢复了人畜无害的无辜表情，摇了摇头。

"好吧，那就当我输了，你想实现什么愿望？"纪筱星认命，自己挖的坑就自己跳，真是自找的。

步淮止却轻声笑了笑："你教我骑单车又教我玩这个，我觉得够了。"

她没想到步淮止会说出这些话，好一会儿，都觉得屋内的暖气是不是太足了，为什么脸热烘烘的，让她忍不住呼出两口气，试图把这燥热感赶走。

"哪……哪有这样的，我愿赌服输，你不用在意。"

"好。"步淮止点点头，"那等我想好了告诉你。"

纪筱星死死抱着沙发上的抱枕，眼睛四处乱转悠。

"我把这里收拾一下。"

冬天总是天黑得很快,不知不觉夜幕降临。步淮止看着墙上的钟,才发现饭点都过了,他拿着地上的零食、饮料站起来,结果也不知道怎么手滑了一下,只听到他轻轻"啊"了一声,纪筱星扭过头去看时,发现他把一瓶可乐全洒到自己身上了。

真是佩服他,为什么连这么简单的家务都不会。

"我来吧,你先去换个衣服。"纪筱星从他手里接了果盘和饮料。

步淮止大概也实在无法忍受自己脏兮兮的状态,点点头进了浴室。

过了一会儿,她听到步淮止的声音从浴室传来:"纪筱星,帮我去衣柜里拿一下T恤。"

什么!纪筱星吓得差点将手里的果盘都快甩出去了,好不容易拿稳之后,她紧张地问了句:"啊……啊?啥……啥东西?"

"我的衣柜,"他顿了顿,"T恤。"

其实她一开始就听清楚了,只是有点手足无措。

纪筱星放下了果盘,走到了步淮止的房间。

上次她来过一次,房间里依旧还是那种清清冷冷的感觉,被子虽然没有叠起来,但是铺得整整齐齐,没有多余的家具和摆设,所以看到角落的照片时,会觉得格外明显和刺眼。

她拉开衣柜门,里面挂着黑白分明的衣服,中间夹杂着同样冷色调的灰色,就跟步淮止这个人一样,清清冷冷的,像冰山上的雪,融化了,也是清澈透明的水,不含一点杂质。

有衬衣也有T恤,有的同样款式可能有黑、白、灰三件,难怪每次看到步淮止都觉得他始终如一。

纪筱星想随手拿一件就好,可是衣柜最边缘处,被他黑色的长款外套遮挡住的地方,有一样东西立刻吸引住了她的视线。

是一条白色的裙子。

而且还是纪筱星很熟悉的裙子。

"怎么会在这里……"她不可置信地用手捏着裙子的一角。

那天她在分校区的服装店里,吃着烤肠不小心撞到了别人,还弄脏了店里的裙子……

为了这条新裙子,她不得不向老爸低头服软,就为了拿到钱去赔偿。

当时步淮止就在店外,目睹了这一切,却无动于衷地继续跟一个妹子聊天。

第二天她拿着钱去的时候,店主小姐姐告诉她已经有人不顾上面的污渍将裙子买走了,所以不需要赔偿。她还以为是自己运气好,没想到竟然是步淮止买了下来。

可是……为什么呢?

纪筱星脑子里有一百个疑问,站在那里半天没有动,直到步淮止带着水汽的身体出现在了她的身后,带着沙哑的声音响起来。

"衣服呢,纪筱星?"

纪筱星回过头,看见了刚刚冲了澡的步淮止,头发湿漉漉地散着,搭了一条浴巾在头上,把刘海压得更低了,遮盖住了他墨色的双眼,再加上还冒着热气的脸,让他更有一种朦胧的美感。

步淮止没有穿上衣,下身依旧穿着黑色的长裤,一条长长的浴巾从头盖到了胸前。

他不是那种特别瘦弱的男生,身上虽然没有什么肌肉,但是很紧实,线条不突兀却很舒服,属于精瘦的类型。

而且此刻的他,站在纪筱星的身后,一只手支撑在柜子的门上,整个人像是贴在她后背一样,那么空旷的房间,两个人却像是坐在公交车上那样,只要她轻轻向后仰头,就能够靠在他的胸口。

"我……"纪筱星一下子什么疑问都没有了,根本就来不及再想

什么,逃也似的离开了卧室,回到客厅坐下。

过了一会儿,步淮止出来了,他已经穿好了T恤,而且手里还拿着一盒东西。

"给,忽然找到了这个小玩意。"步淮止将东西扔给她,转身在抽屉里翻找了一会儿,拿出了一个打火机。

纪筱星接过来,这才发现是一盒仙女棒。

他的品位这么少女?不对,纪筱星后知后觉地想到,这应该是哪个女生送给他的,总不能是他自己想玩吧?

可是她来不及多想,步淮止已经拉着她的手腕站起来,两个人站在了阳台。风很大,虽然只开了一扇窗户,但是没有穿外套,纪筱星还是忍不住颤抖起来。

步淮止点燃了一支,又拿出另外一支递给她。

于是纪筱星也跟着点燃了。

淡黄色的火花迅速燃烧着,没有火树银花的壮丽,却在此时一下子映到了纪筱星的心里。

"纪筱星,你会不会觉得很无趣?"

"嗯?"

步淮止看着窗外:"对于你喜欢的那些,我什么都不会,也什么都不懂。"

纪筱星没想到他会忽然说这些……

一点都不像平时的他,平时的他意气风发,是人人瞩目的天之骄子。

"所以欺负你很有意思啊。"纪筱星笑了笑。

他沉默了一会儿,又说:"有足够有趣到……让你不要再想起那个总让你生气的人吗?"

纪筱星愣住了。

步淮止怎么会知道……

纪筱星忍不住笑出来:"你可比那个人有趣多了,我甚至都想不起那个人到底哪里有趣了。"

因为他的出现,自己再也没有以前那种患得患失的感觉,再也没有那种隐隐作痛的无力感。她看着他,多么庆幸最初在公交车上,一头撞上了他。

步淮止轻轻笑了一下,不知道是火光照亮了他的脸,还是这个笑容照亮了这个夜。

他到底……对自己是什么样的心情呢……

从第一次见到自己的尴尬,到现在两个人可以一起在这里安静地点燃仙女棒。

"步淮止,我……"纪筱星正要忍不住开口的时候,手机忽然响了,是老爸。

她接了电话,老爸不动声色地问她在哪里、在做什么、什么时候回家。

雨已经停了,房间里很安静,步淮止也可以听得见。

他笑了笑,靠近了手机:"纪叔,我现在就送纪筱星回家。"

两个人的脸无限接近着,步淮止也正在看着她,上扬的嘴角和含着笑意的双眼,都像是旋涡一样吸引着她……

不行啊纪筱星!你清醒一点啊!

可她还是想问他。

想要问他:

对他来说……

自己到底算什么呢?

为什么会买下那条裙子？

为什么愿意帮她补课？

为什么会在意自己对他的想法？

无数个疑问，她知道自己在等待一个答案而已。

就在她想问出口的时候，门口传来了有人按密码锁的声音，紧接着有人推门进来。

"阿止，我回来了。"

进来的女生，是闻若琪。

闻若琪有一头很长的棕色卷发，如同丝滑的巧克力，皮肤白皙，五官精致，带着一丝冷冷的高雅，跟步淮止的气场十分相似。此时她满脸疑惑，看着纪筱星："你是……"

不等步淮止答话，纪筱星转身去拿自己的大衣，然后一边迅速向着门口走过去，一边说道："那……那我回去了……反正也不算太晚……我就……自己走吧。"

纪筱星不记得自己是怎么跑出去的，只是记得自己一直在跑，落荒而逃似的离开了那里。

一直跑到凉风灌进嗓子里，让她难受地停下来开始喘气，慢慢把大衣穿好，又实在忍不住回过头，看向了身后自己跑过来的路。

她的三个月，输给了闻若琪的十三年。

最可笑的是，她竟然曾经觉得她是有胜算的。

本来就是一场以卵击石的战役，是她对自己太有信心了，直到面对敌人的那刻，对方不需要做什么，她就已经溃不成军。

第七章 别怕,有我在

纪筱星经过这件事大概懂得了一件事,在自己看来十分重要的事情,或许在别人眼里并不重要。

就像是那条被步淮止藏起来的白裙子,是她盲目自信、胡思乱想的源泉,可是对于步淮止来说,不过就是一个无心之举。

走在路边遇到了可怜的乞丐,她也会有施舍的想法;如果看到路边卖花的小孩子,她偶尔也会买上两枝。

心血来潮的善意,并不代表任何意思。

是她多心了。

不过这样或许也好,高三学生要补课到大年三十,而大学生阳历1月份就已经开始陆续考试,准备回家。

步淮止给纪筱星发了信息,解释说这段时间没有办法继续补课

了,但是年后会尽快回来。

她"表示理解",用生疏的语气回复:"好的,本来就是学长用私人时间帮忙的,就算不继续补下去,也没有关系,反正也要考试了,平时做试卷就好。"

结果步淮止竟然没有给她回信息。

纪筱星在去给老爸送饭的时候,偶然听叶子姐说闻若琪在国外的交换课程已经结束了,等到下个学期开始就会继续在国内上课。这段时间她因为学校的宿舍没有空出来的,所以一直住在校外。

那么这个校外还能是哪里,不就是步淮止的家?

元旦过后,经历了短暂的休息,班里的气氛丝毫没有活跃,反而更加压抑了。

下课没有成群结队的男生站在走廊上远眺了,女生也懒得手拉着手去厕所了,所有人的心思都在面前的课本和考卷上。

顾洋和文月越发沉默,纪筱星不想搭理顾洋,文月为了躲开顾洋也极少来找纪筱星一起写作业。顾洋自知理亏,再也没有上课偶尔扔个字条给纪筱星、吐槽她的穿着打扮,而是自己独来独往。林浅意也静下心来,抓耳挠腮地抓紧时间背单词和解数学题。

大家都成了一个个孤岛,随着高考时间的靠近,彼此的距离也越来越远。而那个时候的每个人,都没有意识到这一点,就这么接近着分道扬镳的那一天。

纪淳非常配合地每天傍晚六点就关店,回家给纪筱星做饭,接着把没有修理好的东西带回家里慢慢修。

纪筱星突然理解了"白驹过隙"这个词,一转眼,都已1月底了,向窗外看的时候,街上的树叶凋零,风一吹,再也听不到树梢摩擦的"沙沙"声。以前纪筱星习惯听着这样的声音入眠,一睡就是一节课。

每次下课补眠的时候，醒来的瞬间她总会以为自己回到了刚入高中的夏末，一睁眼，她还能玩三年。

可惜她看到的只有自己面前堆得老高的书本，和一张张叠起来的试卷，整个学校空旷又安静。

高一高二的学生考完试之后就放假了，整个学校里只有高三的在补课，自然更是清冷。

快放学的时候，纪筱星收到了老爸的信息，让她放了学去Ａ大，季阿姨特地做了菜，要招待他们。

她来到Ａ大分校区等车的时候，终于再次看到了步淮止。

他穿着黑色的大衣，脖子上是一条大红色的围巾，白皙的脸被风吹得少了些血色，随风飘扬的刘海时不时会遮盖住他的眼睛。

在等车的人群里，清瘦的他显得格外挺拔和出众，只要看一眼，就让人难以移开视线。

纪筱星这才想起来，他们已经快有一个月没见了。

不过步淮止没有看到她，因为他戴着耳机。

为了避免尴尬，纪筱星从包里掏出了一个单词本挡着脸，假装自己在背单词。但她还是没忍住从书的缝隙中偷偷看着步淮止，他就像是身处另外一个次元一样，不管周遭多么混乱，他都始终安静地站着。

车子缓缓开了过来，众人有序地上车，步淮止在纪筱星之前上去了。

纪筱星排在队伍最后，到她的时候车子还不算特别满，她犹豫着要不要上去，司机按了两声喇叭喊道："小姑娘，这车还没满，这每隔半小时才一趟呢，你走不走啊？"

纪筱星担心司机再喊下去，车上的人都要注意她了，于是赶紧上

了车。

步淮止站在车子中间的位置,她小心地移动过去。

只是她没想到越是害怕被他发现,越是出乱子。

纪筱星走过去的时候,觉得有什么钩住了自己的书包,结果一转身,看到了步淮止皱着眉头的脸。她低头,发现自己的书包竟然钩着他的耳机了。

她慌乱地想把耳机取下来,没想到耳机线和自己的书包带缠绕在一起,越解越乱。

就像此刻她的心一样。

"我来吧。"步淮止按住纪筱星的手,从她的手上接过了缠绕在一起的线,看了她一眼,淡淡地说,"纪筱星,你过来一点。"

"啊?"

"靠过来一些。"步淮止柔声重复了一句。

大概是这些天没见面,就连他不带情绪的语句,在她耳朵里都如同乐器鸣奏,拨人心弦。

她呆呆地向前走了两步。

见她这样慢吞吞的,急于往车尾部走的人轻轻推了推她让她让路,毫无准备的她就直接扑向了步淮止。

步淮止下意识抱住她。

这个拥抱带着冬季凛冽的气温,他的气息总是有些冷,却让纪筱星甘之如饴。

步淮止扶着纪筱星的肩膀让她站稳,继续静静解着缠绕在一起的耳机线。

纪筱星的脸红了好一会儿,终于听到他说:"好了。"

步淮止的耳机已经被他捏在手里,卷成了一小团,收进了口袋里。她看着刚才被耳机线缠绕的书包带,心中没来由地失落。

"纪筱星……"步淮止的话没有说完,纪筱星已经转身向着车尾走去了。

车上人那么多,纪筱星花了很大的力气才挤到了最后。步淮止不像她这样娇小,根本难以移动。

她缩在车尾,低着头看自己手里的单词本,可是她的注意力都在车子中间,时不时盯着自己的步淮止身上。

总算是熬到了下车,纪筱星趁着步淮止还在缓慢移动的时候,厚着脸皮在一片抱怨声中挤下了车。

她没出息地小跑了一截,但是又忍不住想要回头看看,没想到回头的时候,一头撞上了一个结实的胸膛,这下可撞得不轻,她捂着鼻子抬头,看到了步淮止。

"哎呀,你怎么……"大概是捏着鼻子,她的声音带着浓浓的鼻音,乍一听还有些撒娇的意味。

步淮止叹口气,双手捧着她的脸,凑近看她红通通的鼻子:"没事吧?你为什么一下车就跑……"

他的手有些冷,就更显得她的脸燥热。

纪筱星后退两步,防备地看着他:"我……我没事,我就是……急着回去吃饭。"

"我是想和你说,我已经考完试了,可以继续帮你补课……反正我那么早回家也没有事情……"步淮止假装不经意地说着,只是他的话没有说完就被纪筱星打断了。

"不必了。"纪筱星斩钉截铁地拒绝,不留一点余地,"最近学校补课挺紧张的,我也得留出时间复习别的科目。"

步淮止皱着眉头看着纪筱星,显然是没想到自己竟然被拒绝了,眼神中带着逐层递进的不解、委屈和失落。

"那我先回去了……"纪筱星转身要离开。

可是步淮止没有忍住,伸出手拉住了她的手腕。

这一下,是两个人都没有想到的举动。

纪筱星没想到他会挽留自己,步淮止没想到自己会这么在意。

"纪筱星,"步淮止艰难地开口,"我……做错了什么吗?"

一句话出口,更是让两个人又吃了一惊。

不知从什么时候起,他竟然还会在意她的这些小情绪,会这样小心翼翼。

难道是她真的太过分了?

可是现在不这样,那她以后该怎么办呢?

纪筱星咬着嘴唇,没有回答,也不再去看步淮止的眼睛,转身就离开了。

大学生们的期末考陆续结束,整个 A 大都安静了许多,只剩下一些准备考研的学生打算奋战到最后一刻,平日里几乎见不到什么人了。

眼看着离所有人必须离校的时间只剩下两天,纪筱星还是对步淮止那天的问题念念不忘,忍不住在夜里,以散心为理由,去了 A 大校园。

月明星稀,寒风凛冽,夹杂着浸入心脾的寒意。

绕了一大圈,没有看到步淮止,纪筱星只能走到广场上。

没想到还能看到有几个摆摊的学生,正趁着最后几天的时间搞促销。

想着这么冷的天也不容易,纪筱星走过去看到了围巾,停住了脚步。

步淮止的围巾还在她这里,可是她已经没有理由再拿着了。

纪筱星失魂落魄地走着。

空荡的校园里,她的目光四处看着,在稀稀拉拉的人群中找寻步淮止的身影。

忽然,旁边的路灯"砰"的一声灭了。

纪筱星听到响声,忍不住联想到在宿舍楼里弄坏的那个灯泡,以为也爆炸了,忍不住大叫了一声:"啊!"

就在她尖叫的瞬间,一个人影走过来,一把拉住了她的手腕,另外一只手盖住了她的头顶。

她先是闻到了一股淡淡的熟悉的清香,一抬头,看到了步淮止有些惊慌失措的脸。

"你没事吧……"步淮止上下看着她的脸,以为她吓得不轻,放柔了声音,"别怕,只是灯泡坏了而已。"

事实上,纪筱星一点都不怕,只是单纯因为听到了巨大的声响所以下意识叫了一声,倒是步淮止像是被吓到了。

"我没事。"看着步淮止的手还轻轻覆盖在自己头顶上,她心中柔软的部位被狠狠戳了一下,向后退了几步,重复道,"我没事。"

也不知道是在回答他的问题,还是在自我安慰。

"那就好。"步淮止松口气,"那么晚了,为什么还在外面游荡?"

我这还不是为了找你?

"那你怎么会在这里?"

就好像是无数次我找你的时候,你突然就出现了。

"期末考试期间,我基本每天都会去图书馆。"步淮止确实背着一个双肩包,"刚刚看到你一个人在这里傻站着,想问你在干什么。"

我在等你啊,我在等你啊!纪筱星内心呼唤着,却不知道应该如何开口。

没有等到纪筱星的回答,步淮止叹口气道:"我送你回去吧。"

纪筱星正要回答,却听见有一道悦耳的声音插了进来。

"阿止,不好意思啊,让你等那么久!"

纪筱星和步淮止同时顺着声音看过去。

一个穿着樱粉色呢子大衣、个子高挑的女生走了过来。闻若琪那张在银色月光下更显白皙精巧的脸,正带着一丝甜蜜的笑容,深情款款地看着步淮止。

她的目光落在纪筱星身上时,稍稍停住了一下,随即笑了笑:"哈,我以为是闻喜呢,这不是上次那个女孩子吗?你好呀,上次都没来得及打招呼,阿止说他帮你补习英语对吧?"

纪筱星避开闻若琪的视线,低下头,知道此刻的自己懦弱又小家子气。

补习过英语……步淮止还真是简单明了地概括了他们的关系。

是啊,除了这个关系之外,他们不是朋友,不是一个学校的学长学妹,更不是像他和闻若琪那样的青梅竹马。

那些百转千回的小心思,全都被这一句话带过了。

纪筱星苦笑了一下,但她自认为调整得还算快,再抬头对上闻若琪时,已经是带着浅浅的笑,像是一个乖巧的小女生,礼貌地说了句:"学姐好,我叫纪筱星。既然你来了,那我就不打扰你们了,再见。"

最后她对着步淮止也笑了笑,转身要离开。

手腕却被人拉住了,她一回头,看到了步淮止。

"那么晚了,我送你回去。"步淮止一双墨色的眼睛盯着她,"你是不是有话要跟我说?"

"我没什么要跟你说的。"纪筱星甩开他的手,走进夜色里。

她仿佛可以感知到那双眼睛一直看着她,又觉得是自己自作多情了,他其实早就已经跟闻若琪离开了。

只是她不敢回头。

大学彻底封校了，最后一批留校复习的人也走了。

公交车还是会到学校门口停，纪筱星看着被关上的大门，想象着步淮止应该已经回家了。

她偶尔会想着步淮止不住校，说不定还会在自己的公寓里，所以几次散步都假装不经意经过他家楼下，却没有遇到过他，再算算时间，新年就在眼前了。

纪家没多少亲戚，大多都在外地，纪筱星马上要高考，纪淳也不打算在路上折腾了。

大年三十晚上，纪淳负责炒菜，纪筱星坐在矮桌旁边择菜，边看着窗外，总是想到那天回来步淮止坐在这里，因为择不好菜而苦恼的模样。

那时候他们明明那么接近……

纪淳把菜端出来的时候，正好看到纪筱星看着身边的座位在发呆，自己的女儿是什么心思，他再清楚不过。

"不知道步淮止年后什么时候来给你补课啊？"他试探着问了句。

看到纪筱星听到那个名字之后，原本无神的双眼立刻就变得神采奕奕，可是在反应过来后，重新变得失魂落魄，对她这么明显的神态变化，纪淳当即就更确定心中的猜测了。

谁没有年轻过呢？

纪筱星狠狠掐着手里的豆子："不需要他来了。"

纪淳了然于心，坐下来与女儿一起择菜："想想步淮止除了呆了点，人倒是挺可爱的，上课负责，又有耐心。你脾气这么暴躁，他都好声好气地对你。"

纪筱星不高兴听到自己的老爸这么夸他："那是你没见识过他凶我的样子……"

"哦？什么样的？"纪淳来了兴趣。

"他……"纪筱星正想要形容，但是脑子里只有那天步淮止小心翼翼问自己到底做错了什么的表情，她立刻就说不出话来了，"反正我不想再提他了！"

他确实没有凶过自己。

"好好好。"纪淳把她手里的菜给拿起来，"你别择了，这些菜做错了什么要饱受你的摧残……"

纪淳边说边站起来，可是手扶着桌边的时候，忽然趔趄了一下，重新跌坐在地上。

"爸，你怎么了？"纪筱星吓得赶紧上前扶住他。

纪淳捂着脑袋，靠在桌边休息了好一会儿，眼睛发黑，还觉得浑身无力，四肢发麻，甚至连纪筱星跟自己说话的声音都听不到，耳边只有嗡嗡的声音。

过了两三分钟，纪筱星急得想打急救电话了，他才缓过劲来，慢慢说了句："我没事，早上吃过之后，就一直在忙，午饭也忘记吃了，忙到现在这个点，估计低血糖犯了。"

纪筱星眼眶发红，说话间已经带着哭腔，还死死握着纪淳的胳膊不松手："真的吗？"

"是啊。"纪淳笑了笑，"那最后一个菜就不做了，我们赶紧吃饭吧。"

纪筱星立刻站起来："我去拿碗筷，你就坐着吧。"

她站起来转身擦掉忍不住掉下来的眼泪，进了厨房里盛好了饭端了出来，正好赶上春晚开始。

吃饭的时候，纪筱星还是不放心纪淳，一直注意着他的一举一动，不过看起来真的像是他说的那样，只是因为低血糖头晕而已。

吃饭期间纪淳的兴致很高，还喝着小酒跟着节目唱歌。

纪筱星这才放心下来。

快接近零点的时候，纪筱星的手机已经开始疯狂地振动起来了，同学的拜年信息来得很及时，而且内容种类繁多，她一连拉了十几个人，就是没看到步淮止的名字。

她胸口难受，像是卡了根鱼刺，扎得发疼，还取不出来。

那不然……她给步淮止发一条信息呢？就当作是感谢他给自己补课，虽然是他自己提出要上课的，但是毕竟这两个月以来，他对自己的帮助真的很多……

她从一个看到英语课本就犯困的人，到现在终于可以积极地面对这门功课，总分终于稳定在了重点线，步淮止功不可没。

好吧，哪怕是表达自己的感谢，也应该发一条。

但是纪筱星看着手机上的名字，鬼使神差地点了语音通话……

等她反应过来的时候，对方几乎是在第一声提示音后就接了电话。

"喂？"手机里传来步淮止的声音。

纪筱星赶紧将手机放到耳边："喂？喂，我我是……我是纪筱星。"

她懊恼地用手拍拍自己的脑袋，怎么那么没出息地结巴了呢，这样显得多紧张啊！

"我知道。"步淮止停顿了片刻，没再说话。

那现在她应该说什么呢……感觉这时候说出"新年快乐"好像又很奇怪，最后话到嘴边，变成了一句：

"你在做什么？"

问完之后，她恨不得想赶紧把电话给挂了。

怎么会问这样的问题！本来如果只是说句"新年快乐"，或许他们还能是朋友，但是现在说出了这句话，总觉得自己的心迹已经表露无遗了……

他都有喜欢的人了啊,为什么要问这么不合适的话!

要不还是挂了吧?纪筱星的手放在手机屏幕上,犹豫不定,不知道要不要在他回答之前,就先把电话给挂了。就在这时,她忽然听到"哐当"一声,什么东西摔在了地上,紧接着就是一声闷响。

她顺着声音看过去,看到了倒在地上的纪淳。

"老爸……老爸!爸!"纪筱星吓得把手机一扔,然后就冲了过去。

纪淳眼睛紧闭着,脸色苍白,一动不动。

纪筱星的眼泪"哗啦啦"就落了下来,她慌乱地抱着他。

纪淳的嘴角歪斜,还流出了白色的泡沫,似乎在说什么话,但是又什么都听不清楚。

直到手机铃声响起来了,她才发现刚才电话挂断后,步淮止又拨了回来。

"怎么了?"

"步……步淮止……我爸……晕倒了……他现在好奇怪……"纪筱星哭得断断续续的,"怎……怎么办啊……"

"叫救护车。"步淮止声音冷静,"现在打电话,快去。"

"别怕,有我在。"挂电话之前,纪筱星听到步淮止这样说道。

不知怎的,她忽然安定了不少。

就像是眼前一片漆黑的时候,有一只手牵住了自己。

纪筱星冷静下来,拨通了120,跟对方说出了老爸的症状和自己的地址之后,手机还在接连不断响着,步淮止发了信息过来,询问进展如何。

她颤颤巍巍打字,却怎么都打不利索。

"别打字了,发语音。"步淮止又发了一条消息过来。

纪筱星拿着手机说道:"说是在来的路上了,只是今天过年,急救中心只能先协调附近的医院,估计会稍微慢一些,我现在……我现在很害怕。"

"你现在去家里拿上你爸爸的银行卡、病历本和身份证。"步淮止回复得很快。

纪筱星按照他说的都去完成之后,救护车的声音终于传来了。

跟着救护车去医院的路上,刚好是零点时分,满街道都是"噼里啪啦"的鞭炮声。

纪筱星看着车窗外一直有光亮闪烁,她的心忽然觉得异常难受。

没有人在她的身边。

所有人都在欢庆着阖家团圆的时候,她独自守在老爸的身边,没有可以依靠的人。

纪筱星忽然又想起了步淮止对她说的那句"别怕,有我在"……因为这句话,她才终于冷静下来。

手机再次响了起来,纪筱星看也没看就接通:"现在我在救护车上了,马上就到市人民医院了……"

这时车子停了下来,医护人员打开门让纪筱星下车,她只能匆匆说了句"我等会儿再打给你"就把电话挂了。

到了医院之后,多亏了有值班护士帮忙带领着,她才终于顺利地办完了手续。

纪淳被送进急救室,手术持续到凌晨。之前医生跟她说了很多专业词汇,她迷迷糊糊听不清楚,也听不懂什么意思,在网上查了专业名词,虽然眼睛认识每一个字,却没办法记在脑子里,就像得了认知障碍,只能反反复复看,再去理解。

哪怕是护士过来给她递了杯水,对她说了句"你还是先去休息吧"。

纪筱星看着护士的嘴巴开开合合，怎么也听不懂似的。

最后手术室的灯灭了，医生跟她说了句"没事了"，她才终于恢复了理智。

老爸没事了，终于没有事了。

手术过后，护士推着纪淳来到病房里。

纪筱星坐在旁边，一动不动地看着他那张苍白毫无血色的脸，头上缠绕着纱布。如果不是有氧气机和心电监测仪器，他看不出一点生命的气息。

总归是没事了。

医生不让纪筱星留在病房里，她就在走廊上的长椅坐着，想要打开手机，发现不知道什么时候手机已经没电了。

新年的第一天，窗外的天空已经泛白，风从窗口灌进来，夹杂着医院里的消毒水的味道，纪筱星呼吸的时候鼻腔里都带着一丝尖锐冰凉的感觉。

纪筱星实在太累了，蜷缩在长椅上闭起眼睛想要睡一觉。

可一闭上眼睛，她的眼前就浮现起老爸晕倒的那一幕，她吓坏了，下意识猛地一睁眼，人也跟着往前扑过去，竟然没发现面前刚好有个人，径直就扑到了他的怀里。

对方满身风尘，外套带着夜里的寒霜，纪筱星只是碰了一下，就冻得她脸都生疼。

可是他的胳膊却把她紧紧搂住了，轻柔地安慰："没事了，小星。"

纪筱星一愣，抬起头，看见了顾洋的脸。

是顾洋，不是她想象中的那个人。

"你怎么会……"纪筱星想推开他，可是她一直神经紧绷着，此刻只觉得四肢无力，头脑发晕，只能这样任由顾洋抱着。

顾洋苦笑了一下:"我打电话给你,你说你在救护车上要去市人民医院,我吓坏了,一直给你打电话却关机了……纪筱星,我真的很担心你。"

原来那个电话,不是步淮止打的。

"我没事了。"纪筱星稍微镇定了一下,手脚终于有些力气,她不动声色地坐直身子,想要离开顾洋的怀抱。

但是顾洋紧紧抱着她:"纪筱星,我们是朋友,之前的事情确实是我做得不对,可是你也不能什么都不跟我说,就不理我了吧?我希望你有什么事情就第一时间打电话给我,不管是烦心的事还是开心的事都可以跟我说,就像以前一样……"

纪筱星吓了一跳,想要挣脱,可是哪里能够挣脱。

最后她一生气,就对着顾洋的肩膀咬下去了。

顾洋平时打篮球,身体练得很结实,一口咬下去,只咬到了硬邦邦的肌肉,还硌得她牙疼。

这下子纪筱星的脑袋更加混乱了。

为什么在自己最难受的时候,出现在这里的人不是昨晚那个让她依靠的步淮止……

为什么在她最混乱的时候,顾洋还要让她混淆……

纪筱星无力地说:"顾洋,我宁愿你没有来。"

纪筱星分明感到她说完这句话,抱着她的人浑身僵硬了片刻。

"你先放开我,我真的好难受。"纪筱星推开他。

顾洋听罢,立刻松开纪筱星,扶着她的肩膀,看到她脸色苍白,便让她靠在椅子上,说道:"你在这里稍等一下,我去给你买点吃的,你现在看起来一副要晕倒的样子。"

其实她不饿,但是确实感觉没有力气,头也晕得厉害。

可能是在这么冷的天气里还在走廊里睡了一觉,着了凉,有些感

冒了。

"嗯，我想喝点热的。"纪筱星也不多推辞。

她是真的有些受不住了，而且也不知道应该怎么面对顾洋。

或许他也是因为这样，才会想要离开吧。

顾洋立刻离开了，纪筱星站起来慢慢走了几步，透过病房门口的小玻璃窗看了一眼纪淳。

他还闭着眼睛在睡觉，但是比起之前他的脸色已经好了不少，至少有了血色。

纪筱星个子不够高，踮起脚久久不舍得移开视线，结果腿一软，支撑不住朝旁边倒下去。

她感觉到有人在后面扶了自己一下，看着她稍微站稳了，就立刻松开了手。她本来也没完全站稳，这么一松手，她就又摔了下去。

唯一的区别就是，刚才那么摔，肯定会摔得很重，现在多亏他扶了自己一下，她只是软绵绵地倒在了地上。

本来纪筱星还以为是顾洋那么快就回来了，结果转头一看，竟然是步淮止。

"你怎么会来这里？"纪筱星不可置信地看着他。

站在自己面前的步淮止，头发微乱，穿着深灰色的大衣，脸上带着冰凉的寒意，脸部肌肉像是被外面的风霜凝结了，让此刻的他看起来严肃异常，双目间的疏离和淡漠，让纪筱星愣了愣神。

步淮止皱着眉头看着她："学校附近只有小医院，过年期间这类医院很少有人，三甲的话，离你们最近的只有市人民医院。"

"你……你知道我想问的不是这个。"

他那么聪明，稍微想想就能知道。

她想知道的是他为什么在什么都不确定的情况下第一时间就赶过

来找她？

而且他不是已经回家了吗？为什么这个时候会在这里……虽然就在邻市，即使再快也得开三个小时的车。

可是步淮止没有再说话。

纪筱星想从地上爬起来，步淮止像是害怕她追上来那样，转身就朝着走廊一端走过去。

"你……站住！"纪筱星看到他莫名其妙的举动，也来了火气，本来憋了那么多话在心里想要对他说，那么多复杂的情绪涌上来，可是他却变得那么反常。

步淮止的脚步停顿了片刻，随即又继续向前走去。

"你到底是来这里干什么的？不是因为……"

不是因为担心我，所以才连夜赶过来了吗？

步淮止终于停下脚步，转身走过来，看着纪筱星淡淡说道："不是，不是因为你。"

正说着，步淮止的手机响了，空荡荡的走廊里没有别人，所以从手机里传来的声音格外明显。

"步淮止，你好了吗？"闻若琪的声音清亮，像是优雅的小提琴音，说话间带着特有的律动，催促道，"快点啦，我还在等你呢！"

这下就清楚了。

纪筱星看着他苦笑："原来是恰巧过来。"

步淮止依旧不说话，抿着嘴唇既不反驳也不辩解，那就权当是默认了。

"那你还不如别过来了。"

纪筱星也不知道怎的，对着顾洋说这句话的时候，她是真心希望顾洋没有来就好了，这样他们的关系也不会变得越来越奇怪。可是现在面对着步淮止说这句话时，她的心里分明就不是这样想的，她一直

都在等他,希望来的人是他,无时无刻不在期待能够见到他……

大概是头昏脑涨嘴巴不受控制,也或者是因为这段时间以来因他积压的愤懑爆发,纪筱星脱口而出:"你喜欢闻若琪,就待在她身边,来招惹我做什么?我有求着你来帮我补习吗?我有求着你过来逗我开心,让我忘掉我想要忘掉的那个人吗?我有求着你对我好吗……"

纪筱星一口气说完了,眼眶也忍不住红了。

本来就难受又委屈,明明想要跟他说的话不是这些,但是又害怕被他看扁了,害怕自己的心思如果暴露了,就会变成一个可笑的人,所以本想跟他倾诉心中的感情,出口却变成了伤害的话。

步淮止轻轻地咬了咬自己的嘴唇,转身离开了。

走廊空荡荡的,刺骨的风吹来,无孔不入地侵袭着她的每个细胞。

纪筱星打了个哆嗦,都说过年是春节,那这个春还真冷啊。

纪淳恢复得很快,很快就从特护病房转到了普通病房。

离家太远了,纪筱星申请了一个折叠床,把自己的书和习题都搬到医院了。医生和护士自从听说她是高三考生,还特地帮她找了一个双人间,另外一张床的病人不算严重,每天打了针就回家睡觉,所以纪筱星就有了更好的复习环境。

在住院期间,顾洋来了这里两次,纪筱星跟他不咸不淡地相处着,都是那么多年的朋友了,自己的那些心思都是自己的事情,他什么都不知道,不知者不怪罪,她也不想计较了。

反正每次都是这样,一旦尴尬了,能够装模作样混过去也好,纪筱星不是会处理这些事情的人。

高三学生要提前开学,初八就正式上课了。

纪淳还卧病在床,但是热心的护士答应会多注意他的灾情,纪筱星重新回到学校里,班上的气压更加低了。

文月和林浅意看起来这个春节也过得并不如意，眼睛里都写着疲惫，所以她们得知纪筱星的遭遇之后提出要去医院探望，被纪筱星拦住了。

有时间还是好好休息吧，这时候谁都不容易。

只是开学之后，纪筱星明显感到疲惫感在加重，因为晚上在医院守夜，睡得并不好，她上课开始不停打瞌睡。

抽屉里出现了两盒咖啡，她不用问都知道是谁给自己的。

纪筱星不动声色地喝了两包，依旧没有得到好转，疲惫就像是身中剧毒，无药可解，一点一点侵蚀着她的神经，常常上一秒还写着习题，下一秒就已经趴下了。

第一个月过去，纪淳基本上可以下床自由行动了，就是还得住院疗养一段时间，纪筱星不用守夜了，却依然会在放学后来医院看看他，再坐车回家。

中间多了一段路程，意味着回家路上的时间更多了。

纪淳看得出纪筱星的奔波劳碌，多次让她放学直接回家。纪筱星坚信自己没有问题，每天放学就到医院陪纪淳说话聊天。

纪筱星以前还以为自己还是个什么都不会的小孩子，整天读书就好了，但是没想到现在因为老爸病了，被迫成长了起来，自己吃饭上课收拾家务，以前觉得乱糟糟的屋子会有老爸收拾，现在也自觉开始整理。

结果她又在家里翻出了那本写满自己少女心思的日记。

还是得找机会扔了。

纪筱星随手扔在了自己的书包里，打算找个垃圾桶，把这些日记全部撕碎，撕得干干净净，就像是那些自己没有来得及说出口的话，现在好像也没有必要再留着。

撕掉了,就当作没发生过吧。

正好锅里煲的汤发出了"噗噗"的声响,她赶紧过去把火给关了,然后收拾了要带给老爸换洗的衣服和一些生活用品,就急急忙忙出门了。

纪筱星来到车站,车站上又已经排起了长队。

还好车子来得很快,否则纪筱星就要拿不住手里的东西了。

好不容易挤上了车,结果书包里塞满了东西,她差点向后倒。

身后有人推了她一下,把她给扶稳了,重新往里面推了回去。

"谢谢……"她一回头,看到了步淮止。

因为车子开得太快了,她整个人的后背几乎是贴在他的胸口,可以感觉得到他的下巴就在自己的头顶,偶尔他扭头的时候,还能感觉到从她的头发上扫过去的细微触感。

"你别动了。"步淮止用手按住她的脑袋。

纪筱星立刻一动不敢动:"不好意思。"

"你爸爸好些了吗?还在住院?"

"嗯,毕竟做了手术,还得继续观察一段时间。"纪筱星想了想又补充,"不过快出院了。"

步淮止淡淡地应了一声,没有再说话。纪筱星也不知道应该说什么,车上很安静,大家都昏昏欲睡。

不知不觉,纪筱星也随着摇摇晃晃的车子产生了困意,公交站的间距很长,她竟然就这么靠着步淮止睡着了。

纪筱星不知道自己睡了多久,隐隐约约可以感觉有人把她翻了个身,然后她的脸靠在了他柔软温热的胸口,就连手里的东西都被拿过去了。

终于公交车经过漫长的一站,开始报站。

纪筱星一下子惊醒了，发现自己正倚靠在步淮止的身上，尴尬又无措。刚好车上的人群走动，她赶紧从步淮止的手里抢回自己的东西，就挤到了车子的后方，全程避开了步淮止。

还真是走运，她没过两站就找到了位置，坐下之后更是干脆装睡。

等车到站后，步淮止先一步下了车。

她慢悠悠从最后一排下车的时候，步淮止已经消失不见了。

虽然纪筱星已经隔一天去一次老爸那里了，但是本来高三备考就足够她忙的了，而且疲惫一直都在累积，时间久了，她不堪重负，上课总是打不起精神来。

要么是在小测的时候，不小心睡过去，这种小测都在放学后，找个学习委员在讲台上代替老师看着，根本就没人提醒她，醒来的时候发现自己空了大半张卷子……要么就是交错作业本，把英语的作业交成数学的，把自己的笔记本当作周记交了。

纪筱星照例利用课间抓紧时间补觉，忽然文月急匆匆回到教室，把她给推醒了。

"小星！小星！梁老师叫你过去一趟。"

纪筱星睡得迷迷糊糊，以为又要因为她上课睡觉而被训话了，结果梁文静板着脸，桌子上摆放着一个熟悉的笔记本。

"这不是……"纪筱星瞪大了眼睛。

梁文静恨铁不成钢地摇头："纪筱星，老师理解你的这些心思，但是现在要高考了，你竟然一点都不上心！"

"不是的，这个是我交错了……"纪筱星急着辩解，尤其是此刻办公室门口的学生慢慢聚集。纪筱星的脸青一阵红一阵，她满脑子都是乱的，如果被顾洋知道该怎么办，如果被文月知道该怎么办，大概也是太着急了，她想要把自己的笔记本拿回来，"老师你还给我吧！

这里面都是乱写的……"

但是梁文静以为她不思进取，心痛又生气地一把将笔记本按住了："你给我放下！这件事我还没有跟你说完呢……你现在一天天到底在想什么！纪筱星，这件事我不跟你谈了，你把你爸找过来。"

纪筱星想到自己老爸还在住院，但是如果实话跟梁文静说了，肯定又要让自己回宿舍住。

于是纪筱星只能想到别的说辞："老师，你该不会把里面的内容全都读完了吧？这件事虽然是我的问题，但是你也发现了这是我的日记，你这算是侵犯我的隐私！"

梁文静也自知理亏，语气柔和了不少："纪筱星，我是担心你！快要高考了，不管有什么心思，我都希望你能够以学习为重。过完这四个月，你想怎么折腾都可以，但是现在不行。你看看你，考试睡觉，上课睡觉，你是不是把精力都用在胡思乱想上去了？"

纪筱星看着门口的人越来越多，纷纷交头接耳。

她看到了顾洋也在其中。

梁文静也不希望这件事造成太大的影响，牵连到别人，于是说道："你让你家长来拿吧，我暂时帮你保管了。你回去上课吧，自己调整好心态，最后四个月先别管这么多，好好冲一下。"

纪筱星出办公室的时候，立刻被顾洋给拉住了胳膊。

"怎么了？"

纪筱星甩开他的手："跟你没关系。"

纪筱星并不打算把这件事告诉老爸，也不想他因为这件事而担心。

可是如果她一直不请家长来，梁文静肯定直接打电话告状。即使之前留的不是老爸现在常用的手机，难保梁文静不会来逼问自己要别的号码……

为了防止万一,她还是决定放了学就去医院,把老爸的手机设置一下,提前把梁文静和学校办公室的号码都拉进黑名单。

谁知道,关于这件事的风言风语已经被人传开了。

外面都在说纪筱星早恋被抓到了。

不过这种小插曲也就热闹一阵,大家就渐渐消停了。

可偏偏顾洋不这样,在教室的时候纪筱星不搭理他,放了学他就死皮赖脸跟着她,怎么赶都赶不走。

"你再不走我真的跟你翻脸了。"纪筱星威胁道。

顾洋把她手里的东西抢过去抱在怀里:"我帮你一起拿到医院,你一个人拿着也吃力,我就是帮帮你,顺便去看看叔叔。你别想那么多,我不问了还不行吗?"

纪筱星没说话,顾洋要是下定决心要做的事情,她确实没办法让他停下来。

两个人一路到了医院,纪筱星不放心,转身对顾洋狠狠警告:"你等会儿见了我爸什么都不要说,也不要说我在学校的情况,我考试的事情都别说。"

顾洋顿了顿:"纪筱星,你是不是对之前那个学长有别的心思?"

"嗯?"纪筱星愣了愣。

"就是你说是远房亲戚的那个。"

纪筱星皱眉道:"跟他没有关系。"

"其实啊,我们还有四个月就毕业了,梁文静也就是稍微唠叨了一点,不是有意找你麻烦的,我觉得这次找家长也是担心你。还有啊,如果你真的那么在意他,你也可以毕业……"

纪筱星的无名火上涌:"顾洋,你够了没?不管是我被梁文静请家长,还是我在意谁,跟你有什么关系?我的事情你能不能不要管?

我向你求助过吗?"

"我只是……"

"你心里清楚,你只是装傻,你从来都是这样,软得很,不喜欢处理麻烦,所以我也从来不希望这件事成为你的麻烦。我的心思我自己清楚,那个日记本来就是要拿去扔掉的,因为这件事跟你,跟任何人都没有关系。这是日记,不是给谁的信,写完之后,对我来说就没有任何意义了。"

顾洋的嘴张开又合上,始终没有说出一句话。

纪筱星从他的手上夺回了自己的东西,转身上了电梯。

纪筱星走到病房门口,推门之前让自己的心情平静下来,也让自己看起来自然一些。她调整好心情,打算像往常一样悄悄地推门,结果就听到了里面传来老爸的笑声,她下意识脚步一滞,愣在了门口。

病房里,季阿姨正在老爸身边的椅子上坐着,在削苹果。她削好后,把苹果分成一瓣一瓣地放在餐盒里,然后用牙签扎一块,递到了老爸的嘴边。

老爸也顺势接过去咬了一口,对季阿姨连声说着"谢谢"。

两个人之间亲近又疏离。

以前纪筱星不懂,现在她看懂了,这样的关系叫作暧昧。

两个人对彼此都有好感,但是因为某种原因没有捅破最后的窗户纸,只能以友情以上、恋人未满的关系相处着,试探着不敢再前进一步。

她曾经以为她和顾洋之间是这种关系,她后来以为自己和步淮止之间是这种关系。

可是现在想想,这大概还是基于你情我愿的条件上。

都是她自己的错觉罢了。

一直以来她都知道季阿姨对老爸的心意，更明白老爸对于季阿姨的心思。自己家里的水果没有断过，季阿姨的水果摊有什么事儿都能见到老爸的身影，还有季阿姨对自己的热情，老爸提起季阿姨时的神色。

一个人喜欢另外一个人，怎么可能藏得住。

只是他们俩顾虑她，所以硬生生掩饰下来了。

纪筱星抱着自己怀里的糕点，走到了医院外面供人散步的花园里，找了张阳光照得到的椅子坐下来，长叹了一口气。

阳光暖暖的，让她很温暖，可是她的心里却有点凉意。

抬着头看了会儿天，纪筱星寻思着还是去病房里打个招呼，不管最后发展到什么程度，自己都得面对这样的局面，一味逃避也没有用。

她站起来，一回头，忽然看到一个熟悉的身影从住院部的大楼里走出去。

步淮止怎么会在这里……

等纪筱星反应过来的时候，她已经追着步淮止走出了很远……

无奈医院人来人往，外面车辆川流不息，步淮止很快就消失不见了。

纪筱星颓丧地回到了病房。

一进屋子，纪淳就惊讶地感叹："小星，你怎么才回来？你看到步淮止了吗？"

"嗯？"听到这个名字，她浑身一个激灵，像是瞬间回过了神，"怎么了？"

"刚才步淮止来看我，还带了不少水果。"纪淳指了指旁边桌子上的一盒盒包装精美的果盒，"我给你打了好几个电话。看得出来小步也是想见见你的，最后都没有天可聊了，还一直硬着头皮坐在这

里,看他那样我都觉得勉强……"

纪淳绘声绘色地形容着,就连纪筱星都仿佛能够看到步淮止带着尴尬又不失礼貌的微笑坐在这里,勉强自己回答一些无聊的话。

步淮止竟然是来看老爸的……

她居然错过了!

纪筱星悔得肠子都青了!那天跟步淮止不欢而散,完全是因为她在气头上,才会说出那些话。今早在公交车上没有机会……甚至一句谢谢都没能说出来。

其实想想,她能够对他说的,不过就是一句朋友间的"谢谢"而已。只是她拉不下面子来,更没有好的机会。

步淮止喜欢的人回来了,如果他们已经是恋人关系,自己再去找步淮止岂不是更可笑?

纪筱星的心里五味杂陈,对老爸闷闷地说了句:"爸,那我先回去了,你好好休息。"

出门的时候,正巧之前不知去了哪里的季阿姨手里端着盒饭回来了,纪筱星低着头没注意,直接撞了上去,季阿姨手里的饭盒掉在地上,饭菜撒了一地。

"啊,抱歉……"纪筱星赶紧道歉,蹲下来想要帮忙收拾,可是地上一片狼藉,已经不是拿张纸巾就可以解决的,她无措地再次道歉,"对不起啊,我真的没注意到……"

"没事没事,我去拿扫把和拖把。"季阿姨转身就要走。

"我去吧。"纪筱星喊住她,自己的错误自己来承担,更何况对方还是长辈。

"没事,我去就可以了。"季阿姨对她慈爱地笑了笑。

纪筱星一时间有些害怕,下意识地脱口而出:"没关系,我自己的事,我自己可以解决。"

这句话一出来，在场的三个人都有些尴尬。

纪淳本来就不知道应该怎么跟纪筱星开口，眼下只能劝道："小星啊，季阿姨也是好意……"

季阿姨的脸上也挤着笑容，应和了两声"是啊"。

纪筱星还是低下头，转身走向了厕所，从里面拿来了扫把和拖把，一言不发地把这个烂摊子给收拾完毕。只是面对季阿姨，眼下她没有心思去考虑。

"我给你带了汤，应该够你们两个人喝了。"

这本来该是她和老爸一起喝的。

"我走了。"纪筱星打了声招呼，就默默离开了。

纪筱星每天放学后坚持不懈地去老爸的病房里，可是没有再碰到步淮止。

就连季阿姨都没有出现，她心想着是不是那天自己道歉的态度不够诚恳，让季阿姨误会了。

可是不知道为什么，纪筱星还不想现在就在老爸的面前主动提到季阿姨。她更害怕老爸会先跟她开口，高考当前，所有人都心照不宣地沉默着，直到他出院回家，一切如常。

让她觉得惊讶的是，梁文静居然没有再提过笔记本的事情，也没有再找过她的麻烦，看她缺席晚自习，还经常利用下课时间专门给她讲卷子。

纪淳身体恢复出院仿佛还是不久前的事情，纪筱星忽然意识到高考已经来到眼前了。

最后一天上课，晚自习也取消了，上课铃下课铃已经没有那么重要，全班坐在教室里争分夺秒地看书，纪筱星把视线从卷子上移开，看向窗外，才发现不知不觉夏天已经到来。窗外的树枝冒出苍翠欲滴

的叶子，清风吹过的时候，还会有白兰花的清香。

梁文静走进教室，手里难得一见地没有拿任何资料："大家把卷子和资料都收起来吧，都最后一节课了，就稍微轻松地度过吧。去校园里面走走，住校的同学回去收拾一下东西，还有三天就考试了，在家的时候不要到处跑了，也不要乱吃东西。或许对有的人来说，高考并不是决定命运的裁判，但是至少你要对得起你经历的这些时间，在学校里和大家一起读书的日子。你收获了什么，知识、友谊、人情世故或者是情窦初开，只希望你们在人生的道路上，都能收获成长。好了，解散吧。"

她说完话之后，全班没有一个人动，大家还是坐在座位上。

或许都在迷茫吧，高三这一年每天都会接到各种指令，写试卷、做习题、背书，每个老师事无巨细地交代着、叮嘱着、监督着，却在最后一节课上，没有任何指示，而是让他们自由活动。

纪筱星趴在桌子上，头埋在手臂间，鼻子还能闻到试卷散发出的油墨味道。在很长一段时间里，这个味道竟然成了她的催眠利器，有时候闻不到，还会睡得不踏实。

林浅意推推她的肩膀："唉，高中三年，怎么就栽在你手上了。"

纪筱星立刻直起身子，握住了林浅意的手，配合地说一句："我不会抛弃你的，等我金榜题名的时候一定会回来'娶'你的！"

林浅意一边笑着，一边骂骂咧咧地甩开了纪筱星的手。

班上的人陆陆续续开始动了起来，有的人回宿舍，有的人去小卖部，有的人约上小伙伴去操场遛弯。

这么一看，高中真的要结束了啊。

纪筱星想了想，还是应该把笔记本给拿回来，便小跑着喊住了梁文静："梁老师，我的那个笔记本……"

"嗯？"梁文静有些疑惑，"我给你哥哥了啊。"

纪筱星瞪大了眼睛。

6月伊始，初夏的空气中带着一种轻微的潮湿，驱散了日光的灼热，凉爽又清新。

对于高考，纪筱星唯一的记忆就是考完的那天下了很大的一场雨。

夏季的雷阵雨来得滂沱，走得也干脆利落。

最后检查一遍试卷，纪筱星看着窗外，没多久铃声响起来，监考老师就收卷了。

她走出考场的时候，正好迎上彩虹挂在天上。那些陆续出来的考生激动万分地向门口跑着，纪筱星走在人群里张望了片刻，忽然看到了站在人群里高个子、穿着白衬衣的男孩子。

步淮止很喜欢穿白衬衣，白衬衣总是能把他白净的面庞映衬得更加干净简单。

纪筱星想起来，曾经看他衣柜里总是整整齐齐挂着熨烫好的衬衣，黑、白、灰三个颜色，分明家里连个熨斗都看不到。

后来问过他一次，步大少爷给的回答是："因为我拿出去干洗。"

现在想想，步淮止有时候真的不够接地气，总是一副不食人间烟火的模样。

就像现在一般，在人群中的他总是最夺目的存在。

他的目光、表情都很淡，静静看着你的时候，墨色的双眸仿佛能够穿透人心。

所有心思都无所遁形。

可是偏偏，他又什么都不知道。

纪筱星犹豫着是否应该走上去，那么久没有见到他，此刻竟然觉得有些不真实。

那段时间，她一点都不敢想他，也不敢去看他，甚至不敢靠近大学校园。

只要想到一点点关于他的事情，她都会失魂落魄许久。

所以在备考时，她只有把他完全屏蔽掉。

而现在他就在自己的面前……

她慢慢走向步淮止，他站在人群里静静看着自己，两个人只隔了一条马路，可是车水马龙，门口又都是来接孩子的家长，被堵得水泄不通。

等她快要过马路的时候，身后有人一把拉住了她的胳膊。

顾洋看着纪筱星，脸上还挂汗珠，看得出他刚才肯定跑了一阵子。

"纪筱星，快点过来合照，我要跟你一起合照。"顾洋的脸微微红，还轻轻喘着气。

纪筱星对顾洋笑了笑，踮起脚拥抱了他一下："对不起啊，顾洋，我想去找一个人。"

顾洋愣了片刻，浑身僵硬。

纪筱星眼下没有时间听他的话了，她忽然很想找到马路对面的步淮止。

就像顾洋第一时间冲向自己那样。

可是纪筱星再次扭头看过去的时候，步淮止已经消失不见了。

就像压根儿没有来过。

第八章 你身边的位置

高考过后的毕业典礼,大家毫无意外地哭成了一片。

拿毕业证那天,全班组织去吃烧烤喝啤酒,纪念过往,也预祝即将各奔东西的未来。

纪筱星和林浅意到的时候,大家已经开始吃吃喝喝玩起来了,位置也差不多都坐满了。大家都是跟平时的好友坐在一起,于是自然而然地就能看到顾洋和文月那边空了两个位置。

纪筱星坐到了文月身边,让林浅意坐到了顾洋那边。

顾洋时不时抬头看文月一眼,没有说话,低头吃着东西,故作镇定。

"纪筱星,我们还是朋友吧?"她坐下之后,顾洋小心翼翼地问。

她小声道:"你让我打的话就是,不让的话我们就绝交吧。"

　　"行,"顾洋如释重负,"不打脸就可以。"
　　现场热闹起来,纪筱星看见顾洋这个没出息的只会拿眼睛瞅人家,怎么都不愿意过去。
　　纪筱星把啤酒递过去:"给,拿出你不要脸的勇气。"
　　顾洋满脸坚定,举起酒杯一饮而尽,看着像是要上了,结果刚站起来又软了,继续灌酒。

　　高考过后,所有人好像都忽然成长了,以前闹翻、争吵或者不熟的同学都能够抱在一起唱《同桌的你》,不知道的还以为这又是一副"人间有真情人间有真爱"的画面。
　　聚会的高潮随着汪祁阳向林浅意告白而到来,却以林浅意对他回以"丑拒"结束。以前完全看不出来他对林浅意的花花肠子,当场号的那一嗓子"林浅意我喜欢你"还是很惊天地泣鬼神的,至少隔壁包厢都传来了掌声。
　　无奈荷尔蒙涌动的青春或长或短,或苦或甜,这个章节都得写下一个休止符。
　　看到自己的好兄弟告白失败,可能有点感同身受的顾洋喝得更凶了,两个人举着啤酒瓶就差没现场对酒当歌。最后顾洋彻底不动了,在纪筱星的强烈要求下,文月终于愿意靠近顾洋了。文月和纪筱星两个人一人一边扶着他的胳膊,林浅意去找出租车了。
　　只剩下三个人在原地,汗流浃背地坐在路边的月光下。
　　文月的眼睛就没有离开过顾洋,可是哪怕这样了,她也从不会透露半点自己的情意。
　　纪筱星一直都很羡慕文月这样的性格,安安静静的,可以把自己的心思藏得很好,不像她,有什么心思都藏不住,脾气说来就来,不温柔也不可爱。

"班长,你打算考哪所大学啊?"

文月想了一会儿:"可能会去外地吧,我想去远一点的地方,这样家里的人管不着我。"

"啊?"纪筱星有点惊讶,"我还以为你会留在本地,不想离开家呢。"

"我爸妈对我保护得太好了,高中的时候严加看管,我想要去更远的地方看看。"文月扭头看她,"那你呢?小星,我觉得你好像会跑得更远。你知道吗?我总是很羡慕你,你好像活得比谁都自由。"

"羡慕我?"纪筱星惊讶,原来她们俩在彼此眼中,竟然都成了对方羡慕的人。

纪筱星轻轻笑了,摇摇头:"我就留在这里,我就剩我爸了,他身体不好,我得陪着他。"

"可是你……不觉得可惜吗?虽然 A 大也很好,但是……"文月对她的打算感到诧异,"你的成绩不管去哪儿都能上好的学校吧?"

"嗯,是我不想去,我有重要的人在这里。"

纪筱星抬头看看月亮,想到了出考场那日站在人群中的步淮止。

"小星,那顾洋呢?"文月看着喝醉了的顾洋,"他有没有跟你说……"

"你喜欢他,我看得出来。"

文月的脸立刻红了,慌乱摆着手:"我只是……"

挣扎了一会儿,文月妥协了:"嗯,我确实对他有好感。"

"那你怎么不接受他?"

"他太耀眼了,身边一大堆女生,他说喜欢我,我一点都不相信。电视剧不是总会演这样的故事吗?男生对班上当班长的女生格外注意,因为班长总是管着他,大家都顺着他,所以才会对我感兴趣。"文月像是想起了有趣的回忆,笑了起来,"我从来都不太自信,他那

样的人怎么会喜欢我,喜欢里面又有几分是真的呢。不光是因为高考,高考之后要分道扬镳,那么多路呢,他那么好,我不想耽误他。"

"哈哈,我能理解你,你就是太小心了。"纪筱星也忍不住回想起那个脾气古怪的家伙,眼神不自觉地变得温柔,"虽然我不能说我懂这些道理,但总觉得有些东西藏不住,也逃不开,没办法的。"

似乎在不经意之间,纪筱星感觉搭在自己肩膀上的这只胳膊动了动,但是很快就恢复如常了。

没有等纪筱星再多观察,林浅意已经把车子喊来了,三个人一起把顾洋扔上了车,两个女生都顺路,就纪筱星一个人是要去遥远的郊外大学城。

纪筱星坐着小巴慢悠悠晃回去,车子停在了学校门口,她转身朝家的方向走。

月色下站着一个人,就在她家的小区门口,来来回回踱步。

是步淮止。

纪筱星捏捏自己的脸,自从高考那天见到他之后,自己就总是会时不时听到他的声音,有时候她都怀疑是不是自己出现幻觉了。可是此刻她的脸是真疼,步淮止也还在视线之内没有离开。

为什么他总在她身边晃悠,却不走近?

纪筱星觉得喝下去的那几杯酒在自己的血液里翻滚,让她热血冲上头,提步朝步淮止走了过去。

他也没动,站在暖色的灯光下静静看着她走近。

最后终于来到了他的面前,纪筱星仰着头,问道:"你是在等闻若琪吗?"

他总是出现在自己面前,会去医院看望老爸,却从来不主动走向她,到底是为了什么?

好一会儿,步淮止看着她淡淡说了句:"不是。"

"难道是在等我吗?"她强装镇定。

"也不是。"步淮止面无表情。

"但是……但是你……"纪筱星咬着嘴唇,"我的日记本是你去找老师拿走的吧?高考那天,你也在学校门口对吧?现在……现在也……"

现在不也是来见我吗?

"纪筱星,你误会了。"步淮止生硬地说道,"我拿了笔记本,是因为你老师联系不上你爸爸才打电话给我,剩下的都是碰巧而已。"

她到底还在怀着什么样的幻想!纪筱星用愤怒掩盖着失落情绪,怒气冲天地想着自己为什么要来这里自作多情?为什么要问他这么自取其辱的问题,得到这种丢脸的答案?

"不是就不是!"纪筱星双手捏成拳,咬着嘴唇抑制着自己的怒火,终于把不断上涌的火气压下去,才狠狠说道,"谁稀罕!"

她说罢就愤怒地转身离开。

暑假刚开始没几天,纪筱星就跟林浅意去咖啡厅兼职了。

9月份就是老爸的生日,纪筱星寻思着利用这两个多月的时间赚钱给他买个礼物。去市中心又太远,就只能在A大附近的大学城里找学生兼职,离家近,环境也没有那么复杂。

林浅意满脑子都是要留在本地读书,反正本地大学都集中在这片,所以打着为了适应大学的幌子,在大学城附近租了一个房间,方便工作。

其实她只是为了更早独立出来而已。

刚开始没几天,高考成绩公布下来,纪筱星看了看,自己跟林浅意的成绩都稳稳当当地上了A大的录取线。

填志愿的时候,纪淳一直反复劝纪筱星不一定非得留在这里,都

在 A 大待了十几年了，大学该有多没意思。

纪筱星依旧毫不犹豫地选择了这里，或许以后会想要出去看看，但是至少不是现在。

林浅意也劝她："四方那么大，不去看看？"

"四方没有想见的人。"纪筱星不甘心地低下头。

林浅意跟纪筱星的录取通知书是同一天发下来的，顾洋考了隔壁省的 L 大，两个小时的动车就可以到达，只有文月一个人去了遥远的北方。

分道扬镳的前一天，四个小伙伴约着吃饭。

大学城里什么都有，好吃的饭店更是早就被纪筱星摸透。

她带着他们在咖啡厅旁边找了一家烤串店。

烤串店里摆了一台娃娃机，等饭的时候，纪筱星心血来潮打算去抓娃娃。

结果身后冷不丁响起一个充满玩味的声音："太弱了。"

"啊？"纪筱星还以为自己出现了幻听，一转头还真的看到了一个瘦瘦高高的男生，皮肤很白，长得还挺好看的，轮廓分明，五官立体，耳朵上戴着一个耳钉。他穿着一件宽松的黑色 T 恤，领口很宽，露出分明的锁骨，下身是一条浅色的牛仔裤，脑袋上戴着一顶棒球帽，嘴里叼着一个甜筒。

那个男生不动声色地从她摆在旁边装游戏币的篮子里拿了两个游戏币放了进去。

"喂！你这个人！"纪筱星恼火，"这是我的！"

那个男生对她冷冷地笑了笑，眼里满是鄙夷，摇动着摇杆，按了下去，夹子稳稳地抓住了娃娃的头提了起来。

纪筱星都忘记要找他算账，而是屏住呼吸看着娃娃被提到了出口，落了下来。

居然一次就夹到了！

纪筱星的怒火随着娃娃降下来，一并消失掉了，她忍不住佩服地说道："你还挺厉害啊。"

男生不满地瞥她一眼，似乎是对她的怀疑很是不屑。

纪筱星看他弯腰把掉落的娃娃拿出来，下意识就要伸手去拿，哪知道那人拿着娃娃往后藏了藏，一脸不解地看着她："嗯？"

"你嗯什么？这个不是给我的？"纪筱星有些不可思议。

男生撇撇嘴："当然不是啊，这是我夹的。"

"所以呢？游戏币是我的啊……"纪筱星有些郁闷，虽然娃娃确实是他夹的，或许自己再夹十次都拿不到这个娃娃，但是他一上来就拿自己的游戏币来玩，她就想当然以为他会给自己。

"那就当我欠你两块钱好了。"男生看着手里的娃娃，"但是这个是我的，别想打它的主意。"

说完这句话，男生就离开了。

纪筱星站在原地，总觉得自己被坑了。

大概是每个人都怀抱着对大学的憧憬和向往，去外地的小伙伴早早就搭乘了火车离去，比起高考结束时泪眼婆娑的模样，这次分别还挺云淡风轻的。

对于纪筱星来说，不过就是早起出门，先去老爸的店里转一圈，再去食堂吃餐饭。

以前都是拿学姐的饭卡，这次终于用学生证办了自己的卡。

开学第一天在综合楼的礼堂举行开学典礼，人零零散散分成了好几片，热火朝天地聊着天。

纪筱星和林浅意都在外语系，只是纪筱星学英语，林浅意学法语，

虽然不在一个班,但好处是大课基本都在一起上,这下两个人又能成为战友,一起上课聊天吃东西,互相在老师过来时提醒对方。

其实最开始纪筱星想学电子信息工程之类的专业,不料老爸坚决反对,就是生怕她以后想不开回来继承这可怜的"家业"。最后她选择学英语,其实也没有什么特殊的原因,老爸年纪大了,现在科技产品更新换代太快,有时候修一些东西看不懂全是英语的说明书,看不懂电脑里的系统,学了英语还能帮助他。

以后哪怕找一个学校当英语老师也是不错的。

她心里有点不服气,自己的英语越是不好,就越是想要好好弥补这个短处。

纪筱星在最后一排找了个空位,等到林浅意来的时候,礼堂已经快坐满了。

她特地选择了中间的位置,这样两边的人不会在这么狭小的位置挤进来,而且加上不熟的人坐下来都会隔两个座位,正好可以跟林浅意肆无忌惮随意聊天。

两个人叽叽喳喳讨论着这届新生的颜值,不得不感叹以前的学校太小了,见识短浅,好看的小哥哥小姐姐从四面八方汇集到这里,颜值高了不止一点点。

就在外语系的领导走上台的时候,纪筱星一眼就看到了跟在老师身后的步淮止。

不管隔了多久,第一眼见到他,每一眼就都是他。

步淮止穿着休闲裤和T恤,来来去去都是一样的风格,干净整洁,她又想起了他那一柜子同款不同色的衣服。

老师说了什么纪筱星不记得了,甚至连作为学生代表的步淮止上台之后,开始做英文演讲了,纪筱星都完全没有在意内容,只是傻呆呆地看着步淮止的脸出神。

这样的症状并不止发生在纪筱星一个人身上,这么气场十足的开场,就足够压倒众人了。礼堂里很安静,几乎所有人都停止了小声议论而认真听步淮止演讲。

"纪筱星……你口水要流下来了。"林浅意推了推她,"虽然他确实帅得惊为天人,但是也不至于露出这么花痴的表情吧。"

"你懂什么……"纪筱星推开林浅意想让她不要打扰自己。

结果就在这个时候,一个身影忽然如同从天而降那般来到了她身边,纪筱星毫无征兆被吓了一跳,忍不住叫了一声:"啊。"

这一声,立刻将所有视线都吸引过来了。

自然也包括步淮止的。

纪筱星惊魂未定地看着身边的人,那张有些陌生又熟悉的脸……她好一会儿才反应过来,原来他是直接从后面翻过来跳进座位的。

她又想了好大一会儿,才忍不住指着他说道:"你不就是那个娃娃机?"

男生推了推她的手指:"小丫头那么没礼貌,我有名有姓,什么娃娃机?"

"可是……"纪筱星的话没有说完,就听到话筒里传来了几声咳嗽的声音。

纪筱星这才发现不知道什么时候所有人都看着她和这个男生的方向,她抬起头看向了步淮止,他的视线淡淡地落在自己身上,看不出一点喜怒。纪筱星心里没来由地失落,本来以为他见到自己……或许会高兴的。

于是纪筱星立刻低着头噤声了。

真是糟糕,她还以为来这里上了大学,可以跟之前不一样了。

第一天就出了糗。

　　身边的男生对于这样的"注视"毫不在意，坐下后就掏出手机戴上耳机玩起来。

　　纪筱星对他的印象越来越糟糕了，先是抢了她的游戏币，现在又害她在步淮止面前那么丢脸，满脑子都是跟他最好老死不相往来，此生不要再相见的念头。

　　就在辅导员说"请大一新生代表，来自英语专业的第一名盛放同学上台演讲"时，身边的男生"嚯"地站了起来，又伸着大长腿直接翻出去了。

　　在众人目瞪口呆时，他优哉游哉地走到了台上。

　　这个叫盛放的男生，一开口就吸引了所有人的目光。

　　说话的风格和步淮止完全不同，两个人的发音都没什么好挑剔的，但是步淮止明显更倾向于英式的古典发音，而盛放的发音更加美式，带着一种街头风，总给人一种说着说着要开始说唱的感觉。

　　说完之后，盛放乖巧地弯弯腰，对着领导和同学笑了笑，转身下台了。

　　他再次来到纪筱星身后，长腿一跨，又坐到了纪筱星身边。

　　她就郁闷了，虽然这礼堂坐得很满，但是最后一排除了她身边还是有空位的，为什么偏偏选这里？

　　毫无疑问，众人的视线再次聚焦到此处。

　　纪筱星用手扶着额头，低下头假装不经意地玩手机。

　　一直等到辅导员继续按照流程主持会议，开始宣布最近几天的军训安排，步淮止跟身边的老师说了几句，就起身朝外走了。

　　盛放除了刚才跳进来时，看了一眼纪筱星，全程就像是没有看见她这个人一样。

　　纪筱星沮丧地看着步淮止的背影消失在转角，之后辅导员说了什么,纪筱星都没听进去。

好不容易熬到散会,纪筱星想着现在在学校里跟步淮止偶遇应该没什么了,哪知道刚准备走出去,就被身边的盛放给拽住了:"哎,刚才辅导员……"

"干什么!"纪筱星立刻甩开了他的手。

盛放愣了愣,盯着发脾气的纪筱星似乎很不理解。

纪筱星说完也觉得自己的声音太大了,周围有人看过来,林浅意也拉了拉她的袖子,似乎让她稍微冷静一些,看得出来盛放也有些尴尬。

只是想到自己因为盛放而丢了那么大的脸,她依旧没办法好好面对他,只是没有立刻走开。

盛放皱着眉头盯着纪筱星,伸手在口袋里摸了摸。

就在纪筱星疑惑他在拿什么的时候,盛放突然掏出了两块钱:"给。"

这两枚硬币不光旧,还有粘胶的痕迹,让币身看起来有些脏。

都不知道他是从哪儿弄来的这两个钢镚儿。

"啊?"这下发愣的人是纪筱星了。

"用了你的两个游戏币。"盛放站起来,他超过一米八五的个子俯视她,"现在可以不生气了?"

纪筱星看着这两块钱终于明白过来了:"我是那么小气的人吗!"

盛放不解地盯着她。

纪筱星气得把硬币塞回去:"拿走啦,那么脏。"

"那你到底有什么好生气的?"盛放苦恼地挠了挠头,"到底辅导员说什么时候开始军训?"

纪筱星大脑一片空白,怎么回想都不记得辅导员后来说了什么,

只能转头看向身边的林浅意。

林浅意看着这两张一头雾水的脸,无奈地摇头,叹口气回答:"后天开始军训,早上七点集合,六点半就会叫早,你们两个到底是来这里干什么的?"

盛放得到自己想要的回答,又迈着大长腿直接离开了。

纪筱星想要去找步淮止,这个时候没有意外的话他应该是去食堂的,可是刚走到门口,她的脚步就停住了。

林浅意跟上来,抓住纪筱星的胳膊喘着气说道:"小星,你跑那么快干什么?"

可是纪筱星没有回答,视线一直看着不远处食堂门口的方向,于是她也看过去。

闻若琪穿着一条白裙,走到了步淮止的面前,他自然而然地从她的手里接过了书本,两个人一起往食堂走。

纪筱星苦笑了下,她竟然会觉得自己跟他上了同一所大学,就会有什么不一样了。

那张被他如此宝贝的照片,她怎么就忘记了呢?

以前纪筱星想躲着步淮止的时候,跟他抬头不见低头见的。

现在想见他一面,都好像难于上青天。

其实她现在已经没有什么念想了,哪怕是能够见见他也好。

军训开始的第一天,纪筱星站在队伍里晒了一个早上也不觉得辛苦,不过因为他们班的方队在操场上,只要来食堂吃饭,都会经过这里,她伸长了脖子想找寻步淮止的身影,结果什么都没发现。

倒是看到闻喜来来回回了几趟,有一次还专门停在了队伍旁边,搜索了一番,最后把视线停留在了纪筱星的身上,目露凶光地瞪着她。

纪筱星真觉得自己无辜,最近明明没有招惹到她,甚至连步淮止的面都没见上。

下午的时候,纪筱星继续在队伍里探头探脑地想找步淮止,结果突然远远看到了一个大高个男生向这边小跑过来,她正猜想该不会是……

盛放那张明显是刚睡醒的脸就清晰地出现在了面前。

盛放小跑着来到方队旁边,不知道跟教官说了什么,教官的脸色顿时像是吃了苍蝇一样难看,先是不可思议,后来怒不可遏,对盛放大吼:"你现在立刻给我去围着操场跑圈!没有我的指令不能停!"

盛放满脸无所谓,直接去跑步了。

等到他开始跑,教官才说出事情原委,盛放跟他说自己在来学校的路上迷路了。

所有人面面相觑,对盛放露出了一个"自作自受"的表情。

这么敷衍的理由真的是生怕教官不惩罚他。

操练到下午五点多的时候,他们已经到了最后的站军姿环节,盛放还在跑圈。

橙色的光照射在盛放白色的T恤上,他耳朵上的耳钉闪闪发亮,头发已经被汗水打湿。他跑着跑着就用手擦擦额头的汗,脸上依旧是毫无表情酷酷的样子。

下午的操练终于结束了,可是教官依旧没有让盛放停下来,纪筱星同情地看着盛放的方向。

忽然教官喊了一声:"那边那个女生!"

纪筱星一扭头,发现教官正在看着自己,两人视线一相对,教官就招招手让她过去。

她一头雾水地走过去,教官说道:"你去把他喊过来,跟他说清楚每天的操练时间。如果下次他再迟到,我就找你负责。"

"哈?"纪筱星当即不乐意了,"为什么是我?"

教官不容置疑地说道:"我看见你在看他,你们俩是朋友吧?而且你们也是一个方队的,本来就应该互相帮助。"

"我跟他怎么会是朋友!"纪筱星又委屈又气愤,更懊恼自己为什么要多看那一眼。

"军训也是为了让你们能够尽快跟小伙伴熟悉起来,反正就这样定了,去跟他说吧,晚上按时来这里。"教官指了指还在跑圈的盛放,"还有,让他把耳钉给摘了,身上什么首饰都别戴,快去!"

纪筱星真是一腔怒火难以发泄,只能心不甘情不愿地走向盛放。

她小跑到他面前,一把拦住他:"我真是谢谢你啊。"

"别客气。"盛放停下来,长长地喘着气。

"你知道我在说什么?"纪筱星气结。

"不知道啊。"盛放说得理所当然,"但是不管是什么,别客气。"

真是冤家……

纪筱星咬牙切齿地说:"教练让我来跟你说具体的出操时间,叫我监督你以后按时来,还让你把耳钉给摘了……我跟你到底什么仇什么怨!"

盛放皱着眉头看着她,没有说话。

被他这么盯着,纪筱星心里有点发毛:"看着我干什么?"

"别客气啊。"盛放忽然冷不丁说了一句。

纪筱星还没有弄明白这话到底什么意思的时候,就看到盛放眼睛一闭,直接往她身上倒下去了。

她下意识地伸手接住了面前的盛放,可是她哪里承受得住盛放这一米八几的大高个,差点就要被他直接给扑倒的时候,她感觉到有人从盛放的身后拉住了他。

本来以为是教练赶过来了,结果纪筱星站稳之后才看到了板着脸的步淮止。

他的一双眼睛冷得结了冰。

"步淮止……"纪筱星怔怔地看着他，怎么都没有想到会遇到他。

步淮止吃力地扶着跟他个头相当的盛放，好在很快就有其他人看到了，立刻把盛放从步淮止的手里给接了过去，教官也过来了，一群人手忙脚乱地把盛放送往校医室。

纪筱星想到教官交代的事情，只能跟过去。

结果步淮止一把拉住了她的胳膊："你去干什么？"

"教官让我监督盛放按时出操……"纪筱星来不及解释就想走，可是步淮止依旧不松手，她停下来，不解地看着他，"学长还有事？"

一声"学长"让步淮止的手松了松，他僵硬片刻，像是闹别扭的小孩子："你该吃饭了，晚上还要出操。"

"我知道啊，我去看一眼就走。"她得把教官交代的事情做到，至少自己跟着去，也能在教官面前体现一下同学之间友好互助的情谊，不至于被教官抓到她的小辫子惩罚她。

虽然她内心是想见到步淮止的，可是她知道自己根本就没有再近一步的资格。

纪筱星甩开他的手，打算离开。

她走了五六步，听到身后步淮止半天才憋出了一句话："纪筱星，我请你吃饭，你能不能去？"

她停下来，转过头看着脸上微微发红的步淮止，她淡淡说道："不用了，我不用你请。"

别回头，赶快走。

纪筱星边在心里念叨着这句话，边走到了医务室。

真的进入了大学，听到关于闻若琪和步淮止的传闻就更多了。

闻若琪跟步淮止是青梅竹马、才子佳人。

步淮止内敛，简单来说就是个宅男，不到万不得已，绝对不会主动参加任何比赛或者活动。

闻若琪外放，在大学里积极参加活动，也不会因为要跟步淮止相守而放弃学习的机会，所以参加了去国外的交换生项目。

或许只是因为，闻若琪很有自信，短短一年的时间，对于他们的感情不会有任何影响。

纪筱星想了想自己跟步淮止经历的那些，对比他跟闻若琪的感情，又算得了什么呢？

纪筱星跟到医务室看了一眼，校医说盛放没什么事，就是血糖有点低，休息一下就可以了。

知道盛放没有大碍，她找校医拿了纸笔把出操时间写下来，放在了他的枕头旁边。为了保险还嘱托了校医小哥哥帮她再转达一次，她这才安心离开。

晚上出操就是唱军歌、做活动，不需要什么体力。

她回家里换了一身衣服洗了澡就来学校操场了，快到集合时间的时候，果然看到盛放满脸不耐烦地走过来，站在了队伍的最后一排。

教官让所有人围成圈，准备教大家唱军歌。

纪筱星刚坐下，就发现一双长腿把自己身边的人给挤开了，盛放坐了下来。

"你……"纪筱星惊讶地看着盛放。

盛放扭头看她一眼，从口袋里拿出了纪筱星留给他的字条："这个，你就不会发个信息？我还得这么带着它在身上吗？"

这理直气壮的口吻让纪筱星的暴脾气上来了："我说你真是得寸进尺啊……你为什么要坐这里？"

"因为我跟那些人都不熟。"盛放扫了周围一眼，用一种无奈的口气说，"也就只有跟你稍微熟点。"

"我跟你也不熟！"纪筱星提醒他。

盛放已经跟着教官唱起歌来，而且声音还不小，一首军歌被他扯着嗓子唱得撕心裂肺，音调不知道转了多少个弯，坐在旁边的纪筱星也饱受荼毒，没有一个音唱准了。

不过纪筱星还是看到不少女生的视线一直追随着盛放。

接下来的几天这种情况更严重了。

虽然军训难忍，但是盛放来了之后，跟教官时不时互怼一番，竟然增添了不少乐趣。

一休息就能看到女生们叽叽喳喳围着盛放，又是要号码又是加好友的，但是盛放一直黏着纪筱星，怎么赶都赶不走。

纪筱星的态度越来越差，脸也越来越黑。

女生们看到纪筱星这浑身黑雾弥漫的"后宫娘娘"气息，就自动默默退散了。

盛放开心地说明原因："对，就是要这个效果。"

所以她是挡箭牌……

但是被盛放缠着唯一的好处就是他每次出现的时候都会带一堆好吃的小零食，像是变魔术一样从口袋里掏出饼干、糖果、牛肉干，直接塞到纪筱星的手里。

纪筱星反复确认，这些不是那些女生给他的。

盛放皱眉看她："你是因为我欠过你两块钱，就觉得我没钱买吃的？"

纪筱星不说话了。

她只是想起以前顾洋也这样，自己拒绝不了别人就把她推出去，

自己吃不完的零食就扔给她。

最后纪筱星就习惯这样的"投喂"了。天气炎热，他给自己小零食，自己就每日给他提供奶茶或者请他吃食堂，反正自己读了大学也是要交朋友的，盛放个性古怪了一点，但是人还是挺好的，又是英语专业的第一名，以后如果分到一个班里了，就又找到一个可以抄作业的人。

纪筱星能够撑下军训，也多亏了盛放。

盛放知道纪筱星从小混迹在这一片，对附近了如指掌，让她军训结束之后带他去吃东西。纪筱星想到自己吃了他那么多东西，也就答应了。

军训最后的演习结束，大家纷纷松口气。

纪筱星回家洗了澡之后，来到学校门口等盛放，林浅意已经先去占位置了。

哪知道天空忽然下起小雨，纪筱星躲在校门口保安室外的亭子里，发信息给盛放提醒他带伞，余光突然瞥到有人走到了自己的身边，她一边把手机收起来，一边说道："我刚想跟你说带伞呢……"

纪筱星一抬头，便看到了步淮止。

"在等人？"步淮止挑眉。

纪筱星咬咬嘴唇，低下头闷闷地"嗯"了一声。

步淮止的脸像是结了冰："纪筱星，我有话跟你说。"

"我没有什么话要跟你说的。"

他想要伸手去拉她的时候，她的手腕忽然被另外一个人握住了。

盛放一副嬉皮笑脸的样子，毫不示弱地看着步淮止："这不是大三的学长吗？不能因为我们是大一新生就欺负我们啊，纪筱星不是说不想去吗？"

步淮止似乎早就已经猜到了是盛放，淡淡地看着他："跟你无关。"

虽然步淮止依旧是波澜不惊的模样，但是空气中不知为何弥漫着剑拔弩张的紧张感，纪筱星害怕两个人产生冲突，只能不动声色地挡在盛放面前，想要从中调和："学长，我跟我同学约好了要去吃饭，有什么事下次再说吧。"

步淮止用视线丈量着纪筱星和自己跟盛放的距离，脸色微微一变，向前稍稍跨了一步："我也去。"

"啊？"纪筱星不可思议地看着步淮止。

步淮止皱着眉头重复了一句："我也去。"

"不要。"纪筱星看着步淮止，摸不清步淮止的葫芦里到底卖的什么药，"学长，这个是我们自己的聚会，你跟他们都不熟，来这里也不合适啊……"

"我买单。"步淮止打断纪筱星的推脱，"当作学长对学弟学妹的欢迎，可以吗？"

纪筱星想也不想就要拒绝，没想到——

"好。"盛放微微一笑，"欢迎学长来，走吧。"

纪筱星一路上都恶狠狠地瞪着盛放。

盛放熟视无睹地跟步淮止走在一起，不光如此他还主动跟步淮止搭话，语气温和，态度谦虚，跟第一天开学典礼时狂妄自大的他简直判若两人。步淮止性子冷，但是整体来说是文质彬彬的，就是礼貌得让人觉得疏离。

两个人像是有爱的学长和学弟聊天那样，开始深度讨论起现在外语系的一些活动和比赛，仿佛刚才剑拔弩张的氛围根本不存在。

到了吃饭的地方，林浅意吓了一跳，目瞪口呆地看着盛放和步淮

止坐在了面前。

"这……这什么情况？外语系两大男神坐在我面前，而我却只能看着？终于肯带来跟我见面了啊，问了你多少次了什么时候带男神给我瞅瞅……"林浅意钩住了纪筱星的胳膊，丝毫不介意自己的声音有多大，"怎么样，你选左边还是右边？"

左边的步淮止拿起杯子，想喝水，看了一眼杯子后又叹口气放下了。

右边的盛放翻开菜单，喊了服务员过来，开始点菜。

纪筱星在消化林浅意这个问题的时候，盛放已经点了五六个菜了。

"哎哎，你等下！"纪筱星一手拍在了菜单上，"我们就四个人，你一个人就点了那么多菜，吃不完的。"

盛放一只手撑着下巴，微笑地看着她："学长说了，他请客。"

"不用了……"纪筱星立刻阻拦他们这等恶行，军训这些天她算是看清楚了，盛放这个家伙看起来不好亲近，其实根本就是彻头彻尾的痞子无赖，以各种理由让她请客吃饭。

食堂也不贵，斤斤计较又好像显得她很小气。

但是他从不回请，只是动不动给她带小零食。

本来纪筱星想着交朋友嘛，不要太在意这些细节，毕竟人家也不是没有回馈的，结果前两天无意中听到盛放接电话，才知道原来盛放的姐姐做电商，品牌方经常给她寄各种零食，于是他姐姐就寄给他。

盛放不喜欢吃，但是会拿这些小零食去贿赂别人，用这等蝇头小利收买人心。

而她就是那个被收买的傻子。

纪筱星从盛放的手里抽回菜单，跟服务生商量着重新点了菜。

盛放坐在她的对面眯着眼睛打量她，目光尖锐得恨不得剖开她的胸膛，直接看到她心底最深的秘密。

林浅意注意到这目光中的电光石火，立刻了然于胸地点点头："啊，选择了右边。"

"没有！"纪筱星当即恼火地否认。

林浅意不懂了："所以是左边？"

"也不是啦……"纪筱星要被自己的猪队友给气死了。

结果一番否认下来，现在对面两个人都盯着她，视线像是点燃火焰的弓箭，要把她一箭刺穿。

一顿饭吃得纪筱星坐立难安，在恼火和焦虑中度过。

纪筱星想趁着尚未吃完，假装去卫生间把单买了，结果收银台的人看了看说，已经有个男生结过账了。

她回去之后，看着不动声色夹菜的步淮止，越发觉得自己看不明白他了。

回去的路上，雨停了，泥土里带着一股清香，闷热的天气也变得凉爽了一些。

四个人前前后后地走着，盛放忽然想到了什么，说道："学长！听说你是学生会会长啊？"

"嗯。"步淮止不咸不淡地应了一声，"怎么了？"

纪筱星暗暗捏紧了拳头，她曾经很赌气地想过，如果进了大学她也要进入学生会，只是为了证明她也可以做到。

哪怕无法像闻若琪学姐那样，不管走到哪儿，都能够绽放光芒。

至少……可以在合适的距离里，离他更近一些。

"啊？真的吗？不知道让学长帮忙走个后门会怎么样……"盛放手放在脑后，悠然地说。

纪筱星投去不解的目光，摸不清楚盛放到底说的是真是假。

步淮止一本正经道:"各凭本事。"

盛放意味深长地笑道:"好。"

走到了学校门口,四个人里只有盛放住校,他却完全没有回学校的意思,而是跟在纪筱星的身后走着。

"你不回去?"纪筱星看着时间也不早了,催促着身边的盛放。

盛放一把搂住纪筱星的肩膀,一本正经地说:"说什么呢,那么晚了,我当然要送你……"

他的话没说完,只见步淮止一把将他的胳膊从纪筱星的肩膀上拉下来,然后将纪筱星拉到了自己身后。

步淮止皱着眉头,却没有丝毫的退让:"不好意思,纪叔叔不太喜欢纪筱星跟男生们太亲近,我来送纪筱星回去吧。"

纪筱星都没反应过来,就直接被步淮止拉着手腕扯开了。

步淮止拖着她的手腕,却没有直接带她回家,而是绕了一圈,到了小区的后门才停下来。

"嗯?为什么来这里?"纪筱星看了看周围,没什么人。

雨后的天空很清明,月光照射下来,连步淮止冷峻的脸都变得温柔了。

步淮止一把牵住了她的手,转头看向别处:"吃得太饱了,想跟你散步。"

纪筱星看看自己的手,又看看步淮止平淡无奇的脸,为什么这么让她脸红心跳的一句话,他却可以说得这么自然,就好像一件理所当然的事情……

"哦。"纪筱星点点头,不知道是他握着自己的手在冒汗,还是自己的手心在冒汗。

这么亲昵的举动,他为什么可以这样随随便便就对一个没什么关系的女生做出来？

在纪筱星的认知里，步淮止脸臭、脾气不好、性子冷，第一次接触的时候觉得好像全世界都欠了他钱一样，不给任何人好脸色，也不想理会任何人。

后来觉得他好像就只是很多话都喜欢憋在心里而已，不会跟别人相处。

现在会做出这么奇怪的举动，真让纪筱星有些猝不及防。

"你这样，你女朋友知道吗？"

"我没有女朋友。"步淮止皱眉看她，"纪筱星，我不是告诉过你，外面的风言风语大多不可信，你能不能信我一次？"

"但是我分明……"

"我说过了。"步淮止叹了口气，"我跟闻若琪的关系确实很好，我们一起长大，但她不是我的女朋友。"

两个人伴着月色，在小区里走了一圈，却没有人说话。

快到纪筱星家门口的时候，她觉得手心里都是汗了。

"步淮止，你为什么要跟我们一起吃饭啊？"她实在不解，"你明知道……盛放故意要宰你。"

"无所谓。"步淮止淡然，"我想跟你一起吃饭。"

纪筱星的心脏像要迫不及待地要跳出来，让对面的人看到自己心底埋藏的秘密，不停加速。

"步淮止，为什么牵着我？"可是她依旧只能面上不动声色地抬起头看他，清澈的双眼直视着面前的人。

步淮止飞快地低下头回避了她的目光，立刻松开了她的手，随口说了句："夜里黑，怕你摔跤。"

大概是这个说辞实在站不住脚，说完这句话，步淮止就头也不回

地离开了。

夜里黑？纪筱星看着灯火通明的小区，一头雾水地看着他的背影消失不见。

正式开学上课，纪筱星收到了辅导员的信息，她被分到了五班，然后紧接着就被人拉进了班级群里。

一进群里就热闹非凡，女生们毫不顾忌地在群里讨论着盛放，还以为盛放跟自己同班，结果她仔细看了看名单，盛放在六班。不过五班和六班大多数课程是一起上的，难怪大家都沸腾了。

结果正式上课第一天，盛放就翘课了。

班级上一大群盛装出席的女生，时不时向门口张望，等待着盛放的出现。

纪筱星给他发了信息，过了许久他才回复了一句："起不来，你帮我记笔记吧。"

放学的时候，纪筱星果然看到盛放顶着鸡窝头站在教学楼下，烦躁地揉乱了头发。

看到纪筱星下来，盛放立刻走过去，扫了一眼她怀里抱着的书本，嘲讽地笑了笑："还当作高中呢？资料拿得那么齐全，真当全部会用到？不存在的，有的书你一年到头都不翻开一次。"

盛放一副老油条的模样，继续揉着他一头乱糟糟的鸡窝头，一扭头发现纪筱星慢悠悠地在身后跟着，一把抓住了她的书包带，像是拎小鸡一样拽着她，大步向前："走，吃饭去。"

纪筱星手里拿着书，无力地挣扎着："谁要跟你一起吃饭了，放开我！"

"同班同学要团结友爱……"

"谁跟你同班了？"

纪筱星正在反驳的时候，就感觉有人似乎抓住了盛放的胳膊用力一甩，差点连带着把她一起给甩出去，她身体失去平衡，东倒西歪地晃荡着，结果就被一只胳膊给拉进了怀里。

她正好撞到了对方的胸口。

一股淡淡的清香扑鼻，是她曾经几次靠近步淮止的时候，闻到过的他衣服上的味道。

纪筱星一愣，抬头看见步淮止一脸淡然地看着盛放："抱歉啊，我找纪筱星有点事。"

"纪筱星，跟我去吃饭。"步淮止一把拉住了她的手腕，就打算拉着她走。

盛放一脸笑嘻嘻的模样，似乎并没有被步淮止的介入冒犯，耸耸肩，看着步淮止把纪筱星给拉走了。

纪筱星一脸莫名其妙地跟着步淮止走到了食堂。

队伍已经排得很长，四处都是攒动的人头。

纪筱星最讨厌的就是来食堂排队吃饭，其实跟是不是和盛放一起来没有关系，尤其是看到这个场面，更是面露苦色，排在了队伍的最后。

步淮止站在她身后，立刻就有人挤上来。

纪筱星感觉到身后的人贴着自己，就像是之前在公交车上那样紧紧挨在一起，纪筱星顿时浑身僵硬，紧张得捏紧了手里的饭卡。

为什么……他要带自己来吃饭呢？

想到这里，她就忍不住转身问他，结果一转回去，自己的脑袋正好撞上了步淮止的下巴。

她捂着额头，噘着嘴巴满脸委屈，还没有开口，就感觉到一只手掌覆盖在自己摸着额头的手背上。他的掌心微凉，不轻不重地覆盖着，却让纪筱星觉得与他接触的手变得灼热起来。

她飞快地抽回自己的手,然后就感觉到步淮止的手心直接贴了上来,盖在了她的额头上。

"你……"

食堂里的人渐渐多了起来,来回推搡着,分明可以感觉得到步淮止身后的人也在试图往前挤,她正打算转身回去,不再追问那个问题,哪知道正要转身,就感觉到步淮止的一只手抓住了她的胳膊阻止了她这个动作。在他把盖在她额头上的手放下来之前,他微微低头,飞快地在她的额头上印了轻轻的一个吻。

纪筱星彻底石化了。

这……这是什么诡异的……

"学长……"纪筱星这下彻底按捺不住了,说什么都得问了。可是步淮止却把她的肩膀一扳,重新转了回去,她不依不饶还要转身回来,急切起来,"学长……学长……步淮止!"

步淮止却从身后一把捂住了她的嘴巴,俯身在她耳边轻声道:"不疼了。"

这是什么鬼!又不是小时候摔伤了要让父母亲亲才能好!

可是偏偏纪筱星没出息地一动不动,红着脸不好意思回头,生怕被步淮止看到自己红透的脸蛋。

越是靠近打饭的窗口,她越是感觉身边的人挤得更凶了,忽然一双手从身后伸过来,挡在她的身体两侧,不让别人靠近她的身体。

算了,不管是什么理由,她都认了。

不管以前他那些举动到底是什么原因,她都决定享受现在。就像是好不容易得到一颗糖果,她胆战心惊地舔了几口,还想用糖纸包裹起来,能够吃得更久一些。

她才不要再犹豫了。

第九章 你的秘密

盛放还真的参加了学生会竞选。

竞选当天,多媒体大教室里来的人还不少。

然而步淮止并未在这其中,只看到了林槐和几个看起来新升为部长的学长学姐。

盛放自告奋勇第一个上台。

不愧是以第一名考进来的优等生,面对那么多人发言也毫不怯场,没有那么多豪言壮语,只是简单明了地讲了自己对于学生会干部的理解和职责。

起初纪筱星还以为他是故意要跟步淮止抬杠所以才开玩笑要加入学生会,没想到他不光真的参加,还完成了这么优质的演讲。

盛放的一席话,获得了不少掌声。

竞选结束，她跟盛放准备离开的时候，有人喊住了他，结果就直接被喊走了。

纪筱星就自己先往外走了，没想到走到教学楼外时，看到了坐在路边石凳上的步淮止，他戴着耳机，双手支撑在身体两侧，微微抬起头看着天空发呆。

光是这样的一个场景，就美得如同画一般。

纪筱星蹑手蹑脚地从他身后走过去，想要吓他一跳。

结果刚靠近的时候，步淮止就猛地转头了，纪筱星做贼心虚一哆嗦，脚没站稳，朝着步淮止的方向扑过去，她的嘴唇顺着步淮止的脸轻轻擦过去，最后一头栽进了他的怀里。

步淮止扶着她的肩膀，让她站稳。

可是纪筱星还在因为刚才的"亲密接触"而震惊，尤其是看到他脸上的红印。

虽然纪筱星一直不怎么打扮，今天要来竞选，就在林浅意的强烈要求下，由她亲自为纪筱星涂了口红，增加点气色。结果现在这个口红，准确无误地在步淮止白皙的脸上留下了一条红色痕迹。

"我……我帮你擦……"纪筱星手忙脚乱地用手在步淮止的脸上蹭了蹭，擦了好一会儿才终于擦掉了。

她松了口气，却突然对上了步淮止灼灼的目光。

"我……"纪筱星后退两步，想保持距离，扯开了话题，"你……在这里干什么？"

"等你。"步淮止站了起来，像是什么都没发生那样，拍了拍自己的裤子。

"嗯？等我？你没跟我说你在这里……"纪筱星看他好像已经在这里坐了很久了。

"没关系，习惯了。"步淮止笑着转身面对她，"走吧，去吃饭。"

怎么最近那么多人喜欢约自己吃饭,她看起来很下饭吗?

一个星期后出了结果,盛放的名字在学生会成员名单之中。

但是在发布公告的同时,纪筱星也看到了步淮止将不再担任学生会会长一职,以及副会长林槐变成学生会会长的公告。

她拍了照片发给步淮止,本来想给他看,但是想到他当然是知道这件事的,找不到发给他的理由,就郁闷地把对话框给关上了。她正打算收起手机的时候,手机振动起来。

打开一看,竟然是步淮止的信息。

"你是想发信息给我,还是发给别人?"

纪筱星立刻抬头环顾四周,果然看到了步淮止站在不远处,斜靠着墙,正轻笑着看自己。

她立刻小跑过去,来到他面前:"你……你……怎么知道我要发给你?还有……你卸任了?"

步淮止拍拍她的头,答非所问:"嗯,所以周五晚上的迎新晚会是我最后一次参加学生会的活动。纪筱星,你要陪我一起去吗?"

"啊?"纪筱星一脸疑惑,"为什么是我?"

"就当作是以前我帮你开家长会的回报,你能不能想办法帮我挡住那些灌酒的人。在我想走的时候,就立刻想办法带我走?"步淮止仔细想了想,"你那么凶,那些人不敢对你怎么样。"

果然,纪筱星听到盛放提起了这件事,但是她没有透露自己也会去。

自从盛放上次被林槐学姐找过之后,就不知道他一直在干什么,除了上专业课之外,其余时间总是不见人影。

纪筱星也懒得问他到底在干什么,满脑子都在期待着周五的到来,

结果一下子走神,上课的时候把老师讲的最重要的课题给漏听了,到了下课的时候,已经有人来找盛放想跟他一组做一个课题。

"什么什么?课题还有什么,重点是啥,借我抄一下。"纪筱星看了看认真学习的盛放,一只手抓住了他的笔记本,"反正你听得全,你也别答应别人了,跟我一组吧。"

他把笔记本举在手里:"好哇,纪筱星,自己上课不认真,现在要借小抄?你怎么回报我?"

"请你吃饭。"

"不要。"盛放一口拒绝,"下次陪我玩吧。"

真是幼稚,多大的人了还整天想着玩。纪筱星忍住了没有说出口,想着应该就是打游戏或者陪他打球。

盛放喜欢打球,之前约她去打羽毛球、乒乓球,甚至是篮球,全都被懒人纪筱星拒绝了。

"行行行,你说什么就是什么。"纪筱星终于从盛放手里拿到笔记本了,皱着眉头研究课题,"天啊,那么难。靠你了,我英语超烂。"

"英语烂你还学英语?"

"这叫迎难而上。"纪筱星白了他一眼,"你不懂。"

周五下午最后一节课结束,纪筱星赶紧冲回家里洗澡换衣服,等待步准止的到来。

他也准时,不多一分一秒来到了楼下,给纪筱星打了电话。

纪淳早就发现今天女儿不对劲,在阳台上伸出头一看,发现了步准止之后立刻就了然于心,大声说了句:"步同学,晚上麻烦你把我家小星送回来啊。"

纪筱星一边红着脸埋怨老爸,一边下了楼,脚步轻快地来到了步准止的面前。

他穿着白色的T恤和黑色的短裤,脚下一双休闲运动鞋,穿得简单又干净。她一靠近,就能闻到他衣服上的清香。

两个人来到了聚餐场所时,这里已经有不少人了。许久未见的闻喜也来了,跟自己的朋友坐在一起。纪筱星这才想起来,闻喜也是学生会的成员,只不过是副部长,所以并未参加上次的考核。

纪筱星和步淮止一出现,立刻就吸引了所有人的目光。

"这位是跟我很熟的学妹。"步淮止简单介绍。

就这样?纪筱星瞪大眼睛,哪怕再说几句补习过英语啊之类的,听着也靠谱一些。

闻喜看着步淮止的目光充满埋怨,却始终未上前一步。

步淮止倒是淡定地带着她找位置坐下来,给她倒了饮料,从果盘里夹了水果放在她面前,一系列的动作看起来自然而然,却让在场的人看得目瞪口呆。

谁都知道学生会会长步淮止向来不会搭理身边的任何人,可是现在居然这事无巨细地照顾着一个女生……

也是学生会成员的叶子姐凑过来八卦道:"小星啊,学长很照顾你啊,你们俩不知道……"

"没有!"纪筱星立刻否认。

"别不好意思了!据我所知,你还没考进我们学校的时候就跟我们会长关系很好了吧……"林槐捂着嘴意识到提了不该提的事情,立刻吐吐舌头没有继续说,"大家不知道吧,这个小学妹就是学校那间维修店老板的女儿,平时应该都有去买过东西吧?"

周围的人立刻议论纷纷起来。

纪筱星捏了捏拳头,没有说话。

"我们学校现在还真是什么人都招啊,也不知道以前带来了多少麻烦。"闻喜冷哼一声。

真是豺狼虎豹，前有林槐后有闻喜，这步淮止把她带过来绝对是为了整她！

步淮止淡定地给自己倒了杯茶，轻酌一口，悠然说道："纪筱星的成绩和人品，都足够她进入这个学校。今天不是学生会的迎新聚会吗？纪筱星是我带来的朋友，如果继续讨论她的话，我就先带她离开了。"

步淮止掷地有声的一句话，让闻喜老实地闭嘴了。

步淮止做出这么袒护的举动，让在场的人都不淡定了，纷纷开始对纪筱星各种打探。

她尴尬地坐在人群里，笑得很尴尬。

众人看没办法套话，就只能劝酒了。

纪筱星摆手尴尬道："我不喝酒。"

"她不是学生会的成员，就别劝了吧？"步淮止在旁边说道。

于是大家又开始起哄让步淮止喝酒。

步淮止摆手："我等会儿要送纪筱星回家。"

叶昱汐喝多了，皱着眉头问："纪筱星家不是就在这附近吗？"

步淮止向她投去冷冷的目光："是，这附近比较乱，走路更危险。"

叶昱汐也不知道自己怎的就被会长瞪了，只能郁闷地继续喝酒。

"行了，你们散开吧。"步淮止轻声咳嗽了一下，"太吵了。"

现在劝酒都不行了，大家讪讪离开。

只是步淮止作为要卸任的会长，自然比纪筱星得到了更多的关注。聚餐的房间有音响等设备，又有喝了酒的人壮着胆子起哄让他去唱首歌，纪筱星看见他的脸立刻垮了下来。

那些起哄要他唱歌的人，也都顿时不知该说些什么。

难得热闹的场子,眼看着就要凉了。

纪筱星摇头叹息,步淮止早前被人诟病说为人傲慢不近人情,想来也不是没有缘由的。要不是自己跟他接触久了,她也会这么觉得。纪筱星笑了笑,走过去从步淮止面前拿起话筒:"不如我来吧?"

说完她就走到点唱机旁边,点了一首热闹的歌曲。

欢腾的音乐一出来,刺激到了已经喝了酒的人,现场立刻再次热腾腾的一片。

纪筱星一边唱一边跳,还冲步淮止眨眨眼,仿佛在邀功一般。

步淮止被她的模样逗得忍不住笑出来,眼睛里是化不开的温柔与眷恋。

大概是受酒精的影响,有两个男生壮着胆子跳着舞来到了纪筱星的身边,围绕着她一起热舞。虽然她也觉得不太舒服,但是这两个人都是她的学长,眼下似乎也不太好直接摔话筒走人。

其中一个男生更是拿出手机递过去:"学妹,不如加个微信?"

纪筱星正要拒绝,步淮止就直接一把拉过了她的手腕,将她从二人中间拉扯出来。

"不好意思,纪筱星的爸爸不喜欢男生离她那么近。"

又是这句话……

纪筱星就郁闷了,她为什么从来没有听老爸提起过,更从未见到老爸嘱咐过步淮止?

可是她并不讨厌他的这种行为,只是心安理得地躲在步淮止的身后,忍不住悄悄地笑了。

"吃得差不多了,我送你回去。"步淮止皱眉对纪筱星说道。

"这不是才……"刚开始没多久。

这时候,盛放忽然推门进来了。

"哎呀。"盛放一看到纪筱星立刻凑过来,一把搂住了她的胳膊,"这不是我的同桌吗?走走走,你不跟我说你也来,否则我就早点过来了。"

盛放从军训开始就是学校里的风云人物,一进场就吸引了所有人的目光。

这下倒好,盛放和步淮止像是看守纪筱星的两座门神,大家的目光越发集中在纪筱星身上。

"不了,她要走了。"步淮止板着脸,视线落在了盛放的手上。

盛放拉着纪筱星坐下来:"我才来呢。纪筱星,你不是说好要陪我玩吗?"

"你说的玩不是打游戏或者打球吗?"

"换成这个也一样啊,我们来划拳,输的人喝酒。"盛放准备了两个杯子。

纪筱星无奈地看了一眼步淮止,只能坐回去:"行吧,就玩三局。"

结果纪筱星被人一下子赶到旁边的沙发上坐着了,步淮止坐到了盛放的对面:"我替她玩。"

"哈?"纪筱星心里想着大少爷哪里会划拳,"算了吧,我自己来。"

"不用了,我来。"步淮止用长臂把纪筱星给拦着,皱着眉头豪情万丈地对盛放说,"怎么划?"

纪筱星:"……"

行吧,在纪筱星的唉声叹气之下,盛放总算把规则给步淮止说清楚了。

两个人正式开始划拳，几乎是毫无意外，步淮止输得太惨了。

接连喝了几杯，步淮止白皙的脸上噌噌噌红了一大片。不过他始终都精神头不减，眉头高耸，看着心情很糟糕，又不耐烦，尤其是喝到第五杯的时候，他用手捏了捏自己的眉心。

纪筱星看不下去了，终于把喝蒙的步淮止给推开了："我来。"

当然……结果也是惨烈的。

结局就是纪筱星和步淮止两个人目光呆滞，红着脸坐在沙发上，表情郁闷。

"好了好了，玩够了。"盛放拉着纪筱星的手腕，"走吧，我送你回去。"

"不用了。"虽然步淮止是晕乎乎的，但还是拉住了纪筱星的另一只手，"我来送。"

"哎呀，算了！"闻喜冲过来分开了两个人的手，"我已经通知我姐过来接你了！"

纪筱星一听到这句话，脑袋立刻清醒了不少，回到头看着步淮止："你不送我了吗？"

步淮止看着她，眼神迷离："我……"

等了半天她都没有听到后面的话，纪筱星的心一点点凉下去，明明说好了不是恋人，为什么听到她的名字就犹豫了？

"我送你。"盛放也不管不顾就拖着她朝门口走。

纪筱星还在回头看步淮止的反应，但是一路被拖着走，步淮止都没有追出来。

其实纪筱星已经醉了，走路本来就不稳，还三步一回头。

"行吧，我来背你，这么走下去得什么时候才能到。"盛放拽着纪筱星走了一截路，觉得她走得晃晃悠悠，看着真着急，干脆直接在

她面前蹲下,让她顺其自然地倒在自己的背上,直接将她背了起来。盛放皱了皱眉头,"你吃了多少啊,那么重。"

纪筱星气得拽他的头发:"反正比闻若琪重就对了!那是因为我这个人稳重,我不轻浮!"

"是是是,你说得对。"盛放苦不堪言,"可是头发就别拽了吧,现在植发很贵的。"

她听到这么诚恳的求饶,大慈大悲地松了手,安静地趴在了盛放的背上,口中念念有词:"你秃了也好,就没人喜欢你了,只有我喜欢你。"

纪筱星发泄完就睡着了,乖乖地把头贴在他的后背。

盛放脚步一滞,笑容收敛起来。

他知道她这句话不是对自己说的,又不是没看出来,正是因为知道纪筱星对步淮止的心意,所以已经慢慢学着放手了。其实他早就知道纪筱星今晚要来。这家伙藏不住心事,还没有到周五,就动不动打探学生会有什么人,聚会的时候会不会有女生穿漂亮的裙子,那时候他就做好了不来的决定。

可是他心里想着她,什么事都做不了,哪知道一来,映入眼帘的是步淮止牵着她的画面。

最可笑的是,自己竟然连离开都没有力气。

他不知道在外面喂了多少只蚊子,不知道提出那个"陪我玩"的要求反复练习了多少次,不知道自己对自己说了多少句"算了"。

"如果步淮止真的秃了,怕是你砸锅卖铁都要给他植发。"盛放嘴角勾出一个无奈的苦笑,"可我不一样,你要是秃了,我就跟你一起剃成光头,为了衬托你的美丽,我愿意做个地中海的造型。"

盛放停下来把她往上托了托。

"可惜你不要。"

纪筱星醒来的时候在家里，已经第二天下午了。

她像是忽然惊醒一样，快速摸着身边，找到了自己的手机，打开以后，里面只有林浅意和顾洋的微信消息。

回想起被步淮止扔在聚餐的地方，最后又被盛放带走的事情，其实后来发生了什么她都记得，唯独不记得盛放到底说了什么，又怎么把她送回来的。

步淮止……

纪筱星的头脑瞬间清醒过来了，那个家伙没有追出来，还不能说明什么吗？

她无精打采地起来洗漱，最后又重新躺回了床上。盛放发微信跟她聊这次的课题，两个人分别要负责什么工作。

一忙碌到了晚上，吃过晚饭后，她百无聊赖地躺在沙发上看电视。有快递小哥给她发了短信，她一边往外走，一边翻着短信，忽然发现有一条竟然不是垃圾短信，而是有字的。

电话号码没有存，但是这个号码的主人发了很多信息。

"纪筱星，不是说好一起走的吗？"

"你先等等我，我过来找你。"

"你在哪儿？你别走……"

后面的话都是零零碎碎的字，看得出来发短信的人真的醉得不轻。

是昨天晚上发的，一看内容她就猜到了发信息的人到底是谁。

现在大家基本都是通过微信联系，极少有人会发短信，所以收件箱里都是各种打折优惠信息，她几乎都不仔细翻看了，自然没能注意到。

所以他昨晚出来找了自己？纪筱星捏着手机就往外冲。

纪淳在身后追着纪筱星问,她也只是扔下一句"我马上回来"就跑远了。

纪筱星一路小跑到步淮止的楼下,进出门口的密码她都背下来了,输入进去就上了楼。

直到看到步淮止家的门,她才停下来,盯着大门喘气。

许久,呼吸终于平复了,她鼓起勇气,按响了门铃。

等了好一会儿,里面才传来动静。

但是有了动静之后,门很快就被打开了。

步淮止的头发乱糟糟的,脸色也不好看,看来他也喝多了,而且宿醉第二天普遍会难受,他应该是第一次经历,所以满脸痛苦。

步淮止有些惊讶:"纪筱星,你怎么……"

可是他的话还没有说完,纪筱星就直接一头撞进他的胸口了。

她紧紧抱着他,像是隐忍了很久,像是找回了一件丢失的宝贝,恨不得把对方变成自己身体的一部分,才能够安心下来那样,抱着步淮止。

"纪筱星,你到底怎么了?"步淮止说话的语气又柔了半分,抬起手,轻轻抚摸着纪筱星的头发。

纪筱星松开他,抬起头,纠结地问:"步淮止,你是不是喜欢闻若琪?"

"嗯?"步淮止的眉头蹙起,像是没听清楚。

"那张照片……你想要修好那台电脑,不是因为那是你跟闻若琪的合影吗?"纪筱星噘着嘴巴,很是委屈,她早就想宣泄出来了,"如果你真的喜欢她,你就直接跟我说,我一定不再纠缠你,离你远远的。"

"纪筱星,你到底是笨还是傻啊?"

纪筱星更加伤感了,自己都说得那么明显了,他居然还在骂自己?

"对,我就是傻啊,想不明白很多事情,所以我才会来问你啊……"纪筱星想到了自己怎么回头都看不见他的时候,难受得快哭出来了,声音也颤抖起来,"那时候我就很想问你了,你珍藏着你们俩的合照,以前只要她一喊你,你就抛下我离开……你不是喜欢她又是什么呢?你们的八卦传了那么久,你为什么不跟大家解释清楚?可是你又为什么要靠近我?你喜欢我吗?"

"我……"

步淮止的话没有说完,就听到一个女声响起来。

"阿止,怎么了?"

纪筱星愣住,看着闻若琪从房间里走出来。

她的心跌入谷底,早就看到过一次了,以为自己就算被拒绝,也会有心理准备了,可是第二次看到,还是能够狠狠打击到她的心。

她咬咬牙:"算了,就当我没来过。"

纪筱星转身就走到旁边按电梯。

可是这破电梯怎么都不来。

步淮止跟出来,反手把门一关,上前拉住了她的胳膊:"纪筱星,你还没有听我的答案。"

"我不听!"纪筱星甩开步淮止的手,想要用手堵住耳朵。

步淮止却先一步,用手捧着她的头,直接俯身吻了下去。

纪筱星吓了一大跳,甚至忘记了呼吸,自己的心跳越来越快,快要飞出来。

一直到他松开了自己。

步淮止看着她:"纪筱星,我喜欢你。"

好一会儿,纪筱星才终于消化了这句话。

她脸红红的,低着头不敢去看步淮止的脸,小声说了句:"你再说一遍,我没听清楚。"

步淮止没有回答,但是又低头吻了吻她,脸上带着笑:"我送你回去吧。"

纪筱星还沉浸在这份喜悦之中,下了楼梯,步淮止在黑暗中牵着她的手,拉着她往家里走。

夜里的风拂过脸庞,纪筱星的头脑稍微清醒了一点,忽然狠狠甩开他的手:"你这个渣男!我都亲眼看到闻若琪在你的房间了!"

步淮止没好气地瞪着她,看起来对"渣男"这个称呼极为不满:"昨天你被盛放带走了,是她来接我回这里的。房间密码只有她跟林槐知道,我昨晚喝吐了,她一直在照顾我。"

"如果你昨晚追出来了!我也能照顾你的!"

"我当时是真的喝晕了,很多事情都不记得了。"步淮止目光沉沉,"林槐拿我的手机删掉了你的微信和电话,不过电话号码我还背得下来,所以我记得我有发信息给你。"

"林槐学姐为什么……"

步淮止无奈道:"她只是想看我着急而已,结果你就这样把我扔在那里了。"

纪筱星低下头,不知道应该说什么。

步淮止继续道:"我都跟你说了多少次了,闻若琪跟我是朋友,我们确实很熟悉,但是我们除此之外没有别的感情。照片的事情,还有之前几次都是有原因的,以后我找机会再告诉你。她出国的时候交了国外的男朋友,但是这件事是她的私事,所以我一直没有说出来,你怎么一直都在胡思乱想?"

"那照片呢!"纪筱星想起老爸辛苦找回来的照片,居然是闻若琪的照片,"你那么宝贝那张照片……"

步淮止拿出手机翻到了照片，放大了之后给她看："是因为这个。"

"嗯？"纪筱星仔细看着照片上被放大的部分，是一个中年男子模糊的身影，"这个人……"

"这是我能找到的唯一一张我爸的照片。"步淮止轻轻笑了笑，带着无奈的苦涩，"我爸妈分开之后，家里关于我爸的东西都没有了，偶然发现了这张照片，也没有想过要备份什么的，就扔在旧电脑里，好像假装我爸在我心里也被锁进了某个角落。如果不是那一次忽然出现了意外，我才意识到，有些事情好像不是假装想不起来，就可以慢慢遗忘，直到毫不在意的。"

原来是这样。

纪筱星低着头，决定把话题扯回去："那我们是要交往吗？"

两个人已经来到了纪筱星家门口。

纪淳听到动静了，从楼上探了个头出来。

步淮止显然也是看到了，向上看了一眼，然后缓缓说道："暂时没有这个想法。"

纪筱星怎么都没有想到，自己在获得暗恋之人的告白，并且失去初吻之后，却没有如愿以偿得到一个男朋友。

想到这一点，她就辗转反侧夜不能寐。

上课的时候，她顶着两个黑眼圈。

她被拒绝了。

纪筱星脑子里只有这五个字，可是再想起步淮止的种种行为，怎么都不像是……拒绝啊。

"渣男！"纪筱星愤怒地吼了一声。

身后的步淮止打了一个响亮的喷嚏，纪筱星扭过头看着他，不耐

烦地撇撇嘴,内心忍不住腹诽,明明都是亲过的人了,关系竟然还是没有进一步。

步淮止端着饭菜在纪筱星身边坐下来,然后一本正经地把自己盘子里的糖醋排骨都夹到了她的盘子里。

食堂里人不少,看到这一幕都有些惊讶。

可是步淮止旁若无人地给她夹菜,末了还从她的餐盘里把大多数人憎恶的青椒给夹走了。

纪筱星倒是无所谓,他去她家吃了那么多顿饭,两个人早就养成了心照不宣替彼此分忧的好习惯。

但是想到这些亲密的举动,她更是愤怒:"步淮止,你到底跟不跟我在一起?"

她的声音不大不小,倒是有几个人听到了,不由得纷纷看过来。

步淮止皱着眉头,伸手捏住她的鼻尖:"纪筱星,你安静一点,太吵了。"

"大猪蹄子!"纪筱星气得跺脚。

结果步淮止直接站起来走了,纪筱星看着他才刚刚买好的饭菜还摆在桌子上,有些急了……这家伙那么小心眼了?说一句就走了?

纪筱星正打算放下碗筷追过去,结果步淮止又端着另外一个盘子回来了,满头大汗的,却皱着眉头,一副想要她表扬又不想自己说出来的矛盾纠结的样子。

他把餐盘放下来,纪筱星的表情凝固了——

盘子里是一份卤猪脚。

快到年底了,学校里的活动也多了起来,尤其是学校里的各种比赛。

外语系就更多了,什么外语歌唱大赛,什么外语演讲比赛,当初看到步淮止整天被迫带队去比赛,每次回来都一脸怨气,就觉得他是真的一点都不喜欢这些事情。

偏偏大学是个小社会,其实参加活动都是为以后的职场积攒经验,如果人生是一条打怪升级的路,那现在就都是他们抓紧时间练装备的时候。

纪筱星知道自己应该至少去参加一项,不过看来看去,都不是她喜欢的。林浅意已经报了法语的歌唱大赛,每次见面就会疯狂地叽里呱啦唱个不停。

她站在学校的公告栏前,最终还是作罢。

又是大课,这次她终于在最后一排看到了盛放。

那天喝醉之后,盛放就一直没再出现,虽然平时两人也会在微信上商量课题的内容,别的组都在图书馆、在自习室一起做PPT,只有他们俩几乎不怎么见面。

纪筱星跟步淮止天天一起吃饭,这样一算,她和盛放已经一个多月都没有交集了。盛放不喜欢上大课,他们本就不是一个班,见面的时间更少了。

她有些不解,但是又不好意思上前打招呼,倒是班花已经主动靠过去,在盛放身边坐下来了。

盛放似乎是看到纪筱星了,直接扛着电脑坐到她身边隔着一条走道的位置。

但两个人还是没有说话。

下课后,纪筱星照常往外走,忽然一条大长腿挡住了道路。盛放坐着把脚挡在她面前,皱着眉头瞪她:"纪筱星,是不是我不找你,你就永远不会找我?"

"啊?"纪筱星不懂,"怎么了?"

后面的人被纪筱星挡住,有的人不想惹事就往另外一条路走,有

的人站在那里开始议论纷纷。

"走不走啊?要调情去别的地方啊。"

"搞什么!不要挡道好吗?"

……

纪筱星盯着他的脸警告道:"你走不走开?"

盛放平静地看着她:"你别跟步淮止一起玩,跟我玩。"

又来了。

"无聊。"纪筱星没好气道,"你自己玩消失,现在自己又像是生气了一样过来闹我,你幼不幼稚?"

"纪筱星,我一直都是这么幼稚的人,我还是天蝎座,睚眦必报。"盛放威胁道。

就在纪筱星打算要开口反驳的时候,步淮止的声音冷不丁响起来:"纪筱星,你爸让我来找你。"

纪筱星一看到他满脸寒霜的,抬起脚就对着盛放的小腿踢过去,趁着他抱腿呼痛的时候,她赶紧跳到了步淮止的身边。

"我……我下次再找你!"纪筱星赶紧拉着步淮止走了。

两个人走到教室外,纪筱星看着身边的步淮止老半天也没有说话,她奇怪地问:"你不是说我爸让你来找我?"

"你爸要找你应该直接打电话给你。"步淮止没好气地说,"你怎么连这个都信?"

那到底怪谁啊!

纪筱星暗暗腹诽,这步淮止真的是越来越凶了,又狡猾又厚脸皮,亲了人家也不作数。要不是仗着她喜欢他有恃无恐,现在居然连说谎都不眨眼了。

步淮止把自己的手机递过去:"是要给你看这个。"

纪筱星看着手机屏幕上的海报，上面一排大字极为醒目。

"大学生机器人大赛？"纪筱星一边看一边念了出来，"给我看这个？为什么？"

"你应该也会想要参加一些活动吧。"步淮止指了指手机屏幕上的某一处，"不限专业，不限种类，我们学校是赛点之一。"

纪筱星就像一下子被点燃了，之前一直不知道应该做什么，现在好像终于找到了方向。

她一激动，忍不住踮起脚一把抱住步淮止："谢谢你！"

步淮止没有动，只是伸手拍拍她的后背。

不过是纪筱星先一步松开他，后退了两步，冷哼一声："不好意思，是我疏忽了，忘记了我们只是普通的学长学妹，对你动手动脚，对不起。"

"哈。"步淮止轻声笑了笑。

纪筱星看着他这样更生气："你还笑得出来！"

"你怎么整天想着这件事？"步淮止眯着眼睛伸出食指点了点她的脑袋，"先去好好准备比赛。"

纪筱星有些郁闷："你该不会是因为看了《铁甲钢拳》才让我参加这个比赛吧？"

步淮止撇撇嘴："我只是觉得你看了你们专业的那些活动，大概也提不起兴趣。"

也是，最开始学英语都是觉得这个专业好就业，可以更好地守在老爸身边。

真的有多喜欢英语呢，她自己也不知道。

纪筱星在步淮止的帮助下终于报名了。初赛只是在学校里选拔，已经入选的人都是各个专业选出来的，人数很多，分为了几个小组，

每个组都有老师带领,看哪个小组能够通过学校的海选,代表学校参加比赛。

纪筱星本来就没有太多朋友,先不说英语专业的同班同学是否感兴趣,就连知道一些基本操作的人也不多。她进了小组之后,这里的人跟她这样的门外汉相比,对专业理论知识要熟悉许多。好在纪筱星从小跟在老爸身边,动手操作的经验不少,大家也都很友好,积极地帮助她。

到了年底也意味着离期末越来越近,之前跟盛放组成的课题展示小组也到了要验收成果的时候。

上次之后,两个人就只在上课的时候见过一两次,平日里在学校偶尔碰到也不会打招呼,即使纪筱星鼓起勇气走过去跟他搭话,他也爱搭不理,真是闹别扭的一把好手。

展示之前,纪筱星受不了继续这样冷战,上课前准备了奶茶,主动求好。

"大哥,事关重大,咱们要不要先不闹了?"

盛放扭头看她,呵呵冷笑:"你觉得我们之前在闹什么呢?"

"我哪知道?"纪筱星更加不解,"我都不知道你怎么突然就生气了。"

"你怎么什么都不知道?"

"你不说我怎么知道?"

"行了吧,你怎么可能不知道……"

……

两个人越吵越大声。

这狗血偶像剧式的争吵连站在讲台上的老师都看不下去了,点了他们俩的名字:"既然你们那么积极主动,不如第一个上来展示?"

之前两人还一次都没有对过,只是在微信上相互说了彼此的想法,现在就要上台了,纪筱星不由得紧张。

盛放在她耳边悄悄说了句:"没事儿,等会儿剩下的我来说。"

还好盛放看着不靠谱,但认真起来还是很专业的。他们俩选择的课题是"关于英国影视文学中常见的浪漫元素及其社会背景",毕竟才大一,不会说太深入的东西,纪筱星勉强把自己准备的那些给说了出来,中规中矩,不功不过,至少没有什么错漏。

盛放一登场就不一样了,他英语本来就好,原著里的句子背得滚瓜烂熟,张口就来,他长了这么帅的一张脸还说着那些动人的台词,当然是加分项。

全部结束之后,老师笑了笑:"大家看到了吧,我知道在座的各位刚刚升大学都开始蠢蠢欲动想谈恋爱了,但是你们要像这两位一样,即使谈恋爱也不影响学习,尤其是盛放,还带着自己的女朋友一起进步,你们要以他们为榜样啊。"

现场哄堂大笑。

纪筱星想要急急忙忙解释,不过老师已经让他们俩下去了。

纪筱星下去的时候,一抬眼,看到了坐在最后一排的步淮止,一只手撑着自己的脸,一只手放在书上,此刻正眯着眼睛板着脸看她。

他到底什么时候来的!

纪筱星缩缩脖子,回避了他的视线。

她坐到座位上给步淮止发信息:"你怎么来了?"

步淮止优哉游哉地回复:"来看你做汇报。"

"那……好看吗?"

步淮止:"挺有意思的,老师看起来也给了很高的评价,加油。"

还加油呢?那我真是谢谢你啊。

旁边的盛放冷不丁开口:"听说你报名参加了机器人大赛?"

"啊?"纪筱星没想到盛放会跟自己说话,还吓了一跳,"就……就是……尝试一下……"

结果只是跟团队的人磨合了一下,就发现自己差得太远了。

这段时间她为了补上那些知识,还耽误了一些学业。

"我认识信息技术系的老师,需要介绍给你吗?"盛放说着就开始翻找手机。

"不……不用了!"纪筱星立刻打断他,"我跟学校的团队关系其实还行……大家对我也挺好的。谢谢你的好意了,一个学霸愿意带着我做课题,还愿意帮我找老师补习……"

"纪筱星,你觉得我帮你是想听你说这些?"盛放眉间带着愠怒,但是很快又释然,重新恢复了平静,"算了,本来就是我自己的错,跟你有什么关系?"

他又开始认真听课,没有再搭理她。

下课之后,纪筱星跟盛放打招呼也只得到了一句冷冷的"再见"。

走在路上,纪筱星依旧愁眉苦脸,心事重重。

步淮止叹口气,用手点了点她的眉心:"你怎么了?"

"我就是觉得自己好像对盛放做了很不好的事情。"

步淮止想要轻轻拂开她眉间褶皱的手加重力道,在她脑门上用力地戳了戳:"不要提他。"

纪筱星捂着头瞪着步淮止,凶巴巴地说:"你还冲我发脾气?我还没有找你呢!你根本就不知道喜欢一个不喜欢自己的人多痛苦!你不懂我的心思!大猪蹄子!"

不等步淮止拉住自己,纪筱星生气地跑开了。

最后一门期末考试结束的时候,离过年也就半个月了。

步淮止的家不在本地,自然是要回家的。

所以这次"冷战"也就持续了几天,步淮止每天下课后来纪筱星所在的教室最后一排坐着看书,纪筱星实在看不下去那些围绕着他打转的女生,终于没有忍住跟他说话。

步淮止可怜兮兮地道个歉,他们俩就一起和和美美地泡图书馆了。

考试结束,步淮止就跟闻若琪一起结伴回家了。

他们偶尔发信息,分享一下彼此的近况。

年前的天气越来越不好,偶尔还会下雨,总是乌云密布的。

纪筱星每次这样跟步淮止说的时候,他就会发一张自己这边晴空万里的照片。

纪筱星偶尔在学校里见过林槐,她始终独来独往的,似乎没什么朋友。

现在不算忙了,季阿姨回了一趟老家,拜托纪筱星有空可以去帮她管理一下水果店。她去帮季阿姨看摊子的时候,恰好碰到林槐来买水果。

她本来还觉得不自然,但是林槐倒是很无所谓,一脸笑意地套近乎:"学妹,算便宜点哦,毕竟过几天封校了,这些水果也不好卖了。"

"行。"纪筱星想着大不了就说是自己吃掉了,季阿姨应该也不会介意,便说道,"你拿吧。"

林槐挑了几个苹果和橙子,纪筱星免去了零头,又多放了两个进去。

她付过钱后往外走,没想到正好下雨了。

纪筱星看见林槐站在食堂门口,手里也没有拿伞,想了想,还是把自己的伞递过去。

"学姐,你用这个吧,反正等我回去的时候,估计已经停雨了。"

林槐颇有些意外:"那谢谢了。"

过了几天,林槐来还雨伞的时候,食堂里几乎都关门了,她转了一圈又回来买水果。

"没吃的了吗?"纪筱星替她想了想,"大学城里应该会有一些还开门的店,附近的居民也是得吃饭的,或者你点外卖呢?自己去学校门口拿就好了。"

林槐摇摇头:"唉!我肠胃不好,外卖不太敢吃。"

纪筱星想了想:"那你要不要去我家吃啊?"

林槐显然是没想到她会说出这样的话,犹豫道:"可以吗……会不会太打扰了?"

其实家里也没有准备什么菜,纪筱星把食材都用上,做出了四菜一汤,看着还算不错。

林槐跟步淮止不一样,步淮止不吃的东西很多,需要她逼着才会吃,但是林槐不太挑食。

吃饭的时候,纪筱星仔细看了看林槐的脸,其实还是能够从五官中找到一些步淮止的痕迹的。尤其是刚才回来淋了雨,她去洗了个热水澡,现在头发湿漉漉的,卸掉了脸上的淡妆,露出最原本的样子,显得没有之前那么孤傲冷漠,平易近人了许多。

"没想到你做饭那么好吃。"林槐吃的时候眼睛弯弯,看着跟步淮止很相似。

不愧是兄妹俩。

纪筱星对她也稍微多了些好感。

虽然知道林槐对步淮止做了那些事情,心中有很多愤懑,但如果步淮止愿意忍让她的行为,纪筱星也愿意试着对她放下偏见,去接触她。

林槐大概是看到她的目光，笑着说："你在看我？我跟步淮止很像吗？"

"啊？我……"纪筱星本来想否认，但是想来也没有必要，"有一点的……"

林槐淡然道："我长得像我妈，步淮止长得像他妈，反正我们俩没有一个人像爸爸。"

"你很讨厌步淮止吗？"

林槐扬了扬眉毛："我？我不讨厌他。"

"那你……"

"看来步淮止真的什么都对你说啊。"林槐笑了笑，"我觉得你应该有不少想问我的，我可以实话告诉你，我没有想要伤害步淮止的意思，只是我受不了他每次见到我总是一副很对不起我的样子。这件事本来也不是他的错，所以我就想看看他到底能够忍受到什么程度。"

"可是你好像从来没跟步淮止说过这些？"

林槐放下碗："我跟步淮止除了这点点血缘关系，别的什么都没有，他不欠我的，我巴不得他讨厌我就好了。"

"所以你每次都在他家搞破坏？"纪筱星有点摸不着头脑，"这到底是为什么啊？"

"他什么都不会，你没发现吗？一个被家里保护得好好的贵公子，都在外地读大学了，居然还需要阿姨帮忙打扫卫生。"林槐皱眉，"看着真让人生气。"

"那你为什么不直接跟他说？"

"我才不呢。"林槐撇撇嘴，"就是要让他生气。"

"那让他去参加那些比赛呢？"

"还不是因为他完全不社交？明明很厉害，但是完全不想展现出

来,大家都在说他是靠家里才走到今天。"

真是服了,原来林槐做这些事情都是为了让步淮止跟这个世界有所接触,不要那么孤僻。

这兄妹俩真是一个比一个奇葩。

"你考虑过直接告诉他吗?"

林槐摇摇头,然后又恶狠狠地说:"你也不许告诉他!"

吃饱之后,林槐很自觉地帮忙收拾东西,看得出来是经常做家务的人。

"作为感谢,碗和锅我来洗吧。"

纪筱星想起来步淮止说因为他母亲的关系,林槐的家境并不好,受了不少苦。

她现在大概也能理解。

纪筱星赶紧过去帮忙,两个人一起洗碗的时候,总觉得好像之前的事情都无所谓了。

"林槐学姐,"纪筱星忍不住问,"你之前……很讨厌我吗?"尤其是知道林槐对她做的一些事情之后。

"我讨厌你?"林槐扬了扬眉毛,露出不可置信的表情,"我不讨厌你,但是我也不喜欢你。"

"啊?那……我们可以是朋友吧?"纪筱星听到这个答案不知道该哭该笑,至少对方不讨厌自己就好了。

"校友。"林槐皱眉看着她,"你不会是因为要跟步淮止交往,所以想要取得家人的认可吧?没必要来讨好我,你想多了,我跟步淮止没有半毛钱关系,他跟不跟你交往,我不会干涉也不会支持,但是最好还是别了吧,步淮止的妈妈很吓人的。"

纪筱星干干地笑了笑,他们本来也没有交往。

洗完碗之后林槐就要回去了,刚好纪筱星把她的衣服给烘干了,让她去房间换上。

离开之前林槐看着纪筱星说了句:"不过步淮止跟你在一起之后,确实开心了许多。"

又是过年。

纪筱星本来在客厅择菜,忽然抬头看着纪淳把季阿姨带过来了,两个人局促不安,像是有话要说。

她其实早就心领神会,只是笑了笑:"我都多大的人了,这件事我管不着我爸,你们高兴就好。"

"但是阿姨还是希望你可以同意的……"季阿姨走上来握住纪筱星的手,大概是看出了她的为难,"如果你不答应,我们就不着急。"

"我没有不答应,就是以后我爸得麻烦你多照顾,经常带他去外面走走,不要在店里闷头修东西。"纪筱星笑了笑,"反正他肯定不会听我的话,但是一定会听你的。"

纪淳有些脸红,鬓角花白的他脸上依然还能看出年少心动的局促不安和害羞。

纪筱星忍不住补充了一句:"啊,还有带我爸去染个头发吧,再一起拍张照片。"

季阿姨的眼眶有点红。

纪筱星也不是擅长处理这些事情的人,所以大家一起其乐融融吃了饭,看了春晚。随后她一个人走到了房间的窗边露台,坐在这里看着外面的月光,手里捏着手机。

"给我打电话啊,步淮止。"她轻声念道,像是希望他能听到自己的声音,跟自己心意相通一样。

这里是郊区,还有人悄悄放了鞭炮,嘈杂声让她甚至听不见自己

说的话。

就像是奇迹发生了一样,她的手机响了起来。

"纪筱星,新年快乐。"步淮止的声音带着一丝困倦。

换作平时,作息良好的步淮止大概早就睡了。

"你在等着跟我说这句话吗?"纪筱星声音软糯,吸吸鼻子。

他立刻听出来了:"你怎么了?没事吧?"

纪筱星忽然一下子没绷住:"步淮止,你为什么现在不在我身边,我好想抱着你哭一场呀。"

他放柔了语调:"纪筱星,别哭了,要哭也等我回来让你抱着再哭。"

本来是真的流了眼泪,但是现在她又被逗笑了。

笑着笑着,她又生气,为什么他明明是喜欢自己的,却不愿意交往。

"浑蛋,我才不稀罕你。"纪筱星闷闷地说,"行了,我没事了,就是刚刚随便胡思乱想了一下,现在已经好很多了。"

她记事以来,生命中只有老爸一个人,所以理所当然地觉得,老爸也只有自己。

两个人已经一起度过了二十年,以后也会这样下去。

从来没有想过会有分开的那天。

更别提现在有个人要进入他们的生活里。

她不讨厌季阿姨,只是单纯在胡思乱想。

步淮止:"那就好。"

"那……你在干什么?为什么打电话给我?"

电话那边很安静,因为外面的鞭炮声也停止了,所以屋子里安静得能够听见电话里隐隐约约的电流声。

"我一个人在家。"他轻轻说道,"有点想你。"

"大过年的，为什么一个人在家？"

说完之后纪筱星有些后悔，其实她大概能猜到，步淮止的家里只剩下他妈妈。在他和林槐的口中，步淮止妈妈都被妖魔化了，平时忙着事业忽略了小孩子的成长，但是关键时刻，又会像偶像剧里的一定会为难女主角的恶婆婆，跳出来说为了自己的孩子好，一定要给孩子找个门当户对的对象。

纪筱星想想就忍不住打了个冷战。

"因为我妈要睡美容觉，不想被我看电视的声音打扰，就去度假的别墅了。"

纪筱星翻了个白眼，她到底在担心什么。

"你没有什么要跟我说的吗？"见她那么久没有出声，步淮止又说道。

"能……能说什么啊？"纪筱星被这个问题给问蒙了，这难道是在暗示……告白？

她咽了咽口水，忍不住说道："你……你是在等我说……我喜欢……"

步淮止打断她："你是不是还没有对我说新年快乐？"

"浑蛋！"纪筱星挂了电话。

怎么会有这么不解风情的人！

难道她的告白还不如一句新年祝福吗？

过了一会儿，步淮止发了信息过来。

"我也是。"

新年过去，几乎每个人都胖了三斤。

开学之后，机器人大赛的事情让纪筱星变得更忙了，她没有课时要么就立刻钻到实验室，要么就是去旁听课程。只有全部忙完，晚上

回家时她才有机会和步淮止见面,他会送她回家。

只是没想到,纪筱星本来抱着"重在参与"的心态参加,竟然还真的在学校的比赛中拿了奖。

拿到奖的那天,小组要一起出去庆祝。

但是那天是她跟步淮止约好要一起吃饭的日子,她本来想拒绝,但在老师和组员的盛情邀请之下,她只能再次发信息给步淮止改时间了。

好一会儿,步淮止回复:"你们在哪儿吃?"

"啊?"纪筱星把地址发了过去,又问了一句,"你要来接我吗?"

"要吃很久吗?席上会喝酒?"

"会的吧。"纪筱星发信息的期间,已经有人给她倒了两杯酒了,"不过别担心,我撑得住。"

半小时之后,步淮止忽然出现在包厢里,正端着酒杯的纪筱星看到他,吓得赶紧把酒杯放下。

包厢里有八个小组成员,还有两个老师,一个是领队的张教授,她的男朋友也在,另外一个是美术专业的教授,给他们的机器人的外形设计提供了许多帮助。一行人正吃得热闹,他一出现,所有人都有些惊讶。

"这不是……学生会会长吗?"领队的张教授认出他来了,"你怎么来了?"

"纪筱星的父亲不让她喝多了酒,我来看着她。"步淮止向两位老师打了招呼,走到纪筱星身边坐下,盯着她面前的酒杯眯了眯眼睛,低声道,"喝了不少?"

"没……没多少。"纪筱星有些心虚,其实她酒量不差,上次装醉完全是为了吃他豆腐。

在场的人一看这架势，立刻开始猜测两个人的关系。

提到这个，纪筱星又生气了："没什么，表哥，远房的。"

在场的人都有些意外。

步淮止默默喝了一口茶水："她开玩笑的，我是她男朋友。"

酒桌上当即爆发出一阵起哄声，纪筱星自己也蒙了。之前她好说歹说，他就是不愿意跟自己交往，这会儿怎么又答应了呢？

张教授笑了笑："看样子小星还没答应啊，想要找我们组的主力成员当女朋友，先得过我们这关吧？"

纪筱星："我答应啊！我怎么会不答应！"

现场又开始起哄。

步淮止嘴角勾起一个笑容，扭头看了她一眼。

笑容清清浅浅，温温柔柔。

纪筱星立刻红了脸，只能又喝了一口冰啤酒压下去。

步淮止从她手里拿走了酒杯："别喝了。"

"会长，我们这可是庆功宴，你不给她喝，那你来替她喝？"组长看不下去了，举起了酒杯，"先不说别的，三杯的诚意总得拿出来吧？"

"好。"步淮止想也不想就答应了，就这么被忽悠着喝了三杯。

他的酒量其实很差，三杯下肚，白皙的脸上浮起红晕，眼神也有些迷离。

纪筱星看着真觉得可爱。

不过喝醉的步淮止意外地很听话，没有平时冷峻的气场，现在显得平易近人多了，很快就跟这里的人玩到一起。

纪筱星想去上卫生间，就独自出去了。

· 270 ·

从卫生间出来的时候,她碰到了站在这里的张教授。

"嗯?怎么了吗?"纪筱星一眼就看出来,她不是偶然等在这里的,"您好像有话要说的样子。"

"我确实有些话想跟你说。"张教授叹口气,"有没有想过转到我们专业啊?"

"机器人工程专业?"纪筱星头疼,"我其实没有那么厉害。"

"我觉得你是有天赋也有兴趣的,如果你来了我们专业,我们专业会在大三大四的时候有两年去国外交换的机会。如果这次比赛获奖的话,全组的人都可能得到这个资格。"张教授语气恳切,"你应该来试试的。"

她确实感兴趣,而且心动了。

她正在犹豫的时候,一转头,忽然看到了站在不远处的步淮止。

步淮止明显是醉了,酒席散了之后,她不得不让他搂着自己当作支撑,才能勉强走路。

两人晃晃悠悠到了家门口,她在门口按密码,就听到他悠悠地说了句:"去吧,挺好的。"

"我只是感兴趣啦,这样的话,变动就太大了。"纪筱星从来没想过要离开老爸,所以大学也都选择了 A 大,现在终于听到纪筱星说要当自己男朋友了,却让她去别的专业,还很可能要去国外留学两年。

"你爸爸那边有季阿姨,而且我们不是还有一年多的时间都在一起吗?"

"你大三了,哪儿来的一年。"纪筱星有些难过,"我不想离开你。"

"今天是我的生日。"步淮止忽然提到了别的事情,"所以很想见你。"

纪筱星有些意外:"你之前怎么不跟我说啊?现在给你去买蛋糕还来得及吗?"

步淮止松开她:"我还是小孩子吗?还一定得吃生日蛋糕?"

"谁知道呢?"纪筱星笑了笑,"你的生活技能跟小孩子没有差别。"

步淮止低头吻住了纪筱星。

他们之间也不是没有亲吻过,但是步淮止不愧是好学生,这接吻技术倒是一次比一次有进步了。这让从小看少女漫画、只有理论没有实践的纪筱星感到深深的震惊。

"纪筱星,你是在小瞧我吗?"

"哪……哪敢?"纪筱星就算以前确实小瞧过他,但是现在是彻底不敢小瞧了,乐呵呵地傻笑,"我觉得今天过生日的好像是我,怎么还给我生日礼物呢?"

"那你可以送我一个生日礼物吗?"

纪筱星顺着漫画的故事情节又开始胡思乱想了,不过从少女漫画变成了……

"转专业吧,去做你喜欢的事情。"步淮止抱住她,轻轻道,"我等了你那么久,我当然会继续等你。"

第十章 还好是你

纪筱星转专业的手续办得很快,大家只是相处了一个学期,班上那么多人,真正熟识的也不多。

这下好了,去了新的班级里,又得重新认识一遍同学。

不过她适应得还不错,没多久就交到了新的朋友。

只是上大课的时候,再也没有遇到过盛放。

直到有天在食堂,纪筱星正和林浅意说自己要出国的事情,林浅意听完之后大喊了一声:"啊?你要出国啊?还要去两年?"

刚好盛放端着盘子从旁边经过,这个时候食堂人多,他本来就在避让别人,结果这下一走神跟人撞上,手里的汤立刻就泼了出去。

被泼的是个女孩子,本来要发脾气,一看到是盛放,脸立刻就红了。

"对不起,我会赔你衣服的。"盛放拿了手机出来,"多少钱,我现在就赔给你。"

"啊……不用了,我觉得可以洗一下,你帮我出干洗费好了。"女生也拿出了手机,"我们先加个好友吧。"

盛放手里刚好拿着手机,随意晃了晃,将手机对着坐在旁边的纪筱星:"我女朋友不让我随便加女生的微信,如果你要加的话,就加她的。"

纪筱星想解释,但是被旁边的林浅意给按住了。

女生尴尬道:"那……那就……直接赔我钱吧。"

事情解决之后,盛放在纪筱星面前坐下,也没有说话,就是板着脸。

林浅意出来打圆场:"哎呀,之前你们俩不是还挺好的吗?大家都是朋友。"

盛放冷笑道:"好吗?一个连转专业都没有跟我说的人,能够算得上朋友吗?"

"我想给你发信息来着。"纪筱星知道自己向来不会处理这些事情,"但是我觉得会有机会当面跟你说的,谁知道手续办得那么快,我拿到课表之后,跟你甚至不在一栋楼里上课了。"

盛放的面色依旧不善:"那出国呢?"

"因为本来没有那么容易定下来的,需要看比赛结果,没想到我们组可以这么顺利……"纪筱星不喜欢这样的感觉,以前她最鄙视的就是顾洋对自己的态度始终暧昧不明,她知道顾洋那么聪明,对她的感情装聋作哑,不过是因为不愿意破坏那样的关系。现在她也知道盛放到底是怎么想的,但是她不想盛放跟那个时候的自己一样被暧昧不明的态度所伤,"盛放,我一直都把你当我的朋友,你是我上大学以

后第一个认识的新同学……"

"我没有想让你为难的意思。"盛放忽然自嘲,"不过现在我倒真像是个坏人了。"

他说完这句话,站起来就离开了。

林浅意扼腕叹息:"其实盛放不比步淮止差啊,而且看起来他的情商还高一点。上次我看到有人找步淮止要微信号,他直接就跟对方说不想给,人家小女孩差点都要哭了。"

纪筱星干干笑了笑,这确实是他会干得出来的事情。

"他们俩不一样,不能用谁比谁差来判定啦。"

林浅意皱眉:"哪里不一样?"

纪筱星嫌弃道:"步淮止不会干家务,连泡面都不会煮,生活自理能力接近于零;也不会说话,动不动就惹人生气,然后还会很无辜地说别人脾气差;也不愿意出去见人,每天都躲在自己的房间里,没有社交没有活动,看书可以看一整天……"

"等等,你确定你喜欢步淮止?"

纪筱星很肯定地点头:"喜欢啊,所以他的这些缺点我都能忍受,所以他们俩不一样,在我心里完全不一样。"

林浅意叹息:"盛放真可怜。"

正说着话,之前的女生又回来了。

"对不起,刚刚盛放同学说你是他女朋友,应该是找的借口吧?"女生长得很漂亮,气场很强,说起话来满是自信,"我知道你是步淮止学长的女朋友,所以其实盛放没有女朋友吧?"

纪筱星尴尬地摇摇头:"我不清楚。"

"那就好。"女生笑起来,"你们好像是朋友,可以把他的微信告诉我吗?"

纪筱星头疼:"不太方便,我觉得最好是在他同意的情况下……"

"刚刚衣服的钱有问题,我需要再找他说这个情况,这样都不能给我吗?"女生面露不满。

纪筱星这暴脾气准备要开始回嘴了,却被林浅意按了下来,对女生笑着说:"我告诉你。"

然后林浅意就报了一个熟悉的微信号。

纪筱星不可思议地看着林浅意,半天没有说话。

女生发了申请之后有些奇怪:"他的微信名字怎么这么像个女孩子的名字?"

林浅意挑眉:"因为这是我的微信号。"

"啊?"女生不解。

林浅意站起来,一副小人得志的模样:"澄清一下,我旁边这位确实不是盛放的女朋友,鄙人才是盛放同学名正言顺的女朋友,24k,保真。"

女生气得转身就走了。

林浅意笑得更开心了:"哇,这就是当校草女朋友的感觉?太爽了。"

"行了吧,你记得跟盛放解释一下。"纪筱星叹口气。

"那你打算什么时候走啊?"

"再过两个月。"

纪筱星出国的那天,步淮止和林浅意都来了。

离开的前一天,纪筱星跟老爸和季阿姨两个人在家里吃饭,她提出来说让老爸不要去送她了。

她从来就不是一个喜欢哭的人,更不想当着那么多人的面哭。

老爸也很配合地答应了。

他也不是一个喜欢这种场面的人。

但是车子离开家之前,他还是悄悄红了红眼睛。

步淮止找家里的司机开了一辆商务车过来,纪筱星下车的时候也体会了一把明星到机场的感觉,尤其是当步淮止下车的时候,夺目的外貌吸引了不少人的视线。

纪筱星配合地用一只手放在耳朵上,假装是他的保安,说道:"嗯,没有人,可以出来。林浅意,注意挡住那些狗仔的镜头!"

步淮止拉住了她的胳膊:"没事,让他们拍。"

他们两个相处久了,就连步淮止也已经见怪不怪,偶尔还开始配合她了。

"那怎么行!你今天纯素颜!"纪筱星伸手去捏他的脸,"不过哥哥的生图也肯定很能打的!"

步淮止也没有躲开,就这么让她捏了捏,自顾自地用手帮她理了理额前的头发:"好了,赶紧去办理托运吧。"

手续办得很顺利,同行的同学也陆续到齐了。

步淮止偶尔陪纪筱星去上课,大四也就只剩下少量的课和写毕业论文这一件大事,平时陪伴纪筱星的时间就更多了,就连班级活动也经常参与,跟纪筱星的同学基本都认识。

纪筱星看着人来人往的飞机场,用手机给盛放发了信息:"我走啦,希望我回来的时候还能继续跟你做朋友啊。"

步淮止看着这句话,由衷地说道:"我觉得盛放比顾洋要好一些,你跟他一起玩,比跟顾洋一起玩要好一些。"

纪筱星翻了个白眼,步淮止向来看不上顾洋,大概是因为顾洋是她的"初恋"。

"好了,那我准备去候机啦。"带队的老师已经在招呼大家集合了,纪筱星收拾了自己的东西,看着身边的步淮止,"那你记得好好照顾自己,多去照顾我爸的生意。"

"知道啦。"步淮止点头,"放假的时候我飞过去看你。"

纪筱星本来想忍住的,可是看到这样温柔美好的男朋友,还是忍不住冲进他怀里,紧紧地抱住他,把脸埋在他的胸口,要让自己好好牢记住此刻的感觉。

林浅意冷哼了一声:"行吧,也就记得你男朋友了。"

"哈。"纪筱星立刻又要去抱林浅意,结果被林浅意无情地推开。

两个人像是决斗一样互相拉扯了半天,不小心撞上了一个人。

"抱歉抱歉……"纪筱星一抬头,看到了盛放,"你……"

"不用等你回来再继续当朋友,我们本来不就是朋友吗?"盛放无奈地笑了笑,"把手给我。"

"啊?"纪筱星伸出手。

盛放在她的手心里放了两枚硬币:"还给你,我不欠你什么了,不然我总记着。"

纪筱星拿了回来:"好。"

林浅意一头雾水:"这是什么梗?我怎么不知道?"

盛放很是无语地看着林浅意:"我也不知道自己什么时候多了一个女朋友啊?"

林浅意这脸皮比城墙还厚的人,竟然红了脸。

忙碌起来,时间总是过得很快。

从读大学到留学,最后回国写论文,然后毕业,就像是在一瞬间发生的事情。

上个月才刚回国内,这个月纪筱星已经站在夏天的尾巴上,筹备着老爸和季阿姨的婚礼。

两个人都是二婚，本来想着不办仪式了，不过纪筱星坚持还是应该简单地操办一下，所以回国之后的这段时间里，她几乎都在为了这件事忙碌，忙得焦头烂额。

终于闲下来，也是在婚纱店陪季阿姨试礼服。

店员很是热情，听说纪筱星是女儿之后，立刻拿出了一套小礼服也让她去试试看。

结果这礼服是鱼尾款式的，穿上去之后拉链实在难拉，纪筱星只能站在试衣间小声喊着门外的人进来帮忙。

有脚步声走近，有人拉开帘子，她背过去说道："不好意思，这拉链我实在拉不上去。"

身后的人闻言便帮她把拉链给拉上了。

"谢谢……"纪筱星一回头，就看到了身后带着笑意的步淮止，"你……你怎么来了？"

"给你发信息说要过来，你没看到吗？"步淮止帮她把裙摆也摆正，不让她走路的时候踩到，"你在这里做什么？要不要顺便我们也把婚礼给办了吧？"

纪筱星哼哼两声："步淮止！哪有你这样的！你不觉得太过分了……"

她的话还没有说完，忽然看到步淮止蹲了下去，旁边的地上有一个盒子，他打开后，里面是一双很漂亮的高跟鞋。

"纪筱星，怎么试礼服的时候还穿运动鞋？"步淮止把她脚上的帆布鞋给脱下来，换上了高跟鞋。

纪筱星看着他，依然在生气："要你管，我是参加我爸的婚礼，又不是要嫁给你。"

"你不嫁吗？"

"才不要！"纪筱星看着半蹲在自己面前的步淮止，依旧没有站起来，而是拿出了另外一个小盒子。

里面是一枚戒指。

"你这个是……"纪筱星惊讶地看着他。

步淮止的脸上第一次同时出现了无措、僵硬和羞涩的神态，如此不自信的他，纪筱星还是第一次看到。

"纪筱星，这些年我曾经是你的辅导老师、你的远房表哥、你的学长、你的朋友，未来的人生，你愿不愿意让我作为你的丈夫，陪你继续走下去呢？"步淮止停顿了片刻，"我知道我从来没有跟你说过这些，但是我答应过你的父亲，在你毕业之前，不会给你任何压力。我之前没有遵守毕业前不跟你交往的承诺，但是我现在想要兑现我会一辈子守护你的承诺。纪筱星，我很爱你。"

……

在医院的那天，步淮止坐在纪淳的病床旁边，当时班主任的电话已经打到了纪淳那里，所以他也知道了纪筱星有一个喜欢的人。

步淮止不想让纪淳担心，所以告诉他，不是纪筱星早恋了，而是自己一直很喜欢小星，虽然已经很克制了，还是让小星发现了自己的心意，希望他不要责怪纪筱星。

纪淳听后，沉默了许久，说道："那我希望你答应我，在小星大学毕业之前，不要跟她提出交往，哪怕她也喜欢你，也不要交往。"

"我可以问问为什么吗？"

纪淳叹气："她在我身边长大，因为我已经失去了太多的选择。她不放心我，所以初中就是在大学旁边的县初中读的，考上了重点高中，为了陪我，宁愿每天一大早起床坐公交车，也要走读，不愿意住校，她以后也会为了我选择在A大读书。如果再加上你，她更加不可能会有想要离开的念头。可是我希望她能自由地做选择，根据自己

的心思,而不是因为要在我身边。"

步淮止点头:"好,我答应您,今后一定会克制自己的心意。"

所以之后不管如何喜欢纪筱星,他都一直努力压制。即使会被纪筱星误会他跟闻若琪的关系,他也尽量不去解开矛盾。

纪淳病倒的当晚,步淮止想也不想就立刻赶来医院,来到纪筱星的身边,所以缺席了跟闻若琪家里的聚会,她才会打电话过来。

后来的几次遇到,纪筱星也理所当然地误会他是在等闻若琪。

如果不是盛放的出现,他大概也不会按捺不住开始对纪筱星表露自己的心意。

纪筱星听完之后,先是对老爸这一举动感到很震惊,但是随即又生气道:"所以如果没有盛放的话,你是不是真的打算让我误会到毕业?你没想过那时候我伤心欲绝喜欢上别人了怎么办……"

"纪筱星,我想让你自己做选择。我爸跟我妈结婚就是因为没有办法自己选择,不得不在一起。后来我爸离开我妈,虽然生活艰苦,但是我觉得他一定也是开心的。我妈为了苦苦留住我爸用了多少手段,最后爱和情分都没有了,两个人变成水火不容、老死不相往来的关系。如果真的相爱,无论如何都会在一起。"步淮止的眼神中露出一丝落寞。

"步淮止,其实林槐不是真的讨厌你,她只是觉得你跟她相处的时候,总是觉得对她很亏欠,所以才故意做那些事……"

"我知道。"

纪筱星先是惊讶,但是又想到,虽然步淮止看上去感情迟钝,其实他从小跟在自己老妈身边,心思比谁都细腻。他会不动声色地包容林槐的一切,又怎么会不知道林槐真正的目的呢?

步淮止抓住了她的手:"所以要不要嫁给我?"

"喂,你这是在威胁我啊?"纪筱星故意笑道,"你不是说让我自己选择吗?"

步淮止二话不说,已经把戒指给她戴上了:"那你戴着考虑。"

"行吧,我可能要考虑很久啊!"

"没事,我等得起。"步淮止抱住她,"从很久之前就一直都在等你。"

等你毕业,等你成长,等你回来,等你嫁给我。

人生路上何其漫长,路途艰险,还好路上有你,路的尽头是你,路的远方也都与你一起。

还好遇见你。

本书由提拉诺委托长沙大鱼文化传媒有限公司正式授权花山文艺出版社,在中国大陆地区独家出版中文简体版本。未经书面同意,本书的任何部分不得以图表、电子、影印、缩拍、录音和其他手段进行复制和转载,违者必究。